ELIZA EST FÉMINISTE

MICHELLE QUACH

ELIZA EST FÉMINISTE

Traduit de l'anglais (États-Unis)
par Isabelle Troin

GALLIMARD JEUNESSE

Titre original : *Not Here to Be Liked*

Édition originale publiée en anglais en 2021 par
Katherine Tegen Books, une marque de HarperCollins Publishers.

Pour le vrai J.

1

Je partage une chambre avec ma grande sœur, Kim, ce qui ne serait pas un problème si elle n'avait pas la fâcheuse habitude de grimacer chaque fois que je passe la porte.

– Tu comptes sortir comme ça ? me demande-t-elle en pointant sa brosse à mascara vers moi avec une incrédulité aussi épaisse que son fond de teint.

– Ça ira très bien, dis-je en relevant mes manches, qui retombent aussitôt. Ne t'en fais pas pour moi.

Pour être honnête, j'avoue que mon gilet en polyester trop grand, du même gris que le bitume, n'avantagerait personne. Mais je m'en fiche. Je m'habille comme ça presque tous les jours. J'ai lu quelque part que des tas de gens haut placés ont une espèce d'uniforme qui leur permet d'économiser leur énergie mentale pour les choses importantes, et j'ai décidé de faire pareil. Kim trouve que c'est une horrible façon de vivre.

– Je croyais qu'aujourd'hui était un grand jour pour toi.

Je me laisse tomber sur mon lit avec un livre, un roman d'Eileen Chang que j'ai emprunté au hasard à la bibliothèque. J'aime bien, parce que l'héroïne est une fille chinoise maligne et pas commode du tout. Le monde a besoin de plus de gens comme elle. Bien sûr, ce n'est que mon avis.

– Alors ? insiste Kim après que j'ai tourné une page.

Je mords dans mon *sachima* cantonais à la fois sucré et collant, un peu comme des Rice Krispies mais sans les Chamallows. Puis, parce que l'impatience de Kim fait pratiquement de la buée à la surface de mon silence, je bois une longue gorgée de thé et tourne une autre page.

– Si, c'est un grand jour.

Aujourd'hui, l'équipe du *Clairon de Willoughby*, le journal de mon lycée, doit choisir son prochain rédacteur en chef. C'est un rituel sacré qui a toujours lieu au printemps et, cette année, comme je suis en première, je peux enfin être candidate.

– Donc, tu devrais te rendre présentable, affirme Kim en redessinant ses sourcils en forme de deux épaisses barres horizontales, dans le style des héroïnes de séries dramatiques coréennes. Tu ne veux pas que les gens votent pour toi ?

Je n'ai jamais été du genre à enjoliver les apparences – la mienne y compris. En journalisme comme dans la vie, la seule chose qui compte, ce sont les faits purs et durs.

En ce qui me concerne, ça fait presque trois ans que je suis la contributrice la plus bosseuse, la plus prolifique et la moins capricieuse ayant jamais bossé au *Clairon*. Je peux écrire un excellent article de sept cent cinquante mots en trente minutes chrono ; c'est moi qui propose la moitié de ceux qui finissent à la une chaque mois, et je suis l'actuelle directrice de la publication, un poste généralement confié à un ou une élève de terminale. Donc, je n'ai pas besoin de faire des effets de style pour que le reste de l'équipe vote pour moi. Ils me choisiront parce que je suis la candidate la plus qualifiée. Parce que personne ne fera un meilleur travail que moi.

Et aussi parce que je n'ai pas de concurrent. Personne d'autre ne s'est présenté.

– En tant que seule candidate, j'ai juste besoin d'assez de votes pour avoir le job, j'explique en finissant ma dernière bouchée de *sachima*. Ça ressemble plus à une nomination à la Cour suprême qu'à une élection.

Kim ne semble pas convaincue.

– Tu ne veux pas que je te boucle les cheveux, au moins ?

Je vous jure, parfois, l'obstination de ma sœur n'a d'égale que sa bêtise.

– Ça ne marche pas comme ça, Kim. *Le Clairon* est une méritocratie, dis-je en froissant l'emballage de ma friandise. Si je voulais participer à une grosse blague, je me présenterais à l'élection du bureau des élèves.

– Tu l'as fait une fois.

C'est une pique inattendue, aussi bénigne mais douloureuse que quand on se coupe avec du papier.

– C'était il y a longtemps.

Kim n'a que deux ans de plus que moi. Elle aussi est allée à Willoughby. L'an dernier, quand elle était en terminale, j'ai cru que je serais débarrassée d'elle après sa remise de diplôme. Mais évidemment, il a fallu qu'elle s'inscrive à l'université de Californie, à Irvine.

– C'est tout près ! s'est réjoui papa. Tu n'as pas besoin de prendre une chambre sur le campus. Ce serait de l'argent gaspillé.

Alors, on continue à partager notre chambre. Comme au bon vieux temps.

– Ça ne te tuerait pas de t'arranger un peu, Eliza. Je veux dire, de manière générale.

Je ferme un œil, fronce le nez et tords la bouche en laissant pendre ma langue sur un côté.

– Tu ne me trouves pas jolie au naturel ? je plaisante en grimaçant.

– Non, répond Kim, comme si ma question était sérieuse.

Mon amusement s'évapore aussitôt. Je la regarde tamponner sa bouche avec une encre à lèvres corail et riposte sans conviction :

– Tu n'en as pas marre de te soumettre au regard masculin ?

C'est la stricte vérité. Kim a le malheur de penser qu'elle se doit d'être jolie. Ce n'est pas sa faute, elle a de très bonnes bases. De grands yeux comme ceux de l'actrice Fan Bingbing, avec le genre de doubles paupières pour lesquelles la plupart des Asiatiques seraient prêtes, non pas à tuer, mais au moins à passer sous le scalpel. Quand on était petites, les gens s'extasiaient souvent sur sa beauté (généralement en cantonais) :

– *Gam leng néuih ā !* Elle pourrait se présenter au concours de Miss Hong Kong !

– Pourquoi tu voudrais faire ça ? ai-je demandé une fois.

Maman s'est empressée de me faire taire :

– Toi, personne ne t'a rien proposé !

Quand on parle du loup... Ma mère se tient justement sur le seuil de notre chambre, elle vient voir si je suis prête.

– *Đi được chưa ?* me demande-t-elle en vietnamien.

C'est, avec le cantonais, l'autre langue qu'on parle couramment à la maison. Par contraste, le mandarin ne fait que de rares apparitions, généralement sous forme de maximes pleines de sagesse. Nous sommes ce que les Cantonais appellent *wàh kìuh*, « des Chinois de l'étranger », ce qui signifie essentiellement que, bien que trois générations de mes ancêtres aient vécu au Vietnam, ils n'ont jamais cessé de se considérer comme chinois. Kim et moi comprenons les trois langues, mais en tant que feignasses d'Américaines, on répond en anglais la plupart du temps.

– Oui, bien sûr, dis-je en me levant et en rassemblant mes affaires pour le lycée.

Ma mère en profite pour inspecter ma tenue.

– Tu es sûre de… ?

– On y va.

Je fonce dans le couloir en serrant mes livres contre ma poitrine, mon sac à dos encore à moitié ouvert.

– *Bye*, Kim !

Dehors, il fait frais, comme si le soleil n'était pas tout à fait réveillé. L'arrosage automatique vient de se déclencher, et des taches assombrissent la chaussée le long de la pelouse. Tout en longeant les immeubles familiers, j'inspire la bruine à pleins poumons. Elle a une odeur de béton mouillé et de terre tiède, comme tous les matins dans notre quartier.

Alors que nous nous dirigeons vers notre place de parking couverte, mon téléphone vibre. C'est un texto de James Jin, l'actuel rédacteur en chef du *Clairon*.

Je préfère te prévenir que Len DiMartile m'a contacté hier soir.

Je ne vois pas en quoi ça me concerne. Len, c'est le mec moitié blanc, moitié japonais de l'équipe du *Clairon* à qui on a confié la rubrique des actualités ce mois-ci.

Je n'ai jamais discuté de lui avec James.

Moi : Pourquoi, il veut démissionner ?

James : En fait, il a décidé de se présenter contre toi.

– Eliza, je t'ai déjà dit de ne pas froncer les sourcils !

Notre voiture n'est plus qu'à trois mètres. Maman déverrouille les portières avec un bip désapprobateur.

– Tu veux vraiment que ton visage reste comme ça ? On dirait un chou au vinaigre !

Je la laisse passer devant moi pour pouvoir faire tranquillement la tête que je veux.

Moi : Il est mégalo ou maso ?

James : Allez, Quan, sois bonne joueuse.

– Je suis sûre que tu tiens ça de ton père, poursuit maman, qui déteste ma gymnastique faciale. C'est une très mauvaise habitude.

Je l'ignore et monte du côté passager, refermant la portière d'une main pour continuer à textoter de l'autre.

Moi : Je suis très bonne joueuse.

James : Ah ouais ? Donc, ça ne te dérange pas que notre cher Leonard te donne du fil à retordre ?

Cette fois, mes sourcils et mon front sortent le grand jeu. Sérieusement ? « Notre cher Leonard » a rejoint l'équipe du *Clairon* l'an dernier. Je ne sais pas ce qui lui a pris de poser sa candidature, mais ça ne change rien au fait qu'en matière de journalisme, il est plus bleu qu'un Schtroumpf.

Moi : Je m'en fiche. Il peut toujours rêver. 🤷‍♀️

James : Super. Content de voir que tu n'as pas peur de la concurrence. 😝

– Eliza, tu m'écoutes ? s'impatiente maman en démarrant la voiture.

– Oui, oui.

Mais mes épaules sont crispées d'excitation, comme quand je m'apprête à jouer sur une case « mot compte triple » au Scrabble. Je m'empresse de répondre à James :

Qu'il fasse de son mieux.

2

Le Clairon a été fondé trois ans après l'inauguration du lycée Willoughby, première école publique préparatoire à l'université de Jacaranda Unified. L'équipe de la rédaction originelle formait un petit groupe motivé sous la direction de Harold Sloane, promotion 1987 – un jeune homme doté de dispositions surnaturelles pour la postérité. Presque toutes les traditions du *Clairon* sont nées de son cerveau remarquablement fertile.

Prenez, par exemple, le nom même du journal. C'est Harry qui l'a choisi pour faire écho à la connotation vaguement militaire du nom de nos équipes sportives : les Sentinelles. Un jour, pendant la première année, il s'est pointé avec un véritable clairon en cuivre qu'il avait soi-disant piqué à l'académie Sainte-Agathe, plus bas dans la rue (à l'époque, c'était encore l'école militaire Sainte-Agathe). En réalité, il l'avait acheté chez un antiquaire de Fullerton. Je le sais parce qu'une fois, je lui ai envoyé un e-mail pour lui poser la question, par curiosité, et c'est ce qu'il m'a répondu. L'équipe y a fait graver la devise du *Clairon, Veritas omnia vincit.* Ces jours-ci, l'instrument trône sur le bureau de M. Powell telle une authentique relique. La vérité triomphe de tout.

Prenez cet autre exemple : l'élection susmentionnée. On choisit toujours le rédacteur en chef du *Clairon* de la même façon que Harry l'a été la première année d'existence du journal, en faisant voter les membres de l'équipe. L'histoire dit que Harry a magouillé pour être choisi à la place de Lisa Van Wees, une fille de sa promo qui était la préférée de leur superviseur. Mais il a toujours nié, et Lisa s'est refusée à tout commentaire.

Et puis, il y a le « mur des rédacteurs », qui est sans doute l'idée la plus cool de Harry. Au fond de la salle de rédaction, flanqués d'un côté par une bibliothèque pleine des œuvres de Shakespeare et de l'autre par une affiche de Johnny Cash appartenant à M. Powell, sont accrochés les portraits de tous les rédacteurs en chef depuis Harry, qui a piqué cette idée à un journal étudiant découvert lors d'une tournée des universités du Nord-Est. Eton Kuo – promo 1988, le tout premier dessinateur du *Clairon* – a peint chacun d'eux à l'encre indienne. Et il continue à le faire après chaque élection, bien que, entre-temps, il soit devenu endodontiste à Irvine.

Le mur des rédacteurs est la première chose que je vois chaque matin quand j'entre dans la salle de rédaction avant le début des cours. Et chaque fois, je m'arrête au moins une seconde, le temps de l'admirer et de me remémorer mon objectif. La vérité, c'est que finir sur ce mur, c'est laisser une trace dans l'histoire de Willoughby. Devenir rédacteur en chef du *Clairon* ou président du bureau des élèves – l'autre titre prestigieux de notre lycée –, c'est sceller sa place au sein d'une institution. Même si vous faites un boulot de merde une fois en poste, on ne vous oubliera pas. Vous pourrez toujours dire : « Au moins, j'ai réussi à avoir ma tête sur le mur. »

Ce matin, tandis que je m'attarde face à la galerie de portraits en me demandant combien de temps il faudra au mien pour commencer à jaunir comme les plus anciens, Cassie Jacinto me rejoint d'un pas sautillant. C'est la photographe de l'équipe, une fille de seconde plutôt compétente avec une queue-de-cheval touffue et un sourire plein de dents planquées derrière un appareil.

– Salut, Eliza ! s'écrie-t-elle. Tu dois être super excitée, non ?

Je me détourne du mur des rédacteurs et pose mon sac à dos sur mon bureau habituel.

– Oui, ça…

– Moi aussi ! Je veux dire, je le suis pour toi.

– Merci, je…

– Mais tu es au courant pour Len, hein ?

Elle baisse la voix et, avant que je puisse ouvrir la bouche, se hâte d'enchaîner :

– J'espère que tu ne t'inquiètes pas. Parce qu'il n'y a vraiment pas de quoi. Tu es beaucoup plus compétente, tu as plus de…

Cette fois, je l'interromps :

– Cassie, je ne m'inquiète pas. Sincèrement.

– Génial !

Elle me sourit comme si elle avait toujours su que je m'en sortirais. Puis elle me tend son poing pour que je le touche avec le mien et s'éloigne en gambadant. Je me demande vraiment pourquoi tout le monde pense qu'une candidature de dernière minute et de troisième zone devrait me préoccuper ne serait-ce que vaguement.

Quelques minutes plus tard, je fouille un tiroir en quête d'un feutre rouge quand une feuille de papier volette devant mon épaule. Surprise, je tends les mains pour la rattraper maladroitement avant qu'elle tombe par terre. C'est le premier jet d'un article sur Mme Velazquez, la dame de la cantine qui part à la retraite le mois prochain. Quand je vois la signature, je me retourne, mais il s'éloigne déjà. Je lance un « merci ». Len agite la main sans me regarder.

Je baisse les yeux et fais mine de lire son article. Au lieu de ça, je le surveille pendant qu'il retourne à sa place au fond de la salle, sous l'affiche de Johnny Cash. Il travaille toujours dans ce coin, et il est tellement discret qu'on en oublie parfois sa présence. En une surprenante démonstration d'agilité, il bondit pour s'asseoir sur un bureau, croise les jambes en tailleur et pose son ordinateur portable sur ses genoux. Je ne le savais pas si... félin.

– Te voilà.

James vient d'apparaître près de moi. Je réalise que le tiroir dans lequel je fouillais est toujours grand ouvert. Je me dépêche de le refermer.

– Salut, je lance tout haut parce que je vois bien qu'il m'a surprise en train d'espionner Len.

La dernière chose dont j'ai besoin là tout de suite, c'est qu'il fasse un commentaire. Alors, je cherche un moyen de le distraire.

– Tu es au courant qu'un nouveau bar à bubble tea va ouvrir ?

– Ah bon ? répond-il, intéressé.

James adore le bubble tea.

– C'est Alan Rodriguez qui m'en a parlé. L'inauguration est prévue pour dans deux semaines.

Alan, le genre de retraité qui court des marathons et porte des polos pastel avec des bermudas en toile, est le président de la chambre de commerce de Jacaranda. Je le connais depuis que le *Bulletin de la communauté de Jacaranda* a déposé le bilan il y a deux ans.

James semble très excité.

– Enfin !

Récemment, une société immobilière a commencé à rénover le centre commercial situé face au lycée, à côté de l'église presbytérienne qui accroche des citations marrantes sur son auvent («Jésus veut vous relooker complètement»). Mais les locaux sont vides depuis plusieurs mois, et cette enseigne est le premier commerce à s'y installer. Depuis des années, le seul autre endroit où l'on peut se rendre à pied pour boire un verre, c'est un Dairy Queen pas très reluisant à deux pâtés de maisons de Willoughby. Donc, c'est une grande nouvelle – du moins, pour un mois comme celui-ci où il ne s'est pas passé grand-chose.

– Je crois qu'on devrait écrire un article là-dessus.

– Je suis d'accord. Ajoute-le à la une, dit James avant de m'en taper cinq. Bien joué, Quan !

Gonflée à bloc, je regagne mon bureau d'un pas vif. Mais dès que je me retrouve assise, l'article de Len sous les yeux, mon effervescence se transforme en ardeur compétitive. J'avais oublié que même si son style est parfois brouillon, il n'écrit pas mal du tout. Je suis immédiatement happée par son incipit :

« Quand elle avait douze ans, Maria Elena Velazquez voulait devenir danseuse. »

Cette femme a passé vingt-cinq ans de sa vie à servir leur déjeuner à des lycéens, et c'est comme ça qu'il entame son article ?

– Hé, Eliza, lance Aarav Patel, un élève de seconde, comment tu vas ?

Il s'approche de moi, vêtu d'un blouson en cuir ridicule.

– Bien.

Je feuillette mon classeur pour trouver son article, que j'ai corrigé hier soir. Il parle de la vente annuelle de gâteaux du bureau des élèves, un sujet qui serait soporifique même entre les mains d'un journaliste plus brillant.

– Bien ? Pourquoi juste bien ? demande-t-il, comme si ce n'était pas une réponse parfaitement valide à sa question.

Je le fixe d'un regard impassible.

– Et toi, comment tu vas ?

Il rayonne.

– Trop bien ! Je vais à un concert ce soir. Je suis hyper excité.

– Tant mieux. Tiens.

Je lui rends son article qui, comme d'habitude, est couvert de feutre rouge. Il le prend en faisant la moue.

– Carrément ? Ce n'était pas si mauvais que ça, non ?

Je hausse les épaules. Quand il s'agit de composer des phrases écrites, Aarav ne dépasse pas le niveau CE2.

– Le rouge, c'est une couleur vraiment agressive, tu sais. Tu devrais essayer, je ne sais pas, moi, le violet.

Il m'adresse un sourire penaud, essayant de m'amadouer avec ses pleurnicheries de beau gosse. Il n'a pas encore compris que ça ne fonctionne pas sur une fille aussi dépourvue de charme que moi.

– Ou bien, tu pourrais essayer de mieux écrire, je lui suggère aimablement.

La personne suivante qui vient me voir est Olivia Nguyen, une élève de troisième qui récupère son article corrigé d'une main tremblante. Aujourd'hui, ses ongles sont vernis de différentes teintes de rose. Elle est chargée du seul véritable article d'investigation de ce mois-ci, au sujet des récentes coupes dans le budget des clubs qui vont affecter les minorités de façon disproportionnée.

– D'accord, dis-je aussi patiemment que possible. Je vois que tu as parlé à d'autres gens que ton amie Sarah depuis la dernière fois. En fait…

Je lui reprends l'article et le survole.

– On a bien coupé le témoignage de Sarah, hein ? Tu te souviens de ce que je t'ai dit à propos du conflit d'intérêts ?

– Euh, oui ?

La voix d'Olivia s'étrangle dans sa gorge.

– Donc, cette version est bien meilleure. Mais un paragraphe sur deux est une citation, dis-je en tapotant l'article. Tu vois ? Il faut plus de structure. Tu es l'autrice; tu dois raconter une histoire.

Elle acquiesce solennellement. On dirait toujours que je la terrifie, mais je ne m'en fais pas, James m'a dit qu'elle se comportait de la même façon avec lui.

Le dernier article à rendre est celui de Natalie Weinberg, une autre fille de seconde. Je balaie la salle du regard pour voir si elle est arrivée et la vois se diriger vers le bureau de Len, ce que je trouve un peu bizarre.

Concentré sur son ordinateur portable, Len ne la voit pas approcher. Puis elle dit quelque chose qui lui fait lever la tête et, l'espace d'une seconde, il sourit comme s'il était quelqu'un de normal plutôt que l'ermite en titre du *Clairon*. Natalie continue à lui parler même si je ne comprends pas ce qu'elle raconte, et Len se met à rire. Depuis quand Natalie est-elle devenue drôle ?

Je détourne les yeux. Le moment est mal choisi pour me pencher sur les grandes énigmes de l'univers.

James vient de grimper sur une chaise à l'avant de la salle, et il agite les mains d'une façon à la fois digne et ridicule, tel le chef de gouvernement d'un pays riche quand il descend de l'avion.

– Mes chers amis, compatriotes et corédacteurs, lance-t-il de sa voix sonore, si vous voulez bien me prêter l'oreille…

Tout le monde se tait. Au fond de la pièce, M. Powell se racle la gorge et penche la tête sur le côté. James descend de sa chaise en poursuivant :

– Aujourd'hui, c'est l'élection annuelle qui vous donnera la possibilité de choisir votre prochain rédacteur en chef. Comme vous le savez, il s'agit d'une tradition unique parmi les journaux étudiants, instaurée par nos prédécesseurs par respect envers le pouvoir de la démocratie. Chérissez le privilège de désigner la personne qui vous dirigera, et votez sagement. Je sais qu'il sera difficile de succéder à un meneur intrépide tel que moi…

Ici, Tim O'Callahan, le responsable de la rubrique des sports, se met à siffler depuis son bureau, déclenchant une vague de gloussements, puis de *chuuut* pressants. James nous fait signe de nous calmer.

– Mais je sais aussi que la personne que vous élirez saura faire preuve de courage, de conviction et de charisme, reprend-il en faisant les cent pas. Qu'il ou elle travaillera dur pour mériter sa place sur le mur des rédacteurs. Qu'il ou elle passera des nuits blanches pour faire honneur à ce symbole rutilant de clairvoyance et de responsabilité.

Il saisit le clairon posé sur le bureau de M. Powell comme s'il voulait souffler dedans pour ponctuer ses paroles. Puis il se ravise.

– Souvenez-vous que les délibérations auront lieu pendant la pause de midi, à la fin de laquelle nous procéderons au scrutin. Préparez-vous à un débat animé… et ne soyez pas en retard !

Il pointe l'instrument vers moi, puis vers Len.

– Bien entendu, vous êtes dispensés d'y assister. Sur ce, conclut-il en joignant les mains, place aux discours des candidats.

Len et moi devons jouer à « pierre, papier, ciseaux » pour déterminer notre ordre de passage. Les trois premières fois, nous choisissons la même chose : d'abord la pierre, puis les ciseaux, puis de nouveau la pierre.

– Bon, on n'a pas toute la journée, lance James, qui se tient entre nous deux tel un arbitre.

Je lève les yeux vers Len. Je ne m'étais jamais rendu compte qu'il était aussi grand. J'arrive à peine au niveau du col de son T-shirt, partiellement froissé sous son sweat à capuche. « D'accord, Len, finissons-en, me dis-je. Ne fais pas la même chose que moi. » Nerveusement, je ferme le poing, et on recommence. Un, deux, trois…

À trois, comme s'il avait entendu ma prière muette, Len tend deux doigts écartés. Un signe de paix couché : les ciseaux. J'ai gardé le poing fermé. Je passerai la première.

Len et James me laissent seule à l'avant de la salle. Soudain, tout le monde me fixe. Je tire sur mon gilet et tente de ne pas me sentir trop embarrassée.

Je me racle la gorge.

– Bon…

C'est toujours gênant de faire un discours à des gens qu'on connaît. Doit-on commencer par dire bonjour, comme pour une conversation ? Ou juste se lancer comme si c'était une conférence TED ? Laquelle des deux options vous donne l'air plus sérieux ? Je ravale ma nervosité et récite les phrases que j'ai préparées :

– Je me présente parce que je voudrais devenir rédactrice en chef du *Clairon*.

Balayant la pièce du regard, j'aperçois James adossé au mur du fond. Il garde les bras croisés sur sa poitrine mais lève le pouce.

– Et, pour reprendre une des expressions préférées de James, je pense que je ferais un putain de bon boulot.

Ce qui me vaut quelques gloussements. Toutes les personnes ici présentes savent que si James marque PUTAIN DE BON BOULOT sur votre article au lieu de le corriger, c'est que vous avez enfin écrit un truc valable.

Enhardie, je poursuis :

– Je fais partie de la rédaction du *Clairon* depuis mon année de troisième. J'ai écrit plus de trente articles, dont seize qui ont été publiés à la une. Je me suis classée quatre fois à la conférence de journalisme Étudiant du sud de la Californie, et deux fois, je suis arrivée première. Actuellement, je suis directrice de la publication, à la tête de notre plus grosse équipe – celle des actualités –, et je supervise le contenu de l'ensemble des rubriques. En tout, j'ai probablement passé plus de trois cent cinquante heures de ma vie à travailler pour *Le Clairon*, donc, j'ai l'expérience nécessaire.

Ensuite, j'expose mes idées pour l'an prochain : on devrait s'associer avec les élèves du cours avancé d'informatique pour créer des infographies interactives comme celles du *New York Times*. Faire des vidéos sur le terrain comme les journalistes de *Vice*. Fouiller les bases de données administratives accessibles au public en quête de sujets. Creuser plus profond pour nos articles sur la diversité et la violence par armes à feu.

– J'ai hâte de travailler avec vous sur tous ces projets, et j'espère que vous déciderez que je suis la meilleure candidate pour diriger *Le Clairon* l'an prochain, je conclus.

Tout le monde applaudit poliment quand je vais me rasseoir.

– Len ? appelle James en le désignant de l'index.

Len s'avance en balançant ses bras d'avant en arrière. Puis il roule des épaules deux ou trois fois avant de s'ébrouer. J'ai l'impression de voir un athlète s'échauffer avant une compétition. Ce qui est plus ou moins le cas.

– Pas facile de passer après Eliza, dit-il avec un large sourire qui plisse le coin de ses yeux. Mais je vais quand même essayer.

Il fourre ses mains dans la poche ventrale de son sweat.

– La vérité, c'est que j'ai intégré *Le Clairon* il y a un an seulement. Peut-être un peu plus. Certains d'entre vous savent qu'avant, je jouais au base-ball. Tout le monde a une passion dans la vie, pas vrai ? C'était la mienne. J'étais lanceur, et je me débrouillais vraiment bien. On pourrait dire que j'étais l'Eliza Quan de l'équipe de base-ball de Willoughby.

Ce qui semble amuser tout le monde sauf moi.

– Mais je me suis déchiré un ligament au coude, et j'ai dû abandonner, poursuit Len. Je ne vais pas vous mentir : ça a été un coup dur.

Je repense à notre année de seconde, et il me semble bien qu'il portait une attelle à un moment.

– Je ne pouvais plus lancer. Pas comme avant. Je ne pouvais plus jouer du tout. Après mon opération, le docteur a dit que je devrais me tenir éloigné du terrain un petit moment. Et ça m'a paru une éternité. (Il marque une pause.) J'étais vraiment paumé.

Pour une raison qui m'échappe, les autres sont suspendus à ses lèvres. Je me demande si c'est parce que, comme moi, ils viennent de réaliser qu'ils ne l'ont jamais entendu parler autant depuis qu'il fait partie de la rédaction du *Clairon*.

– J'ai fini par me dire que je ne pouvais pas continuer à me morfondre. Je devais essayer autre chose. Je me suis demandé : « Si tu ne peux plus jouer au base-ball, tu voudrais faire quoi ? »

Il hausse les épaules.

– Je me baladais parmi les stands de la foire de printemps, et tout à coup, j'ai vu la table du *Clairon*. Certains d'entre vous devaient être là.

Moi, par exemple. Je m'étais portée volontaire pour tenir le stand toute la semaine parce que je pensais que c'était ce que ferait une future rédactrice en chef. Je me souviens de Len à présent. Il était plus athlétique à l'époque – moins pâle, plus mince que maigre. Depuis, il a perdu tous ses muscles. Ses cheveux ondulés sous une casquette de base-ball étaient plus longs, ils formaient de petites touffes derrière ses oreilles. Ils étaient également plus clairs, de ce châtain doré auquel virent les cheveux bruns après avoir passé beaucoup de temps au soleil.

– J'ai intégré *Le Clairon* parce que j'avais besoin de m'occuper. Mais j'ai trouvé ma place ici.

Je lève les yeux au ciel en lorgnant James, mais il semble intrigué.

– J'ai découvert que j'aimais écrire et que je n'étais pas trop mauvais, poursuit Len. Bien sûr, je n'ai pas remporté autant de prix qu'Eliza, mais je me suis classé à la conférence de l'an dernier. Je suis même arrivé premier dans la catégorie « meilleur article d'investigation ».

Il me jette un coup d'œil calmement provocateur, et un frisson électrique passe entre nous.

– C'était ma première participation.

Je grimace d'un air blasé pour dissimuler l'affolement de mon pouls.

– Tout ça pour dire que je ne suis pas totalement incompétent. Mais ce n'est pas pour ça que je me présente. Je me présente pour rendre au *Clairon* tout ce qu'il m'a apporté. Je me présente pour vous donner le choix de la personne qui vous dirigera l'an prochain. Je me présente au nom de la démocratie, pour faire du *Clairon* le meilleur journal possible.

Il passe deux doigts dans ses cheveux sur sa tempe droite, ce que j'identifie aussitôt comme un signe d'anxiété. Mais tous les autres semblent y voir une manifestation de coolitude.

– Je sais que vous ferez le bon choix, achève Len en inclinant la tête comme pour saluer son public.

Des applaudissements éclatent tandis qu'il regagne sa place, et je ne suis pas assez bête pour ne pas me rendre compte que ça sent le roussi pour moi.

3

– C'était du pipeau complet, je grommelle en ouvrant un sachet vert brillant de rondelles d'oignon frites coréennes.

Elles sont légères, croquantes et salées à point, une combinaison très dangereuse. Winona et moi, on y est complètement accros en ce moment.

– Tu ne peux pas en être *sûre*, fait remarquer mon amie en plongeant sa main dans le sachet.

Nous n'avons cours ni l'une ni l'autre en septième heure, alors, nous traînons sous le seul arbre qui fait de l'ombre dans la cour, un vieux chêne perdu au milieu d'un océan de palmiers efflanqués. Winona est assise sur une des tables de pique-nique, soi-disant pour faire ses devoirs de chimie, et je fais les cent pas avec mes chips.

– « Trouvé sa place », tu parles, je ricane en écrasant le sachet. Dans le genre *fake news*... Je te jure qu'il est encore plus asocial que moi.

Winona remonte ses lunettes sur son nez. La monture vintage est d'un doré tirant sur le rose, et les verres ne dissimulent en rien le regard avec lequel elle me jauge.

– C'est possible, ça ?

Winona Wilson, une des trois seuls élèves noirs de notre

classe, est ma meilleure amie et la personne la plus intelligente que je connaisse. On s'est rencontrées en troisième, quand on a été assignées au même groupe pour un projet en cours d'espagnol. Pendant notre première réunion de travail, Divya Chadha et Jacob Lang, nos autres partenaires, ont été encore plus stupéfaits que moi quand Winona a annoncé qu'on ne se contenterait pas de s'enregistrer en train de faire une démonstration d'emploi du verbe *gustar*. Non, on allait tourner un film.

– Mais ils ne sont même pas en espagnol, a protesté Divya quand Winona nous a montré ses inspirations : une série d'extraits de films étrangers en noir et blanc sous-titrés.

– On ne pourrait pas se contenter d'une vidéo normale ? a protesté Jacob avant de demander si, à notre avis, il devrait envoyer un texto à Zach Reynolds pour l'inviter au prochain bal du lycée.

– Évidemment ! a répondu Divya.

Winona s'est tournée vers moi, les yeux plissés. De toute évidence, elle s'attendait à ce que je la déçoive aussi. En fait, j'étais beaucoup plus intéressée par son idée que par la vie amoureuse de qui que ce soit.

– Moi, je veux bien tourner un film, ai-je dit.

Voilà comment Winona et moi avons fini par faire le plus gros du boulot. (On a décroché un A- pour le projet, en ayant perdu des points à cause de quelques erreurs de conjugaison.) Mais à compter de ce jour, on s'est mutuellement considérées comme des âmes sœurs. Elle me connaît par cœur.

Même s'il m'arrive de le regretter.

– Ce que je veux dire, c'est que je passe quand même beaucoup de temps au *Clairon*. Comment se fait-il que je n'aie jamais remarqué que Len avait « trouvé sa place » ?

– Peut-être parce que, à tes yeux, les athlètes sont transparents.

– Qu'est-ce que tu racontes ?

– C'est comme si ton cerveau s'éteignait quand on lui demande de traiter la moindre information relative au sport. Parfois, il me semble que tu es physiquement incapable de voir les athlètes ou les gens que tu considères comme tels. Len, par exemple.

– Il a arrêté le sport.

– Oui, et maintenant que tu le sais, tu arrives à le voir.

Au loin, j'aperçois James qui se dirige vers nous, ou plus probablement vers le parking. Quand il me remarque, il s'arrête net – ce qui est bizarre, parce que d'habitude, c'est plutôt le genre à hurler votre nom dans une pièce bondée et à bousculer cent inconnus juste pour venir vous taper dans le dos.

Avant que j'aie le temps de comprendre ce que ça signifie, j'ai levé la main pour lui faire signe, et il est trop tard.

– Hé, Quan, lance James en s'approchant de notre table.

Il tente de prendre un ton jovial mais n'y parvient pas tout à fait.

– Hé, Winona.

Voyant le sachet de chips, il plonge la main dedans.

– Oh, j'adore ces trucs !

Je lui donne le paquet.

– Alors, comment ça s'est passé, le vote ?

Il croque une chips.

– Oh. Bien.

Le frémissement de sa voix fait virer à l'aigre la bouillie d'oignon au fond de mon estomac.

– James, dis-moi ce qui s'est passé.

– Tu le sauras bien assez tôt. Je suis censé dévoiler les résultats ce soir.

Sa peau, déjà très pâle en temps normal, brille d'une façon assez malsaine.

Winona ne fait même plus semblant de bosser sur ses devoirs de chimie. Elle étend ses bras sur la table de pique-nique.

– Par pitié, dis-lui !

James frotte le bitume du bout de sa basket montante gauche, puis la droite.

– D'accord, finit-il par lâcher en se grattant l'arrière de la tête. Eliza, je suis vraiment désolé, mais ils ont choisi Len.

Je le savais. Je savais que ça finirait comme ça. Je le savais, et pourtant, ça ne rend pas la nouvelle plus facile à encaisser.

– Comment ça, *ils* ont choisi Len ?

James fronce les sourcils, sur la défensive.

– Oui, *ils*. Moi, j'ai voté pour toi.

Je jette un coup d'œil à Winona, qui semble aussi choquée que moi.

– Ils ont choisi Len ? je répète plus fort.

James se retourne pour voir si quelqu'un a entendu.

– Oui, mais garde ça pour toi jusqu'à ce soir, s'il te plaît.

Bouche bée, je baisse les yeux vers le sol. Les pieds en métal de la table de pique-nique ont écrasé l'herbe. Je veux devenir rédactrice en chef du *Clairon* depuis tellement longtemps que c'était devenu une tâche à part entière dans mon emploi du temps. Manger, dormir, travailler à diriger le journal du lycée. Et maintenant, c'est fini. Mon rêve gît en miettes à mes pieds, tout ça à cause d'un… d'un *sportif* ?

– Il n'est même pas compétent, je croasse. Du tout.

Je croyais que ce genre d'ânerie n'arrivait jamais au *Clairon*. C'est même pour ça que j'ai rejoint la rédaction à la base. Pour ça que je me suis investie à fond. Le journal du lycée était censé être le genre d'organisation où ça payait de bosser dur. Où ça comptait de faire du bon travail et d'avoir un minimum d'intégrité.

Les épaules de James se sont tellement affaissées qu'il ne parvient même pas à les hausser.

– Je ne sais pas trop. Son discours était sympa.

– C'est sur ça qu'on nous a jugés ? je m'écrie en gesticulant si fort que je manque en coller une à Winona.

– Plus ou moins. Je veux dire, je ne sais pas.

– Comment ça, tu ne sais pas ? Tu étais là !

– Oui.

– Alors, que s'est-il passé exactement ?

James prend un air chagrin.

– Crache le morceau, mec, l'encourage Winona.

Elle lui reprend le sachet de chips et se met à les engloutir à la chaîne, comme si elle était au cinéma et qu'on arrivait à la scène la plus palpitante du film.

– Eh bien…

Chaque syllabe semble coûter un gros effort à James. Ça ne lui ressemble pas.

– Je suppose que certains ont voté pour Len parce qu'ils trouvaient qu'il… qu'il ferait un meilleur chef.

– Quoi ?

Winona et moi nous sommes exclamées en même temps.

– Ça veut dire quoi exactement ? j'insiste.

James tripote une bretelle de son sac à dos.

– Je ne suis pas sûr que tu veuilles…

– Si, je veux savoir.

Alors, il capitule, et je vois la raideur de sa colonne vertébrale se dissoudre en même temps que son envie de me ménager.

– Les gens te trouvent un peu trop autoritaire, Eliza. Sévère dans tes corrections, et globalement trop critique.

Je sens mon visage s'échauffer. C'est une chose d'imaginer

qu'on fait des remarques négatives sur votre compte, et c'en est une autre d'en recevoir la confirmation.

La gorge étrangement sèche, je réponds :

– Je suis exigeante. Comme toi.

– Je sais, acquiesce James sur un ton apaisant. Et c'est ce qui fait de toi une excellente journaliste...

– Toi aussi, tu es autoritaire, je coupe, sévère, et critique. Pourtant, personne n'a hésité à voter pour toi l'an dernier.

– Je sais, mais... Allez, Eliza, tu sais bien que tu peux avoir l'air, disons, froide. Tu ne fais aucun effort.

Je n'arrive pas à en croire mes oreilles.

– Jusqu'à ce ridicule discours révisionniste, c'est *Len* qui ne faisait aucun effort.

Je donne un coup de pied dans la table de pique-nique, qui ne bouge pas. Je lui en donne un second pour la peine.

– Quand t'a-t-il adressé deux mots sans que ce soit absolument nécessaire ?

– Je ne sais pas, les gens ont l'air de le trouver plus... accessible. Toi, tu en fais trop.

– Donc, d'abord je ne fais pas d'efforts, puis j'en fais trop ? C'est l'un ou l'autre. Choisis.

James pousse un soupir las.

– Tu vois bien ce que je veux dire, Eliza.

– Non, pas du tout.

– Écoute, si ça ne dépendait que de moi, tu aurais eu le poste. Tu le méritais largement. (Ses épaules s'affaissent de nouveau.) Mais je n'ai rien pu faire. J'ai tenté de convaincre les autres, et ils ne m'ont pas écouté. Ils ont dit que tu étais trop conformiste.

– Conformiste, moi ? je répète, ahurie.

– Je sais. Tout ça parce qu'on est amis. Mais depuis quand je suis conformiste ? s'offusque James.

– Je...

Mais je ne parviens pas à choisir de réponse parmi toutes les pensées caustiques qui se bousculent dans ma tête.

James passe son sac à dos sur son autre épaule.

– Bref, il faut que j'y aille, Eliza, mais je suis vraiment désolé.

Malgré sa sincérité évidente, je fais la moue. Il hésite et me pose une main sur l'épaule.

– Hé, ça va aller ?

– Je survivrai, j'articule, le visage changé en un masque de pierre.

– D'accord. Bon, ben envoie-moi un texto si tu veux.

Il brandit son téléphone en s'éloignant à reculons, puis agite la main et se détourne.

Après son départ, j'enfonce mon talon dans l'herbe et tourne avec force sans me soucier des trous que je vais laisser dans le sol. Je fulmine.

– Winona, je lance au bout de plusieurs minutes, je crois que *Le Clairon* est aussi épouvantablement misogyne que le reste du monde.

Mon amie acquiesce d'un air compatissant et croque dans une nouvelle chips à l'oignon.

– Je crains que tu aies raison.

Quand arrive l'heure où Winona doit partir chercher son frère à Sainte-Agathe, je me dirige vers la salle de rédaction pour parler à M. Powell. Je n'ai pas encore décidé ce que j'allais lui dire, mais ce sera probablement un truc du genre : « C'est épouvantablement misogyne. » Sur un ton raisonnable, histoire de ne pas passer pour une hystérique.

Mais M. Powell n'est pas là quand j'arrive. La salle est vide. Je soupire, laisse tomber mon sac à dos sur mon bureau et m'approche du mur des rédacteurs pour détailler les portraits qui le composent. Au tout début, il y a ce bon vieil

Harry, avec ses lunettes années 80 qui sont redevenues à la mode et une coupe de cheveux qui ne l'est pas encore. Et à la fin, il y a James, le regard en coin, avec un sourire qui montre une partie de ses dents. Je trouve le dessin très ressemblant, mais il s'est plaint que ses yeux n'étaient pas si petits que ça. (Il a tort.)

Et maintenant, c'est Len qui prendra la place suivante. Le type qui a décidé de se présenter à une élection la veille du scrutin sans que personne s'interroge sur le sérieux de son engagement. Il a suffi qu'il décide de se montrer amical et charmeur pour que tout le monde se fiche de ses motivations.

Moi, par contre, je suis engagée et motivée.

Ce qui m'énerve le plus, c'est l'idée que Len serait un meilleur chef que moi. J'ai autant de défauts que n'importe qui, peut-être plus. Mais un des arguments principaux en ma faveur, c'est que je gère déjà une putain d'équipe. Comment Len pourrait-il être plus compétent que l'actuelle directrice de la publication ?

Et pourtant... Il a quelque chose. Je le sais, parce que, malgré ma colère, ça a plus ou moins fonctionné sur moi aussi. Quelque chose dans sa façon de parler, l'équivalent vocal d'un bras passé autour de vos épaules, d'un regard plongé dans le vôtre comme pour dire « je suis là », même si vous vous doutez que vous ne pouvez pas compter sur lui. Je n'ai pas pu m'empêcher de le trouver rassurant et de douter de moi-même. Et s'il était vraiment meilleur ? Pourquoi avait-il l'air meilleur sans faire le moindre effort ?

Je connais la réponse à ma propre question. Je sais très bien pourquoi la majorité du *Clairon* a voté pour lui malgré toutes les raisons de ne pas le faire. Pour la même raison que James peut se montrer grandiloquent et excentrique, et que je ne peux pas être... ce que je suis.

Parce que les gens adorent les filles autoritaires et sûres d'elles jusqu'à ce qu'elles se mettent à leur donner des ordres.

M. Powell n'est toujours pas là. Je regagne mon bureau et ouvre mon ordinateur portable. Malheureusement, il n'a plus de batterie et, bien entendu, j'ai oublié mon chargeur à la maison. Je fouille un peu partout pour voir si quelqu'un n'en aurait pas oublié un, mais au bout de quelques minutes, je me résous à m'asseoir devant un des ordinateurs du *Clairon*. Je devrais peut-être faire mes devoirs en attendant. Inutile que cette lamentable affaire me fasse perdre davantage de temps, pas vrai ?

Je sors le sujet d'une dissertation de mon classeur. « En vous basant sur des faits historiques, démontrez dans quelle mesure les progrès scientifiques et technologiques ont affecté l'économie américaine entre 1950 et 2000. » D'accord, oui, je peux faire ça. Avec une détermination renouvelée, j'ouvre un nouveau document Google et me mets à taper :

« Durant la seconde moitié du XXe siècle, l'économie américaine a été significativement affectée par le progrès technologique. De nombreux développements scientifiques »

Pouah, quel ennui ! J'enfonce frénétiquement la touche retour en arrière jusqu'à ce que ma prose soporifique disparaisse. La vérité, c'est que là tout de suite, je n'ai rien d'original à raconter sur l'économie américaine. Pas une seule petite chose. Tout mon espace mental est occupé par cette histoire avec Len.

Alors, je change de sujet, et les mots se mettent à couler tout seuls :

« Aujourd'hui, j'ai été battue à l'élection du nouveau rédacteur en chef du *Clairon*. Mes camarades ont choisi quelqu'un d'autre pour les diriger l'an prochain. Ce qui ne me poserait pas de problème si ça n'était pas une démonstration flagrante de misogynie. Je suis consternée que, à cette époque prétendument éclairée et au sein de notre génération soi-disant progressiste, nous soyons confrontés à ce genre de problème. Eh oui, mes amis, la démocratie n'est pas immunisée contre le sexisme.

J'admets que je ne suis pas quelqu'un de chaleureux. Ce n'est pas mon but dans la vie. On pourrait dire – et certains ne se sont pas gênés pour le faire – que je suis carrément chiante. Ou « autoritaire », « trop critique » et « froide ». Mais j'étais également la candidate la plus qualifiée pour le poste cette année, et c'est un fait indiscutable.

Malheureusement, les faits ne sont pas la préoccupation principale de mes chers Claironneurs. Ils se fichent de savoir si une candidate a de l'expérience, et pendant combien d'heures elle a déjà transpiré sur ce journal. Ils ne veulent pas savoir combien d'articles elle a écrits ou quels projets concrets elle apporte. Non, ils se laissent séduire par le patriarcat drapé dans une cape de sentimentalisme à deux balles.

À ce stade, je me dois de vous décrire leur élu. Len DiMartile, joueur de base-ball raté reconverti en journaliste dont le seul talent consiste à savoir occasionnellement tourner ses phrases. Mais peu importe, parce qu'il est grand, qu'il a des cheveux bruns ondulés et qu'il arbore un semis de boutons d'acné sur les pommettes de la même façon qu'une top model peut se permettre d'assumer des lunettes en cul de bouteille.

Mais surtout : c'est un garçon.

Vous savez tous ce que je veux dire. Il en est ainsi à chaque élection, à Willoughby comme ailleurs. Une fille qui veut diriger doit être intelligente, compétente, bosseuse, séduisante et surtout sympathique pour avoir une toute petite chance contre un adversaire mâle qui, la plupart du temps, ne possède qu'une partie de ces caractéristiques – voire aucune. Un mec qui veut devenir chef doit juste s'efforcer de ne pas faire trop de conneries. Les filles, elles, sont jugées pour leur passé, les garçons pour leur potentiel.

Voilà comment moi, l'actuelle directrice de la publication du *Clairon*, j'ai perdu contre DiMartile dont j'ai corrigé les articles toute l'année. Parce que je ne suis « pas très sympa ». Parce que j'en « fais trop ». Parce que DiMartile a raconté une anecdote personnelle dans son discours, et que ça a suffi à convaincre tout le monde que, malgré sa réserve habituelle, il ferait un meilleur chef que moi. Parce qu'il s'est présenté comme un type accessible et que les gens ont reçu ça comme une révélation plutôt qu'une anomalie.

Je pensais que mes estimés collègues du *Clairon* valaient mieux que ça. Je me trompais. Ils »

La porte de la salle s'ouvre à la volée, et je me retourne en passant une main dans mon dos pour éteindre l'ordinateur. Je n'ai pas entendu la cloche de fin de journée, et mes camarades du *Clairon* entrent dans la pièce. Bien qu'à peu près certaine que personne n'a vu mon écran, j'ai très envie de m'enfuir. Je décide que ma conversation avec M. Powell peut attendre.

– Oh, Eliza !

Avec un flair infaillible, Cassie m'intercepte. Je me fais peut-être des idées, mais je jurerais qu'elle a poussé sa sempiternelle gaieté à fond juste pour moi.

– Il te faut une photo de Mme Velazquez, pas vrai ? Tu la veux en action à la cafétéria ?

– Euh, ouais, ce serait bien.

– D'accord. Et pour le truc du club de botanique ?

Je lutte pour me rappeler de quoi elle parle.

– Oh, euh, Gene Lim a dit qu'ils avaient réussi à se procurer une herbe résistante à la sécheresse pour remplacer celle qu'on a actuellement. Mais il doit obtenir l'accord de l'administration pour la semer.

– Aaah, je vois. Tu as dit que ce serait bien d'avoir un carrousel des différentes sortes de plantes, exact ?

– Ouais, un truc du genre. Bon, il faut que je file, on se voit plus tard.

Je fais un pas en direction de mon bureau.

– D'accord. Au fait…

Cassie jette un coup d'œil à la ronde, puis baisse la voix comme ce matin.

– Je ne suis pas censée te dire qui a gagné, alors je ne le ferai pas, mais je veux que tu saches que j'ai voté pour toi.

Je cligne des yeux avant de me ressaisir suffisamment pour dire :

– Merci.

Cassie me sourit gentiment. Puis, son énorme appareil autour du cou, elle s'éloigne en bondissant comme un kangourou.

Je rassemble mes affaires sans rien dire à personne d'autre. Je me sens gênée, même s'ils ne sont absolument pas en train de chuchoter en me jetant des regards en coin. Mais ils savent, et pire, ils croient que je ne suis pas au courant. J'ignore si la distance qui nous sépare est remplie de satisfaction ou de pitié.

Je viens à peine de mettre un pied dans le couloir quand je manque percuter Len.

– Oh, lâche-t-il, un reportage urgent à réaliser ?

J'aboie « non » et prends une inspiration sifflante.

– Pardon, dis-je plus calmement, je ne faisais pas attention.

– Ça ne te ressemble pas.

Je lui tiens la porte ouverte et, du coin de l'œil, je constate que tout le monde nous observe. Quand mes camarades voient que je m'en suis aperçue, ils détournent très vite la tête.

Que faire d'autre ? Je désigne la porte comme si j'étais une foutue ouvreuse de cinéma, et après une seconde d'hésitation, Len entre.

– Merci, dit-il.

– De rien, je réponds avant de claquer la porte avec force derrière lui.

4

James n'annonce la victoire de Len que le samedi en fin de matinée.

– Désolé, Quan, me textote-t-il dans la foulée, il fallait bien que je m'y résolve. ☹

Comme si je lui avais demandé de retarder ce moment et de faire traîner ma misère tel un chewing-gum collé sous une chaussure.

Je reçois le mail alors que je me tiens sous les néons du rayon fruits de mer au Viet Hoa, un supermarché vietnamien de Little Saigon. En fond sonore, le chevrotement métallique du *cải lương* se mélange aux bruits du comptoir de la poissonnerie : eau qui clapote dans les aquariums, couteaux qui tranchent des nageoires d'un geste vif et raclent des écailles évacuées par un puissant jet d'eau... La cacophonie froide et saumâtre reste indifférente à ma consternation.

VOTRE NOUVEAU CHEF, clame le titre du mail. Même quand c'est une tragédie, James ne peut pas s'empêcher de faire du cinéma.

J'efface le message sans l'ouvrir.

Penchée sur notre chariot avec son propre téléphone, Kim ignore le tour pris par les événements. Tout comme notre mère, occupée à retirer un ticket rose au distributeur. Et je n'ai aucune envie de les en informer.

Nous venons régulièrement au Viet Hoa toutes les trois, parce que c'est là que maman aime faire ses courses de la semaine. En fait, elle préférerait un marché chinois, mais les Vietnamiens sont plus près et ils font de meilleurs prix – ceux du Viet Hoa sont carrément imbattables. Certaines des amies de maman, originaires de Chine continentale, se rendent en voiture jusqu'à la vallée de San Gabriel pour y faire leurs courses. Maman considère ça comme un gaspillage d'essence. Ses racines *wàh kìuh* sont profondes, mais pas à ce point.

Bien que nous venions souvent ici, je ne m'y sens pas toujours à ma place. Little Saigon, qui s'étale sur plusieurs villes au cœur du comté d'Orange, est une réminiscence banlieusarde des années 50 à l'image du rêve vietnamien américain. On lui a donné le nom de l'ancienne capitale de l'ancien Sud-Vietnam, d'où sont originaires la plupart de ses résidents (c'est aussi le camp que les États-Unis ont soutenu pendant la guerre). Le drapeau sud-vietnamien, jaune avec trois bandes rouges, flotte toujours fièrement au-dessus des centres commerciaux et des immeubles de bureaux, symbolisant tout ce pour quoi le Sud s'est battu. Mais comme beaucoup de Chinois ethniques pris malgré eux dans ce conflit, mes parents vivaient au nord du pays avant d'être forcés de fuir. Disons juste qu'ils ne se sont pas battus pour grand-chose.

– Tu croyais au communisme ? ai-je demandé à ma mère un jour.

– On nous l'enseignait à l'école, mais je trouvais ça ennuyeux.

– Donc, tu voulais que les Américains gagnent ?

– Non, ils lâchaient des bombes sur nous à Hanoï. J'insultais Nixon comme tout le monde.

La philosophie globale de ma mère, c'est que toutes les guerres sont inutiles.

– Regarde-nous. Après tout ce qui s'est passé, on a atterri en Amérique. C'est toujours pareil. Des gens se battent et meurent, puis leurs dirigeants se serrent la main et c'est terminé. La vie reprend son cours normal. La seule chose dont tu dois te préoccuper, c'est d'avoir toujours un bol de riz à manger.

Si ma famille avait une devise, ce serait probablement celle-là : « Assure-toi de ne jamais manquer de riz. » Je voudrais bien qu'on ait de plus hautes aspirations, mais apparemment, je suis la seule.

– Un petit poisson, s'il vous plaît, demande maman en écartant les mains.

Elle parle anglais parce que l'homme derrière le comptoir n'est ni vietnamien ni chinois, mais mexicain. La beauté de la vie en Californie du Sud.

Il prend son filet et le plonge dans un aquarium plein de tilapias, capturant l'innocent individu qui rentrera à la maison avec nous. Quand il le sort de l'eau, le poisson se débat frénétiquement.

– Celui-là, ça vous va ?

Maman acquiesce.

– Oui.

– Frit ?

– Non, seulement nettoyé.

Au-dessus du comptoir, un panneau illustré présente toutes les options proposées par la poissonnerie. Numéro un, un simple écaillage – c'est ce que prend toujours maman. Numéro deux, on vous enlève les écailles et la tête. Numéro trois, les écailles, la tête et la queue. Numéro quatre, on vous le frit (sans doute après avoir retiré les parties susmentionnées). D'où l'odeur qui flotte dans l'air, et que je trouve généralement délicieuse jusqu'à ce que je la sente émaner de mes fringues longtemps après être sortie du supermarché.

Pendant que maman attend, je décide de faire un tour rapide au rayon des trucs à grignoter. Peut-être parce que je ne veux pas que ma sœur et elle me demandent pourquoi je suis de mauvaise humeur, ou parce que j'en ai assez de regarder tous ces poissons dans le blanc de l'œil.

Mais quand je les rejoins quelques minutes plus tard, les bras pleins de chips aux oignons pour nous nourrir pendant une semaine, Winona et moi, Kim n'a qu'une seule question à me poser :

– Vous êtes encore accros à ces trucs ?

Elle saisit un des sachets et l'agite en l'air avec le genre d'expression dégoûtée que la plupart des gens réservent à un céphalopode mourant.

Maman s'approche avec notre poisson enveloppé dans du papier blanc.

– Laisse ta sœur tranquille. C'est bien qu'elle mange un peu entre les repas. Vous êtes trop maigres, toutes les deux.

Je lâche ma récolte dans le chariot en décochant un sourire triomphant à Kim. Elle replonge le nez dans son téléphone, mais deux secondes plus tard, avec toute la finesse d'un joueur de poker qui tient une main gagnante depuis un moment, elle lance en cantonais – pour être sûre que ça n'échappe pas à maman :

– Au fait, je ne t'ai pas demandé : ça s'est passé comment, l'élection au *Clairon* ?

Maman, qui cochait le poisson sur sa liste de courses, braque son regard sur moi. Maudite Kim.

– Oh, tu sais, ça s'est passé.

– Alors, c'est officiel ? Tu es la nouvelle rédactrice en chef ? insiste-t-elle.

– Pas tout à fait, dis-je en étudiant un tas de petits crabes bleus qui agitent lentement leurs pinces. Il y a eu… une complication.

– Tu as perdu alors que tu étais la seule candidate ? glousse ma propre sœur, frétillante d'excitation.

– Justement, non. C'est ça, la complication.

Un des crabes a grimpé sur un de ses copains. Je le regarde gratter le haut de l'aquarium, si près et pourtant si loin de la liberté.

– Quelqu'un s'est présenté contre moi.

– Et c'est lui qui a été élu ?

– Brillante déduction, Kim. On peut y aller ?

Satisfaite de m'avoir rabaissée, ma sœur pousse le chariot. Mais ma mère ne l'entend pas de cette oreille.

– Qui a gagné ? demande-t-elle en cantonais.

– Tu ne le connais pas.

– Comment il s'appelle ?

Je marmonne :

– Len DiMartile.

– *Pfff*. Ces noms de Blancs ! Toujours si difficiles à prononcer…

Nous avons atteint les caisses. Il y a beaucoup de monde, et Kim tente de se placer dans la file qui semble la plus courte. Je fais mine d'examiner le présentoir de chewing-gums Marukawa en espérant que ma mère va laisser tomber.

Apparemment, elle n'en a pas l'intention.

– Ce garçon… il est très doué ? Plus que toi ?

C'est la seconde partie de la question – typique de ma mère – qui fait que je ne peux pas y répondre.

– Je n'en sais rien, j'articule.

– Il doit être doué si les gens ont voté pour lui, insiste-t-elle.

Je garde le silence, me contentant de jeter un regard noir à Kim tout en lui tendant un paquet de *bok choy* pris dans le fond du chariot. Elle le pose sur le tapis roulant en feignant de n'avoir rien vu.

– Tant pis, dit ma mère. Ne sois pas trop triste. Tu ne peux pas faire plus que ton maximum. Il y aura toujours des montagnes par-delà les montagnes.

Elle a récité ce proverbe en mandarin : « *Yī shān hái yǒu yī shān gāo.* »

C'est une réaction très raisonnable à ma défaite, et j'en suis tellement surprise que je manque lâcher une boîte d'œufs. Comme toutes les mères chinoises, la mienne considère qu'arriver deuxième dans n'importe quel domaine constitue un échec moral. J'étais certaine d'avoir droit à un discours, mais il semblerait que non.

– Je suppose que oui.

Maman met le sujet de côté pour se concentrer sur l'écran qui affiche le total provisoire de nos articles au fur et à mesure du scan. La caissière, une fille au visage rond entouré de petits cheveux fins, porte un badge marqué BONJOUR JE M'APPELLE PHUONG. Par-dessus le concert de bips, elle discute avec le garçon chargé d'emballer nos courses de la raison pour laquelle une dénommée Tuyet n'est pas venue travailler aujourd'hui. Ou bien ils ne réalisent pas que nous comprenons le vietnamien, ou bien ils s'en fichent.

– Elle s'est peut-être trouvé un copain, suggère le garçon en jetant nos racines de lotus dans un sac en toile avec une désinvolture qui contrarie ma mère.

– Avec un peu de chance, un qui a la nationalité américaine !

Phuong rit et secoue la tête en tapant un code pour notre paquet de feuilles d'*ong choy*.

– Moi, je pense qu'elle a démissionné. Elle a dit qu'elle voulait devenir manucure.

Le garçon esquisse une grimace dégoûtée.

– Je préfère travailler ici que faire les ongles des gens. Surtout ceux des pieds, dit-il en frissonnant. Pas toi ?

Phuong jette à peine un coup d'œil au sachet de tomates cœur-de-bœuf avant de taper le code et de le pousser vers son collègue.

– *Anh ơi,* à ton avis, pourquoi je suis toujours là ?

Puis elle annonce le total à ma mère en anglais avec un fort accent.

Après avoir payé, maman nous fait attendre derrière le garçon le temps qu'elle vérifie chaque article sur le ticket de caisse.

– On bloque le passage, proteste Kim, qui pilote toujours le chariot.

– Non, c'est bon, on n'a qu'à se mettre sur le côté.

Maman nous pousse vers un présentoir de DVD de *Paris by Night*. Dans le coin, un petit écran à l'image légèrement floue diffuse un épisode de cette émission de variétés vietnamienne. Le vendeur, un vieil homme en gilet de flanelle, semble perplexe face à cette invasion de son espace commercial.

– La caissière était très occupée à bavarder, se justifie ma mère qui, apparemment, se fiche pas mal du sort de Tuyet. Je veux être sûre qu'elle ne s'est pas trompée.

Kim et moi nous recroquevillons sur nous-mêmes. On déteste toutes les deux ce rituel ; c'est l'une des rares choses sur lesquelles on est d'accord. Malheureusement, il n'y a pas moyen d'y couper. Depuis la fois où une caissière qui s'y connaissait mal en pommes a compté nos galas comme des fujis, maman est certaine que ce type d'erreur est voué à se reproduire.

Mais aujourd'hui, son extrême vigilance me semble presque acceptable. Pourquoi ne pas prendre le temps de vérifier qu'on n'a pas payé trop cher ? Pourquoi ne pas se focaliser sur un sujet aussi anecdotique qu'on en oublie de faire la morale à sa fille déjà très contrariée ?

Plus tard, lorsque nous sommes assises dans la voiture avec nos ceintures attachées et les courses dans le coffre, maman lance :

– Eliza, je sais que ça ne va pas te plaire, mais je dois te le dire parce que je suis ta mère.

Dans toute l'histoire de l'univers, rien de bon n'a jamais suivi un tel préambule. Même Kim, qui n'est pas concernée par cette conversation, se raidit dans le siège passager, et ses pouces s'immobilisent sur son téléphone.

– D'accord, je lâche d'une voix morne tandis que ma mère sort de sa place de parking en marche arrière.

– Je pense juste que la prochaine fois que tu devras faire un discours ou autre chose d'important, tu devrais t'habiller un peu mieux.

Parfois, quelqu'un – généralement un parent – se convainc qu'une chose triviale est la solution à tous vos problèmes. Même s'il s'agit d'un détail si spécifique qu'aucune personne rationnelle ne pourrait croire qu'elle influence quoi que ce soit, il ou elle déploie une créativité prodigieuse pour prouver que tout ne dépend que de ça.

Pour ma mère, cette chose triviale, ce sont mes fringues.

Je devrais hocher la tête et répondre : « Oui, tu as raison. Si je n'ai pas été élue rédactrice en chef, c'est parce que je m'habille comme un sac. »

Malheureusement, ce qui sort de ma bouche, c'est :

– Tu plaisantes ?

– Pas du tout, réplique ma mère en sortant du parking. Je suis très sérieuse.

Même si elle parle essentiellement en cantonais, elle prononce cet adjectif en anglais.

– J'ai essayé de t'en parler hier matin, mais tu es tellement têtue ! Franchement, je n'ai pas toujours l'énergie de me disputer avec toi.

– Je ne crois pas que mes fringues soient le problème, je grommelle, irritée – non parce que je pense qu'elle a tort, mais plutôt parce que je crains qu'elle ait raison.

– Vraiment ? Les gens te jugent toujours sur ton apparence. Ce gilet… on dirait que tu l'as piqué à quelqu'un d'autre. Tu as de la chance de ne pas être la fille d'A Pòh. Quand j'étais petite, si on sortait débraillés, elle nous giflait. Peu importait qu'on soit pauvres, on devait avoir l'air respectables.

Kim se retourne avec une expression qui signifie à la fois « je suis désolée » et « je te l'avais bien dit ».

– C'est A Pòh qui m'a donné ce gilet, je fais remarquer.

– *Aiyah*, pour être gentille. Elle ne pensait sûrement pas que tu le porterais dehors. C'est un vêtement d'homme. Même A Gūng n'en voulait pas parce qu'il était trop grand pour lui.

Je tire sur le bas des manches pour cacher mes mains. Maman déteste que je fasse ça, sûrement parce que ça souligne le fait que je porte un vêtement que mon grand-père avait rejeté.

– Au moins, il est lavable en machine.

– Dommage qu'il n'ait pas rétréci, ricane Kim.

Maman nous ignore toutes les deux.

– Je ne dis pas que tu dois t'habiller à la mode, parce que c'est une dépense inutile. Mais au minimum, porte des vêtements à ta taille et coiffe-toi convenablement. Je ne veux pas que les gens disent que ta mère t'a mal élevée.

J'appuie ma tête contre la vitre et ferme à demi les yeux tandis que nous longeons un centre commercial en plein air avec un autre supermarché vietnamien, un restaurant qui fait du bon *pho* et une sandwicherie où on peut acheter trois *banh mi* pour le prix de deux.

– Et je ne comprends pas pourquoi tu aimes tant les couleurs foncées, poursuit ma mère. Ça te donne l'air malade. Tu ne ressembles pas du tout à une chef.

Je finis par péter les plombs.

– Ce n'est pas comme si l'autre candidat était habillé comme le président ! Il portait juste un sweat à capuche et un T-shirt froissé !

– Et alors ? C'est un garçon. Ce n'est pas pareil.

Ma mère paraît surprise d'avoir à m'expliquer la différence.

Je me recroqueville sur la banquette arrière et enfouis mon visage dans mes bras. Planquée derrière les plis généreux du gilet problématique, je grogne :

– On pourrait arrêter de parler de ça ?

Maman fait claquer sa langue.

– C'est toujours pareil avec toi. Tu ne veux parler de rien, me reproche-t-elle. Je ne dis que la vérité. C'est mon devoir de mère, même si tu ne veux pas l'entendre.

Puis elle lance à Kim :

– Elle s'énerve tellement vite.

– Pas du tout, je proteste d'une voix étouffée.

J'entends ma mère soupirer.

– *Bǎo bèi*, je sais que tu es une fille intelligente.

Je laisse retomber mes bras, et elle me jette un coup d'œil dans le rétroviseur.

– Mais tu serais encore plus intelligente si tu m'écoutais.

J'enfouis de nouveau mon visage dans mes manches.

5

Le lundi matin, c'est d'humeur contemplative que je traverse la cour et me faufile distraitement entre les tables de pique-nique pour gagner la salle de rédaction. À cette heure-ci, l'air est encore agréablement frais. Je resserre mon gilet autour de moi – sans prendre la peine de le boutonner, parce que le froid se contenterait de s'infiltrer entre moi et le polyester. Je m'en fiche, c'est réconfortant de m'envelopper de mes bras.

J'ai envisagé de boycotter *Le Clairon* – de ne m'y montrer que le temps de faire une sortie théâtrale, peut-être en brandissant une pancarte qui dirait JE VAUX MIEUX QUE CE SEXISME ou un truc du genre. Ça leur ferait les pieds.

Sauf que non. Je suis arrivée à la conclusion que ma présence gênerait mes camarades davantage que ma subite absence, et j'ai décidé que je préférais les mettre aussi mal à l'aise que possible.

Je m'attends à trouver la salle vide, car il est encore assez tôt. Mais Len est déjà là, assis en tailleur à sa place habituelle, et j'aperçois également un café fumant sur le bureau de M. Powell. Sa citation préférée d'Oscar Wilde est imprimée sur le mug, chaque mot dans une couleur de l'arc-en-ciel différente : « La vérité est rarement pure et jamais simple. »

Len ne me salue pas lorsque j'entre, ce qui ne me dérange pas. Je l'ignore aussi. L'ordinateur posé sur ses genoux semble monopoliser toute son attention. Mais quand je passe près de lui, il se racle la gorge.

– « À ce stade, je me dois de vous décrire leur élu, commence-t-il. Len DiMartile, joueur de base-ball raté reconverti en journaliste dont le seul talent consiste à savoir occasionnellement tourner ses phrases. »

Je me fige.

– Qu'est-ce que tu lis ? je demande en sentant mes joues s'empourprer.

– « Mais, poursuit-il sans me répondre, peu importe, parce qu'il est grand, qu'il a des cheveux bruns ondulés et qu'il arbore un semis de boutons d'acné sur les pommettes de la même façon qu'une top model peut se permettre d'assumer des lunettes en cul de bouteille. »

Il lève les yeux vers moi.

– Donc, tu as remarqué mon acné ?

En proie à une horreur grandissante, je répète :

– Qu'est-ce que tu lis ?

– *Le Clairon*, dit-il en faisant pivoter son ordinateur pour me montrer l'écran.

Je lâche mon sac à dos et plonge vers les postes informatiques alignés contre le mur. Frénétiquement, j'ouvre une fenêtre et attends que ça charge. Je suis récompensée par l'apparition de l'article, tel qu'il doit s'afficher sur tous les navigateurs ayant programmé *Le Clairon* comme page d'accueil par défaut – autrement dit, tous les navigateurs de tous les ordinateurs du réseau de Willoughby, grâce à ma propre initiative et aux efforts que j'ai déployés en ce sens pendant mon année de seconde.

LE PATRIARCAT EST BIEN VIVANT !

par Eliza Quan

Consternée, je demande :

– Qui a choisi ce titre ?

– Tu ne le trouves pas bien ? réplique Len sur un ton détaché.

– Il est absurde et… complètement mélo, je proteste faiblement.

– Bah…

Len hausse un sourcil et baisse les yeux vers son portable.

– Je te jure que je n'ai pas publié ça, j'insiste. Personne n'était censé le lire.

– Ça, j'avais compris.

Je m'affaisse sur ma chaise, glissant de plus en plus bas jusqu'à ce que j'aperçoive quelque chose et me redresse en sursaut. Quelqu'un – sans doute la personne qui a publié mon article – a ajouté une conclusion en reprenant là où je m'étais arrêtée au milieu d'une phrase.

« Je pensais que mes estimés collègues du *Clairon* valaient mieux que ça. Je me trompais. Et ça n'a jamais été le cas. Depuis trente ans que ce journal existe, il n'a eu que sept rédactrices en chef, soit dix-neuf pour cent de son effectif total. C'est encore moins que le pourcentage actuel de femmes qui siègent au Congrès. Au Congrès, les gens !

Aujourd'hui, *Le Clairon* aurait pu, à son échelle, contribuer à infléchir l'arc de la moralité. Au lieu de ça, il a encore élu un homme à un poste qui, selon tous les critères en vigueur, aurait dû revenir à une femme beaucoup plus compétente. Je suis déçue, indignée et blessée. Mais pas forcément surprise. »

– Ce n'est pas moi qui ai écrit… la dernière partie, dis-je, tout en ayant conscience d'être de moins en moins crédible.

Len hausse les épaules.

– Je ne sais pas. C'est tout à fait ton style. Beaucoup de chiffres.

Il porte le même sweat à capuche que la semaine dernière, et mâchouille une des extrémités du cordon. L'état de l'autre indique clairement qu'il ne l'épargne pas non plus. Il a les yeux baissés sur son ordinateur, et je remarque que ses cils sont plus longs que les miens. On dirait ceux d'une fille.

Je cherche quoi répondre.

– Écoute, je ne le pensais pas. Ce que j'ai écrit. Enfin, la partie que j'ai écrite.

– Bien sûr que si, réplique-t-il immédiatement.

Il tape quelque chose ; ses doigts volent sur le clavier.

– Ce n'est pas ton meilleur article, mais sur le fond, tu n'as pas tort.

M. Powell débarque à ce moment avec un tas de copies.

– Quan et DiMartile, nous salue-t-il, irradiant la fierté. Les nouveaux piliers jumeaux du *Clairon*.

M. Powell est un mec bien. Il n'est pas si vieux, mais j'ai entendu Mlle Norman – qui, elle, est carrément antique – dire qu'il « s'habille comme s'il faisait campagne pour Bobby Kennedy en 1968 ». Je crois que c'était censé être un compliment.

Je tente de sourire mais ne produis qu'une grimace. M. Powell nous dévisage tour à tour, Len et moi.

– Tout va bien ?

– Eliza a écrit un billet d'humeur, répond nonchalamment Len.

Et soudain, je décide que c'est un connard.

– J'ai besoin de retirer quelque chose du site Internet du *Clairon*, dis-je.

M. Powell lit mon article, et je vois son inquiétude grandir tandis qu'il fait défiler le texte en silence. Il me semble que je suis coincée dans un de ces affreux cauchemars qui continuent même après que votre moi onirique s'est rendu compte que ça ne pouvait pas être réel. Des dizaines de fois, je me suis convaincue que je ne dormais pas, puis réveillée les poings serrés et le corps baigné d'une sueur froide, soulagée de ne pas avoir réellement passé mes examens sans réviser d'abord.

– Bien, lâche M. Powell après avoir fini de lire, il y a beaucoup de choses à dire là-dessus.

– Pour commencer, ce n'est pas moi qui l'ai mis en ligne, j'affirme.

Il me dévisage un moment.

– D'accord. Voyons qui l'a fait.

Nous découvrons que mon billet a été publié vendredi… par moi. C'est marqué dans les archives : « equan, 15:17 ».

Je m'indigne :

– Quoi ? Quelqu'un a dû utiliser mon compte.

À sa décharge, M. Powell fait très bien semblant de croire que je ne suis pas complètement cinglée.

– D'accord, répète-t-il en se grattant la tête. Mais c'est toi qui l'as écrit, ou pas ?

Intérieurement, je maudis le texte qui s'étale sur l'écran sans la moindre honte. Mais je ne peux pas le renier.

– Ouais.

– Apparemment, pas en intégralité, intervient Len, toujours serviable.

– Pas les deux derniers paragraphes, je précise.

M. Powell semble considérer que ça ne nous aide pas beaucoup.

– Comment quelqu'un d'autre que toi aurait-il pu y avoir accès ?

Je tente de me souvenir du vendredi après-midi.

– Je ne sais pas. Je l'ai écrit ici…

Cette information creuse les rides de perplexité sur le visage de M. Powell.

– Peut-être que je ne me suis pas déconnectée de mon compte Google Drive. Il me semblait avoir éteint l'ordinateur avant de partir, mais j'étais pressée. J'ai pu me tromper.

Soudain, une pensée effrayante me traverse l'esprit. Si cette personne a eu accès à tout le contenu de mon compte...

– Je suis surpris de ne pas avoir été contacté à ce sujet, murmure M. Powell tandis que je me dépêche de changer mon mot de passe. Cet article est en ligne depuis plus de deux jours...

– Personne ne lit *Le Clairon* le week-end, dis-je sur un ton plein d'espoir.

– Sérieusement, Eliza ? lance une voix depuis le seuil. Tu es vraiment gonflée !

Argh. James. Bien sûr qu'il l'a lu. Mais sans doute récemment, sans quoi il m'aurait déjà bombardée de textos.

Il fait irruption dans la salle et laisse tomber ses livres pleins de feuilles volantes devant moi. Son regard se pose sur l'article affiché à l'écran.

– Vous avez approuvé ça ? demande-t-il à M. Powell, qui l'informe aimablement que non.

James semble abasourdi. Je tente de lui expliquer ce qui s'est passé.

– Putain...

– Je sais. Maintenant, est-ce qu'on pourrait s'occuper de le mettre hors ligne ?

Il lève une main.

– Une minute. Est-on certains qu'il faille le faire ?

Len, qui a gardé le silence pendant toute cette conversation, répond immédiatement par l'affirmative. En même temps, je m'exclame :

– Tu te fous de moi ?

– Eh bien, dit pensivement James, d'un point de vue

journalistique, ce n'est pas très correct d'effacer un article déjà publié.

– Je ne crois pas que l'administration réagirait bien si on le laissait en ligne, fait remarquer M. Powell.

– Et puis, ajoute Len, ce qui aurait vraiment été correct, ç'aurait été de le publier en tant que tribune plutôt qu'à la une.

– Ouais, mais c'est peut-être ce dont *Le Clairon* a besoin : un peu d'audace, suggère James. Apparemment, nous courons le risque de devenir trop conformistes. Il faut réagir. Je ne suis pas d'accord avec tout ce que dit Eliza, mais... c'est un point de vue, un vrai.

Je frappe le bureau du plat des mains, les faisant sursauter tous les trois.

– C'est moi l'autrice de cet article. Je l'ai écrit pour moi, et pour moi seulement. Quelqu'un a violé mon intimité en le publiant, et c'est inacceptable. Un piratage, ce n'est pas la même chose qu'une publication. La différence se situe dans l'intention. Et le *consentement*. (J'inspire à fond pour me calmer.) Tous vos arguments sont valides, mais peu importe.

L'espace d'un instant, M. Powell, James et Len me fixent sans réagir. Puis James se ressaisit.

– Comme je viens de le dire, c'est un point de vue.

Ils me laissent l'honneur de décocher la case « publier », et il me suffit d'un clic pour qu'après rafraîchissement, la première page du *Clairon* affiche de nouveau le contenu prévu.

Si seulement la vie était aussi simple... Je viens tout juste de rassembler mes pensées quand les autres membres de la rédaction commencent à arriver.

– Hé, lance Natalie à la cantonade en s'approchant de moi, vous avez vu la une ? demande-t-elle en agitant son téléphone de façon menaçante.

– Natalie, range ça, s'il te plaît, réclame M. Powell. Asseyez-vous tous.

Quelques minutes plus tard, nous sommes presque au complet. Il se plante devant nous, les mains sur les hanches.

– Certains d'entre vous ont peut-être vu qu'un article avait été publié sur le site du *Clairon* sans approbation préalable. Nous l'avons retiré, mais je tiens à souligner que c'est inacceptable pour plusieurs raisons. D'abord, comme vous le savez, j'attends que vous traitiez *Le Clairon* comme un vrai journal, et donc, que vous vous conduisiez avec professionnalisme et intégrité en toutes circonstances. Le processus éditorial a une raison d'être, et tout article publié sous la bannière du *Clairon* doit y être soumis. Oui, Aarav ?

L'interpellé baisse la main.

– Est-ce qu'Eliza va avoir des ennuis ?

Des murmures spéculatifs se répandent dans la salle. Je jette un coup d'œil à James, qui secoue la tête comme s'il n'arrivait pas à y croire. Len m'observe aussi, mais détourne très vite les yeux en voyant que je l'ai remarqué.

– Ce qui m'amène au second point, reprend M. Powell. Eliza dit qu'elle n'a pas publié cet article et, conformément à la présomption d'innocence, elle a droit à notre confiance. Ce qui signifie que quelqu'un d'autre a publié son article sans sa permission, ce qui est également contraire aux principes du *Clairon*. Oui, Cassie ?

– Est-ce qu'Eliza a vraiment écrit ça ?

La voix de Cassie tremble. Elle me donne l'impression d'être le genre de personne qui noie des bébés marsupiaux pour s'amuser.

M. Powell ajuste ses manchettes avant de répondre :

– Je sais que l'opinion exprimée par Eliza peut sembler discutable, mais elle a été partagée prématurément – alors qu'elle n'était peut-être pas vouée à l'être du tout. Ceux que ça intéresse de discuter des questions qu'elle soulève peuvent venir me parler, et peut-être organiserons-nous une discussion de groupe. D'ici là, j'aimerais que tout le monde respecte l'intimité d'Eliza.

Parfois, je trouve que M. Powell mérite une ovation.

– Bon, et maintenant, si on se mettait au boulot? suggère-t-il.

L'équipe des actualités est censée se réunir tous les lundis pour faire le point. Je me traîne jusqu'au carré de bureaux où les autres se sont rassemblés. Ils me font face tel le cercle socratique le plus hostile du monde. Aarav tape quelque chose sur son téléphone. Olivia pianote de ses ongles manucurés. Natalie m'observe tel un insecte qu'elle aurait épinglé par les ailes. Et Len a de nouveau le nez dans son ordinateur, comme si de rien n'était.

– Bon, dis-je en ouvrant un tableau sur mon portable, quoi de neuf?

– J'ai une question.

Natalie lève la main, se ravise au milieu de son geste et se contente d'entortiller une mèche de cheveux autour de son doigt. On la dévisage tous.

– Tu trouves vraiment que *Le Clairon* est misogyne?

Sans réfléchir, je jette un coup d'œil à la ronde et grimace l'air de dire : « Pitié, achevez-moi. » Len est le seul à soutenir mon regard. Il hausse les épaules comme s'il était désolé.

– Ce n'est pas tout à fait ce que j'ai dit.

Mes joues doivent être de la même couleur que le vernis à l'ongle de l'annulaire gauche d'Olivia.

– Tu as sous-entendu que c'était la raison pour laquelle Len avait été élu rédac chef à ta place, non?

Natalie pose des questions difficiles, comme une bonne journaliste d'investigation. Ce que j'apprécierais davantage si je n'étais pas l'objet de son examen. J'opte pour une tactique d'esquive classique.

– Tu étais là, pas vrai ? dis-je sereinement. Et si tu nous disais pourquoi tu as voté pour Len ?

– Et si elle s'abstenait ? intervient nonchalamment l'intéressé.

Pourtant, lui aussi a viré au rose vif.

M. Powell s'approche de nous.

– Hé, Eliza. Quand tu auras une minute, je voudrais te dire un mot.

J'agite une main résignée en direction de mon équipe.

– Si personne n'a rien à ajouter, j'imagine qu'on a terminé, dis-je.

Et les autres s'égaillent tel un groupe d'otages qu'on vient de relâcher.

Je suis M. Powell dans le couloir. Il referme la porte derrière nous.

– Comment tu vas ? s'inquiète-t-il.

– Oh, vous savez, personne ne m'appréciait au journal ; je les ai traités de misogynes, et maintenant, ils m'apprécient encore moins.

Son rire ressemble plutôt à un soupir.

– Je me demandais si tu voulais discuter de ce que tu as écrit. C'était... très virulent.

Du bout de ma chaussure, je suis une fissure dans le béton.

– Je ne sais pas trop.

L'espace d'une seconde, la colère jaillit de nouveau en moi.

– Enfin, je suis certaine qu'il y avait du sexisme là-dedans.

Soudain, je pense à Len, et je n'arrive pas à décider par quoi je suis le plus humiliée : parce que je l'ai traité de patriarcat drapé dans une cape de sentimentalisme, ou parce que j'ai plus ou moins dit que même l'acné ne parvenait pas à le défigurer.

Avec un grognement consterné, je tire mes manches sur mes mains et plaque mes paumes sur mon visage.

– Je voudrais juste que tout ça disparaisse.

M. Powell acquiesce d'un air compatissant.

– Désolé que ça ne soit pas plus simple de découvrir qui a publié cet article. Mais vois les choses du bon côté : même sans le vouloir, je crois que tu as lancé une discussion sérieuse au sein de l'équipe, ce qui est toujours positif. Et puis, l'article a été retiré du site, pas vrai ? Le pire est derrière toi.

Je m'autorise à me détendre. Il a peut-être raison. Il suffit que je prenne un peu de recul et tout s'arrangera.

6

Winona me brandit son téléphone sous le nez.

– C'est quoi, ça ?

Sur l'écran s'affiche une vidéo Boomerang de moi, les bras croisés sur la poitrine. Je lève les yeux au ciel et les baisse vers la droite, lève les yeux au ciel et les baisse vers la droite en boucle. J'ai envie de la télécharger et de l'utiliser comme mème personnel pour toutes les fois où Kim m'enverra des textos irritants.

Malheureusement, la publication Instagram contient aussi des captures d'écran qui me plaisent beaucoup moins, ainsi que le commentaire suivant :

@nattieweinberg : Au cas où vous auriez manqué ça, @elizquan a écrit ce « billet d'humeur » très intéressant qui a été publié en une du *Clairon*, même s'il a été retiré depuis. Elle y accuse la rédaction de sexisme parce que nous avons choisi @lendimartile comme nouveau rédacteur en chef. Eliza affirme que ce n'est pas elle qui a mis cet article en ligne, ce dont je doute. Mais je suis prête à défendre sa liberté d'expression. Elle peut dire ce qu'elle veut, et nous aussi. Donc : avons-nous seulement affaire à une mauvaise perdante, ou bel et bien à un cas de misogynie ? Willoughby est-il un établissement sexiste ? Vous avez la parole.

Je fulmine.

– C'est ça qu'on appelle du journalisme sérieux ?

– Quel ramassis de conneries, déclare Winona.

On marche jusque chez elle avec son petit frère, Doug, qui porte encore son uniforme de cadet de Sainte-Agathe.

– Winona, tu dis des gros mots, lui reproche-t-il.

Doug a onze ans. Il n'a pas encore succombé à l'attirance adolescente pour les jurons, qui tôt ou tard s'abat sur chacun de nous.

– Quel ramassis de conneuuuuuuu-ries, réplique sa sœur.

Les Wilson habitent dans une communauté planifiée du nom de Palermo, située non loin de Willoughby et de Sainte-Agathe. Comme la ville italienne qui lui a donné son nom, Palermo est entouré de murs de brique. Contrairement à elle, elle possède des rues incurvées assez larges pour y garer quatre BMW de front, ainsi que des trottoirs immaculés et des pelouses plus vertes et grasses qu'elles ne devraient l'être sous ce climat désertique.

Pour l'heure, nous longeons Palermo Avenue, l'artère centrale de la communauté. Toutes les maisons qui la bordent ont leur entrée de l'autre côté, de sorte qu'il n'y a rien à voir hormis la cime des arbres plantés dans les jardins de derrière et, de temps en temps, un panier de basket. Parfois, tout est si tranquille qu'on entend le gazouillis d'une fausse fontaine italienne.

Mais aujourd'hui, Winona et moi mettons de l'ambiance.

– Je pourrais la tuer, dis-je en tirant sur l'extrémité de mes cheveux. Je ne sais même pas quand elle a fait cette vidéo.

– C'est vraiment dégueulasse, acquiesce Winona. Qu'est-ce que tu vas faire ?

– Je n'en ai pas la moindre idée. Je lui ai demandé de la retirer, mais quelque chose me dit qu'elle ne va pas m'obéir.

Le plus gros problème, c'est que son post a déjà suscité

des tonnes de commentaires – essentiellement de la part des autres membres de la rédaction qui, sans surprise, pensent que j'abuse dans le politiquement correct.

@livvynguyen : Délire, hein ? Je n'en reviens pas.

@heyitsaarav : Désolé, @elizquan, mais tu es complètement folle. On n'est pas sexistes.

@ocallahant : Flash info : @lendimartile était un meilleur candidat, point. Il ne faut pas voir du sexisme partout.

@auteurwinona : Est-ce qu'on pourrait arrêter de traiter de folles toutes les filles qui osent dire ce qu'elles pensent ? Parce que ça, c'est un très bon exemple de sexisme. Et depuis quand c'est acceptable de publier le contenu de quelqu'un sans sa permission ?

– Bien dit, je la félicite.

– Tu sais que tu peux compter sur moi.

Alors qu'on tourne dans Terrazzo Way, la rue où habitent les Wilson, Doug salue une voisine qui promène son golden retriever.

– Bonjour, madame Singh ! Sai est déjà rentré ?

– Bientôt, répond-elle en agitant la main. Dès qu'il arrive, je te l'envoie.

– Papa aime beaucoup les nouveaux pavots que vous avez plantés, lance Winona en désignant du menton les massifs qui ont récemment remplacé la pelouse des Singh.

Comme répondant à un signal, le chien s'approche du plus gros et lève la patte.

– Ils sont très robustes, se félicite Mme Singh en admirant son propre jardin. Tu ne vas pas le croire, mais je les ai commandés sur Internet.

– Incroyable, commente joyeusement Winona.

– J'enverrai le nom du site à tes parents. Ta mère me l'a demandé.

– Super, merci, madame Singh. Je suis sûre qu'elle appréciera.

Winona clôt habilement la conversation tout en nous poussant, Doug et moi, dans l'allée pavée qui mène à sa maison.

Les Wilson sont la seule famille noire du quartier, alors les parents de Winona font toujours beaucoup d'efforts pour apprendre à connaître leurs voisins. Ils pensent qu'ils seront ainsi intégrés à cette communauté essentiellement composée de Blancs et d'Asiatiques. M. Wilson, un colosse aux épaules larges et au sourire plus large encore, est un ancien joueur de foot universitaire et l'actuel vice-président d'une marque de vêtements. Il pense qu'il doit toute sa réussite à Dieu, à la nation et à la bienséance.

– Ne vous faites jamais remarquer pour de mauvaises raisons, aime-t-il à dire. Ne donnez jamais aux gens une occasion de vous mépriser.

Winona se conforme aux règles de son père, mais ça ne durera pas.

– Je comprends très bien son point de vue, m'explique-t-elle souvent, mais devenir le maire officieux du lotissement n'arrangera rien.

Son rêve à elle, c'est de faire des films. Depuis ce premier projet en cours d'espagnol, elle s'est fait connaître de tout Willoughby pour ses vidéos qui lui ont presque toutes valu des critiques enflammées (seule exception : une satire sur les climatosceptiques dont elle persiste à croire qu'il s'agit d'une œuvre incomprise).

Son projet actuel, un court métrage dont Doug et Sai seront les héros, s'appelle *Driveways*. Elle le décrit comme « une méditation sur deux jeunes garçons, leur amitié et les différentes façons d'être racisé dans une banlieue bourgeoise ». Elle prévoit de le présenter au Festival national des jeunes réalisateurs, qu'elle qualifie de « Sundance pour les lycéens » et qui est donc très important pour elle.

L'an dernier, la vidéo qu'elle avait soumise a été refusée, et je sais que Winona était vraiment déçue. C'était un projet expérimental : au lieu d'explorer le thème de la justice sociale comme à son habitude, elle avait décidé de filmer la semi-autobiographie d'une poupée que sa grand-mère lui avait offerte quand elle était petite. Le jury avait commenté que c'était « charmant, mais que ça aurait pu traiter de thèmes plus essentiels ». J'ai trouvé ça injuste, mais Winona a pris cet avis très à cœur, elle ne veut pas être le genre d'artiste qui rejette la critique. Après ça, elle a passé beaucoup de temps à chercher une idée assez sérieuse pour la compétition de cette année, et c'est seulement le mois dernier qu'elle a imaginé *Driveways*. Elle est convaincue qu'il va casser la baraque, et que ce sera son œuvre la plus significative à ce jour.

Voilà pourquoi, dans les trois semaines qui nous restent, on doit se défoncer pour que *Driveways* soit le meilleur court métrage possible. Je suis la productrice du projet, et aussi la scripte, l'assistante de production, la coursière, la perchiste et tout le reste. On est une équipe réduite, mais qui fonctionne bien.

– Hé, Smokey !

Doug se penche pour étreindre la chienne des Wilson, un mélange de bouvier des Flandres et de schnauzer au poil gris-bleu qui s'est approchée de nous en remuant la queue. C'est le premier spécimen de ces deux races que je rencontre, et aussi un des chiens les plus intelligents que je connaisse. Elle a une personnalité magnétique, et plus de fans que je ne pourrai en avoir durant toute ma vie.

– Au fait, je t'ai dit que Serena Hwangbo m'a parlé, aujourd'hui ? lance Winona alors que je me laisse tomber sur le tapis à poils ras pour caresser Smokey.

– Vraiment ?

Serena, la déléguée des premières, est une de ces filles

populaires qui doit son statut social, d'abord à la longue série de beaux gosses avec qui elle est sortie (actuellement, Jason Lee, un terminale qui joue dans l'équipe de basket), ensuite à ses origines coréennes – la plus grande communauté asiatique du lycée, et donc la plus cool. Tout le monde dit qu'elle est sympa, ce que Winona a toujours considéré comme une forme de soumission au patriarcat : « C'est sûr que personne ne risque de lui dire qu'elle ne sourit pas assez ! »

Mais, apparemment, Serena a eu le toupet de réclamer un service à Winona.

– Elle m'a demandé si je voulais faire la vidéo d'annonce du bal de promo, lâche mon amie sur le même ton que s'il s'agissait de détruire un nid de cafards.

– Et tu vas accepter ?

– Je ne sais pas, répond-elle alors que nous montons l'escalier quatre à quatre pour nous rendre dans sa chambre. Je lutte pour faire de l'art, du vrai, et Serena me propose de filmer une pub ? Et puis, le thème du bal de cette année, c'est *Pretty in pink*, et je crains d'y être philosophiquement opposée, ajoute-t-elle en pinçant les lèvres.

– Opposée à quoi, au thème ou au bal lui-même ?

Elle jette son sac à dos par terre et réfléchit une seconde.

– Aux deux. Mais je voulais parler du thème.

– Parce que tu es contre John Hughes ?

– Est-ce que je suis contre le fait de rendre hommage à un homme qui, malgré son don pour chroniquer l'adolescence avec une sensibilité ingénieuse, était probablement sexiste, raciste et homophobe ? Oui, admet-elle en transférant une pile de vêtements de sa chaise de bureau à son lit. Mais j'accorde probablement trop de crédit à Serena Hwangbo. Elle ne doit même pas savoir qui est John Hughes. Si ça se trouve, le rose est juste sa couleur préférée.

– Impossible. Elle sait forcément.

Winona renifle.

– Tu lui as parlé ?

Puis elle entreprend de trier le bazar sur son bureau. Un livre de critiques de films de Pauline Kael a droit à une place sur une étagère, tout le reste finit par terre. Un emballage en plastique de minicarottes atterrit à la poubelle, après que le dernier morceau desséché a été jeté à Smokey, qui nous a suivies à l'étage.

– Et voilà ! lance triomphalement Winona en brandissant les pages froissées d'un script. J'ai pris des notes depuis notre dernière séance de tournage.

Vingt minutes plus tard, nous sommes sur le trottoir devant la maison des Wilson. Sai, un gamin au visage rond dont les cheveux épais tiennent en l'air tout seuls, fait face à Doug. Ils jouent aux mains chaudes pendant que Winona les filme, accroupie près d'eux, et que je tiens le micro-perche au-dessus de leur tête.

Sai et Doug fixent leurs mains avec intensité, comme Winona le leur a demandé. Sai a les paumes tournées vers le haut tandis que celles de Doug sont au-dessus et tournées vers le bas. Chaque fois que les mains de Sai frémissent, Doug retire les siennes. Puis il les remet en position, et le jeu continue.

Le soleil tombe directement sur nous, et une pellicule de sueur brille sur le front de Doug. Sai se penche en avant avec une expression imperturbable. Ses mains ne bougent pas. Et soudain, un claquement. Il a réussi son attaque.

– Putain, Sai ! s'écrie Winona en baissant sa caméra.

Ce que j'interprète comme un signe que je peux en faire autant avec le micro (ce truc est drôlement lourd).

– Winona, tu dis des gros mots, fait remarquer Doug.

Sa sœur l'ignore.

– Tu n'es pas censé réussir, Sai. On en a déjà discuté.

Le gamin se fend d'un large sourire, comme s'il venait d'enfourner une tonne de bonbons dans sa bouche.

– Je sais, mais je ne peux pas m'en empêcher.

Winona se tourne vers Doug.

– Et toi, pourquoi tu es aussi nul ? Je ne t'ai rien appris, ou quoi ?

Je tends le micro entre eux pour couper court à la dispute que je sens venir.

– Et si on recommençait ?

On reprend du début. Sai et Doug recommencent à fixer leurs mains, et Winona à les filmer. Puis, alors que Sai est sur le point de passer à l'attaque, mon téléphone vibre. Tout le monde tourne son attention vers moi.

– Putain, Eliza ! s'écrie Winona.

– Winona, tu dis…, commence Doug.

– Putain, Doug !

– Désolée.

Je sors mon téléphone de ma poche pour le mettre en mode silencieux, mais me surprends à regarder la notification.

– Donne-moi ça !

Winona m'arrache mon téléphone des mains et se dirige vers la porte à grandes enjambées furieuses.

– Nouvelle règle : pas de mobiles sur le plateau.

Elle se faufile à l'intérieur et réapparaît quelques secondes plus tard, les mains vides.

– Et maintenant, on se concentre, d'accord ?

J'acquiesce et lève de nouveau la perche tandis que chacun reprend sa place. Une légère vibration s'échappe par la fenêtre ouverte. Puis une autre. Et encore un autre. Je me dandine, résistant à l'envie de m'élancer pour aller voir. Winona agite un doigt dans ma direction.

– N'y pense même pas, Eliza, dit-elle sur un ton d'avertissement.

7

Ce qu'il y a de marrant avec les commentaires sur les réseaux sociaux, c'est que ce n'est pas parce que vous arrêtez d'y penser que les gens arrêtent d'en publier.

Le lendemain matin, à ma plus grande consternation, le boomerang de Natalie est devenu viral – du moins, selon les critères de Willoughby. Je suis quasi certaine que plus de gens ont lu mon article au cours des dernières vingt-quatre heures que tout ce que j'ai écrit d'autre pour *Le Clairon* depuis trois ans. Je ne connais même pas tous les commentateurs, mais eux semblent avoir parfaitement saisi quel genre de personne je suis. Et la plupart ne sont pas fans.

@joeschmoez01 : Le pauvre. Cette connasse le lamine sans raison.

@gracenluv : Mais de quoi elle parle ? Où elle voit du sexisme ici ? Le délégué des premières est une fille ! 🤷‍♀️

@walkerboynt : Mais c'est quand la dernière fois qu'on a eu un.e président.e noir.e ou latino ? #vraiequestion

Parfois, quelqu'un concède que je soulève de bons arguments, mais affirme qu'au final, je me trompe de combat.

@hannale02 : Je comprends ce qu'elle dit, mais tout le monde se fiche de qui dirige *Le Clairon*. Elle ne pourrait pas s'indigner pour quelque chose de vraiment important ?

@lacampanaaa : D'accord mais ce n'est pas suffisant d'élire des femmes. TOUT LE SYSTÈME EST À REVOIR.

Il y a beaucoup de commentaires sur mon apparence qui, contrairement à ce que je pensais, intéresse bel et bien les gens.

@getitriteyo : Elle a besoin d'aller chez le coiffeur.

@notyourlilsis : Ma chérie, il faut faire un peu plus attention à ta manière de t'habiller. Ce gilet ne te rend pas service.

@andmanymore502 : Elle est plutôt mignonne pour une Asiatique, mais elle manque de fesses.

Mais le plus humiliant, c'est que certains imaginent une histoire foireuse entre Len et moi.

@benimator : Il a sauté une autre nana ou quoi ? Elle a l'air super remontée. 🤣

@socalsurf18 : Il a dû la larguer. Elle a juste besoin de tirer un coup.

@78coffeeabs : Bah je le comprends. Elle n'est pas assez bonne pour se permettre d'être aussi chiante.

Quand la cloche du déjeuner sonne, je m'enveloppe de mon gilet et me dirige vers mon casier la tête baissée et les yeux rivés à mon téléphone. Autour de moi, des flots d'élèves se déversent hors des salles de classe et dans la cour, mais je les ignore. Même si je sais que je ne devrais pas, je fais défiler les derniers commentaires – ces platitudes aussi tranchantes que des couteaux. Concentrée sur mon éviscération en ligne, je manque faire irruption dans une conversation sur le même sujet, mais qui a lieu dans la vraie vie.

– J'ai toujours trouvé qu'Eliza était excessive, mais cet article… Elle abuse, non ?

J'entends la voix de Natalie de l'autre côté de l'angle du

couloir, et je me fige. Mon casier n'est plus qu'à quelques mètres, mais je vais devoir passer devant elle pour l'atteindre, et malgré toutes les preuves du contraire que j'ai données jusqu'ici, je possède un semblant d'instinct de survie. Je suis sur le point de tourner les talons quand je reconnais la voix de son interlocuteur.

– Ouais, elle est parfois un peu… stressée, acquiesce Len.

Une rougeur brûlante me monte au visage en incinérant tout sur son passage. Soudain, je n'ai plus envie de m'enfuir. Au lieu de ça, je continue en direction de mon casier tandis que la voix de Natalie se rapproche :

– Franchement, je suis contente que ce soit toi le rédac chef l'an prochain. On avait besoin de changement. Je ne comprends pas pourquoi M. Powell a laissé passer ça.

Je me dis que je vais juste ouvrir mon casier, en sortir mon déjeuner et faire comme si je n'entendais pas un mot de ce qu'ils racontent. Juste ouvrir mon casier, en sortir mon déjeuner…

– Sérieusement ? je m'entends cracher.

Je fixe la porte de mon casier, désormais ornée d'un flamboyant FÉMINAZIE écrit en majuscules au feutre indélébile. Parce que protester contre le sexisme, c'est la même chose que soutenir un régime politique responsable d'une des pires atrocités de l'histoire humaine. Ridicule.

Je cherche le coupable du regard, mais la seule chose que je vois, c'est Natalie et Len qui me fixent d'un air surpris. Natalie est la première à se ressaisir.

– On parlera plus tard, dit-elle à Len.

Puis elle me lance « salut, Eliza » avant de détaler.

Je saisis mon cadenas en me disant que si je le tripote assez longtemps, Len s'éloignera. Mais dès que je le touche, il s'ouvre – avant même que j'aie fait la combinaison. Ce qui éveille immédiatement mes soupçons. En temps normal, un cadenas n'est pas censé fonctionner ainsi. Je le décroche et entrouvre la porte de mon casier.

Une avalanche de tampons s'en déverse. Je glapis et recule en titubant.

– Merde !

Malheureusement, Len est juste derrière moi, et moins prompt à réagir. Il se prend un coup du mammouth à double compartiment qu'est mon sac à dos, cette éternelle armure contre la coolitude renforcée par le poids de beaucoup trop de livres.

– La vache ! Qu'est-ce que tu as là-dedans ? demande Len en se frottant le bras.

Mortifiée, je réponds :

– Des livres. Je ne…

Mes joues atteignent une température que je ne croyais pas humainement possible. J'esquisse un geste vague vers les tampons à mes pieds, comme s'ils constituaient une explication rationnelle. Puis je me ravise en réalisant que Len va probablement croire que ce sont les miens.

En une réaction rationnelle bien qu'irréfléchie, Len se penche pour m'aider à les ramasser. Soudain, il percute.

– Attends, c'est bien… ?

– Ouais, je réponds, anesthésiée par le choc. Des tampons.

À quatre pattes, je tente de les faire disparaître le plus vite possible.

– Tu es sûre d'en avoir assez ? plaisante Len.

En silence, je le foudroie du regard, puis recommence à ratisser frénétiquement. Il jette un coup d'œil au tag sur ma porte de casier.

– Tu, euh… tu veux un coup de main ?

– Non, merci, dis-je en me relevant pour fourrer des poignées entières de tampons dans mon casier. Je suis au-delà de tout secours. Trop stressée, à ce qu'il paraît.

Len rosit mais réplique du tac au tac :

– Bah, qu'est-ce que ça peut te faire, l'avis d'un joueur de base-ball raté ?

Puis il tend la main pour me donner les tampons qu'il a ramassés. J'ouvre la bouche, mais aucun son n'en sort. Avec un sourire en coin, Len se détourne et s'éloigne.

J'éprouve une curieuse envie de lui courir après, de l'attraper par le bras et de me justifier : « Hé, ce n'est pas ce que je voulais dire. Il n'y a rien de mal à avoir échoué dans un sport. D'ailleurs, je n'aime même pas le base-ball. »

Mais je me rends compte que ça ne tiendrait pas debout ; alors, je reste plantée là, fixant les chaussettes blanches dont sa démarche souple révèle quelques centimètres à chacun de ses pas.

Avec un gros soupir, je me penche pour ramasser le reste des tampons. Je ne sais vraiment pas ce que je vais en faire, vu que je n'en utilise pas. Ce serait du gaspillage de les jeter, mais je ne vais pas les garder éternellement dans mon casier. Alors, j'entreprends de les fourrer dans mon sac à dos. Je pourrais peut-être les déposer dans les toilettes des filles.

Je claque la porte de mon casier et me retrouve face au FÉMINAZIE. Je tente de l'effacer avec la manche de mon gilet, mais ça ne part pas du tout. Je sors mon téléphone et tape « comment retirer du feutre indélébile d'une surface métallique » quand je réalise l'absurdité de la situation. Mais l'ignorer n'a rien donné, et riposter me fera juste passer davantage pour une femelle hystérique.

C'est en fixant mon sac à dos bourré de tampons que j'ai une illumination.

8

Winona est sceptique.

– Je ne sais pas trop.

J'insiste :

– Ça me permettra de reprendre le contrôle de la narration. Franchement, c'est une idée brillante, parce que personne ne s'y attend. Les gens qui te chient dessus n'imaginent pas que tu puisses être d'accord avec eux. Ils ne sauront pas comment réagir.

Nous sommes dans la salle où les annonces matinales sont diffusées tous les jours à huit heures pétantes. Je me suis échappée du *Clairon* dix minutes en avance pour rejoindre Winona, qui est la camerawoman du jour et qui a accepté de m'aider à contrecœur.

– Même si j'adore que tu qualifies tes propres idées de brillantes, je ne crois pas que ça empêchera les gens de te traiter de féminazie, dit-elle en ajustant son trépied. Au contraire, ça risque d'empirer la situation.

– Ouais, mais ça n'aura plus d'importance parce que j'assumerai, j'explique. La seule chose pire que se faire insulter, c'est se faire insulter pour un truc qu'on n'assume pas.

– Intéressant, comme philosophie, commente Winona.

Les présentateurs du jour sont Serena Hwangbo et Philip Mendoza, le trésorier du lycée. Pas besoin de faire partie du bureau des élèves pour lire les annonces matinales, mais il existe une forte corrélation entre nos chefs et les élèves de Willoughby qui trouvent qu'ils passent bien à l'écran.

– Salut, Eliza, me lance Serena sur un ton à la fois chaleureux et surpris.

Elle m'adresse un sourire que je ne peux que qualifier d'éblouissant. Elle doit avoir un super bon orthodontiste.

Je me contente d'un bref «Salut» en retour. Pas question que je me justifie auprès de Serena Hwangbo. Et je fais bien de m'abstenir, parce qu'une demi-seconde plus tard, elle ne s'intéresse déjà plus à moi.

– D'accord, tout le monde en place, lance Winona en se glissant derrière la caméra. (Elle adore s'exprimer comme une vraie réalisatrice.) Cinq, quatre, trois...

Elle achève son compte à rebours en silence, en levant une main et en repliant les doigts. Puis ils sont en direct.

– Bonjour, les Sentinelles! lance Serena. Ici Serena Hwangbo...

– Et Philip Mendoza.

– Merci de vous lever pour le serment d'allégeance.

Je cesse d'écouter pendant qu'ils récitent le menu du jour à la cafétéria, rappellent la date des prochains tests standardisés et autres annonces ennuyeuses qui forment habituellement la bande sonore de mes révisions de dernière minute. Je me demande si M. Pham, que j'ai en cours de chimie en première heure, me notera en retard.

Winona m'enfonce un doigt entre les côtes et articule :

– Tiens-toi prête.

Je m'avance devant le rideau bordeaux tendu près de l'endroit où Serena et Philip sont assis.

– Et maintenant, notre invitée spéciale, lance Philip.

En temps normal, cette partie des annonces matinales est réservée aux capitaines des équipes sportives pour qu'ils exhortent les gens à assister à un match à domicile, ou au président du Key Club quand il y a une collecte de produits d'épicerie. Ce n'est pas difficile d'obtenir un passage, il faut juste soumettre une demande à Mlle Greenberg, la prof qui supervise les annonces matinales.

Mais aujourd'hui, l'invitée spéciale, c'est moi, et je n'ai rien demandé à personne. Winona m'a programmée parce que c'est une véritable amie.

Elle fait pivoter la caméra vers moi. C'est maintenant ou jamais.

– Merci, Philip, dis-je comme si tout était parfaitement en ordre. Je suis Eliza Quan, la directrice de la publication du *Clairon*. La plupart d'entre vous me connaissent sans doute comme l'autrice d'un billet d'humeur sur le sexisme au journal, celui qui s'est fait beaucoup remarquer ces derniers jours.

Mlle Greenberg s'est levée de son bureau, où elle tapait sur son ordinateur sans nous prêter attention. Elle semble perplexe. Je dispose d'environ soixante secondes avant que sa perplexité vire à la désapprobation et qu'elle tente de me couper la chique.

– Tout d'abord, je tiens à dire que ce texte n'était pas destiné à la publication. Quelqu'un l'a mis en ligne sans ma permission. Je m'excuse donc pour tous les commentaires qui pourraient être interprétés à tort comme une attaque personnelle contre quelqu'un en particulier. Néanmoins, je persiste à dire que contrairement à ce que beaucoup affirment, Willoughby n'est pas exempt de sexisme.

Mlle Greenberg fait de grands signes à Winona, qui feint courageusement de ne pas comprendre le problème. Posant un doigt sur ses lèvres, elle me désigne comme pour dire : «Je ne peux pas parler, on est en direct!»

– Nous savons tous que les deux associations les plus anciennes – et, selon certains, les plus vénérables de ce lycée – sont le bureau des élèves et *Le Clairon*. La plupart des anciens de Willoughby qui intègrent des facs de l'Ivy League et autres universités prestigieuses sont passés par l'une ou par l'autre. Mais savez-vous combien il est rare qu'une fille soit élue à leur tête?

J'ai passé l'après-midi d'hier à la bibliothèque et épluché tous les vieux trombinoscopes en prenant des notes au fur et à mesure. Les résultats obtenus sont très édifiants.

– Le bureau des élèves est encore pire que *Le Clairon* : en près de quarante ans, durant lesquels les élèves de sexe féminin ont toujours constitué au moins la moitié de la population étudiante, il n'y a eu que cinq présidentes. Oh, bien sûr, nous avons des déléguées de classe, des trésorières et des vice-présidentes, tout comme au *Clairon,* il y a des éditrices et des directrices de la publication.

Je croise les bras sur ma poitrine.

– Mais vous ne trouvez pas ça significatif que le poste le plus élevé soit presque systématiquement réservé à des garçons?

Je jette un coup d'œil à Mlle Greenberg, qui ne tente plus de m'interrompre, elle m'écoute attentivement. Il est temps de jeter le gant.

– Donc, aujourd'hui, je suis là pour pousser mon manifeste plus loin. Je nous mets au défi d'être la première promotion dans l'histoire de Willoughby qui élira la même année une présidente du bureau des élèves et une rédactrice en chef du *Clairon*. Autrement dit, j'appelle toutes les filles qualifiées à se présenter à l'élection du bureau des élèves le mois prochain.

Plantant mon regard dans l'objectif de la caméra, je conclus :

– Et j'appelle également Len DiMartile à céder sa place de prochain rédacteur en chef.

Je ramasse mon sac à dos, ouvre le compartiment principal et en sors un badge géant marqué JE SUIS FÉMINISTE. J'en ai fabriqué deux douzaines hier soir, en utilisant ces ronds de plastique dans lesquels on glisse un bout de papier, et je les ai déposés dans les vestiaires des filles avec un petit mot : « Si vous croyez à l'égalité des sexes, servez-vous. »

J'épingle le mien à mon gilet.

– Certains d'entre vous pensent peut-être que ça fait de moi une féminazie. En réalité, ça fait juste de moi une féministe.

Je décoche aux auditeurs un sourire capable de rivaliser avec celui de Serena.

– Et la prochaine fois que vous voudrez remplir mon casier de produits d'hygiène féminine, dis-je en empoignant mon sac à dos à deux mains pour en faire tomber tous les tampons, rendez-moi service, choisissez plutôt des serviettes.

Puis je sors du champ de la caméra.

Winona ramène celle-ci sur Serena et Philip, qui ont tourné la tête et me fixent, bouche bée. Winona leur fait signe. Serena est la première à se ressaisir.

– C'est tout pour aujourd'hui, dit-elle avec un petit rire gêné, comme si elle avait du mal à comprendre ce qui vient de se passer. Bonne journée, et bonne chance !

9

Le proviseur, M. Guinn, avec sa tête chauve et sa silhouette en forme de poire, se laisse aller contre le dossier de sa chaise en me souriant. Je l'ai toujours pris pour un type honnête, mais en voyant ses yeux se plisser, je me demande si Winona n'a pas raison : ce que j'aperçois derrière ses petites lunettes rondes de père Noël n'est pas une lueur pétillante, mais plutôt un éclair vaguement sinistre.

– Comment ça va, Eliza ? me demande-t-il.

Je suis assise au bord d'un fauteuil réglementaire, mon sac toujours sur le dos, comme si je craignais que sa secrétaire, Mlle Wilder, fasse irruption d'un instant à l'autre pour me dire qu'il y a erreur. Que ce n'était pas moi que le proviseur voulait voir, mais *l'autre* Eliza Quan. Celle qui fait des trucs assez outranciers pour être convoquée dans le bureau du proviseur.

– Bien, et vous ?

M. Guinn se penche vers moi et pose ses avant-bras sur le bureau en entrecroisant ses doigts.

– Pour être franc, je suis un peu surpris. En règle générale, c'est toi qui me demandes un rendez-vous.

Je l'ai interviewé des tas de fois pour *Le Clairon* au fil des ans, et je dois dire que je n'ai jamais été aussi mal à l'aise en face de lui. Je réplique joyeusement :

– Je suppose que c'est vous qui allez poser les questions aujourd'hui.

Il pouffe.

– Exact.

Il s'adosse de nouveau à sa chaise en lissant sa cravate à motifs de canards colverts.

– Et si on allait droit au but ? Tu sais pourquoi je t'ai demandé de venir aujourd'hui ?

Je baisse les yeux vers la coupe de caramels qu'il garde près du bord de son bureau et envisage d'en prendre un, mais me ravise.

– À cause de mon annonce matinale inopinée ?

Il sourit.

– Cette conversation n'a pas pour but de te punir, Eliza. Je veux juste discuter avec toi, dit-il en pianotant sur les accoudoirs de son fauteuil. Tu as soulevé des points intéressants sur les discriminations sexistes à Willoughby, à la fois dans ton billet d'humeur et, en effet, dans ton annonce de ce matin. D'après les chiffres que tu as cités, il est vrai qu'il nous reste du travail à faire.

Je me raidis en attendant la suite, parce qu'il a forcément autre chose à me dire.

– Et bien entendu, en tant qu'éducateur, j'encourage toujours les élèves à cultiver leur esprit critique et à exprimer leurs opinions comme tu l'as fait. Cependant…

Il croise les bras, révélant des pièces de cuir usées sur ses coudes.

– Mon travail consiste aussi à vous faire comprendre qu'il y a un temps et un lieu pour manifester votre désapprobation. Et malheureusement, Eliza, pirater les annonces matinales comme tu l'as fait ne cadre pas avec cette règle impérative.

Sur ce, il ouvre un tiroir de son bureau et en sort un badge JE SUIS FÉMINISTE identique à celui que je porte. Il a dû s'en faire apporter un des toilettes des filles.

– Je vois que vous croyez à l'égalité des sexes.

Le proviseur pouffe de nouveau.

– Effectivement, dit-il en posant le badge devant moi. J'y crois même beaucoup. Toutefois, j'aimerais te faire remarquer que ta cause serait peut-être mieux servie par une approche moins… agressive.

J'inspecte le badge mis en accusation tel un criminel.

– C'est agressif d'être féministe ?

M. Guinn croise les mains sur son bureau.

– Nous vivons une époque très polarisée, Eliza. Pour chaque sujet important, deux camps fermement retranchés sur leurs positions s'affrontent de manière virulente, souvent sans aucune marge de conciliation. Parfois, je m'inquiète de l'impact de cette culture sur les jeunes.

De fait, il semble très chagriné par tout ceci.

– Vois-tu, j'espère que votre génération deviendra l'avant-garde d'une tolérance et d'une courtoisie nouvelles. Qu'elle apprendra à faire des compromis. Je considère qu'il est de ma mission de l'y aider.

– Je vois.

Je ne sais pas quoi répondre d'autre.

– Alors, non, ce n'est pas agressif en soi d'être féministe. Mais réfléchis à toutes les autres façons dont tu as présenté tes arguments jusqu'ici, et demande-toi si tu l'as fait dans une optique d'exclusion ou d'inclusion. Par exemple, encourager tes camarades filles à se présenter aux élections, c'est une chose. Réclamer la démission de Len, c'en est une autre.

Je réfléchis.

– Ce n'est pas faux, je finis par concéder, mais je me demande… Qu'est-ce qui aurait été une réaction conciliante au fait que quelqu'un a tagué mon casier et l'a rempli de tampons ?

– Pour commencer, tu aurais pu éviter de t'en servir comme accessoires pendant une émission en direct.

Je ne dis pas qu'il a tort.

– Bien entendu, la blague originelle était inacceptable, et rassure-toi, si on découvre le ou la coupable, il ou elle sera puni de manière adéquate, poursuit le proviseur. Mais franchement, j'ai été déçu par le manque de discernement dont tu as fait preuve en ripostant d'une manière tout aussi offensive. Discuter de choses aussi, euh… personnelles en direct, surtout dans un cadre éducatif, c'est d'assez mauvais goût.

– Ce n'était pas personnel, je proteste. Tous les gens qui utilisent les réseaux sociaux savent ce qui s'est passé au *Clairon*. Et il y a toujours marqué FÉMINAZIE sur mon casier.

Le proviseur se racle la gorge.

– Je veux parler de ton commentaire sur, euh… l'hygiène féminine.

Il me faut une minute pour comprendre.

– Vous voulez dire qu'il ne faudrait pas parler de tampons pendant les annonces matinales ?

Il me dévisage un moment.

– Mlle Wilder pourra sans doute te l'expliquer mieux que moi, dit-il avec un haussement d'épaules. J'essaie juste de faire en sorte que tout le monde se sente à l'aise dans cet environnement scolaire.

Je sais, les tampons, c'est gênant. Les règles, c'est gênant. Le syndrome prémenstruel ne l'est pas, mais uniquement parce qu'il est devenu synonyme de mauvaise humeur féminine. Mais tout ce qui a trait aux saignements reste tabou, sauf dans les recoins les mieux éclairés d'Internet. Et oui, j'avoue qu'avant mon récent numéro de terre brûlée à coup de cylindres en coton munis d'une ficelle, j'étais aussi responsable de cet état de fait que n'importe quelle autre fille. J'avais même inventé un truc pour sortir une serviette hygiénique de mon sac en plein cours sans que personne s'en aperçoive. (Faire semblant de prendre autre chose, l'introduire dans une de mes manches géantes et lever la main pour demander à aller aux toilettes.) Mais c'est bizarre que le proviseur me sermonne au sujet des règles. Il n'en a jamais eu de toute sa vie ; qu'est-ce qui lui donne le droit d'avoir une opinion dessus ?

– Se pourrait-il, dis-je de mon ton le plus conciliant, que tout le monde ne se sente *pas* à l'aise dans cet environnement scolaire où il est interdit de parler publiquement d'un phénomène biologique normal et sain qui concerne la moitié des profs et des élèves de Willoughby ?

L'interphone à l'ancienne bourdonne sur le bureau du proviseur, et la voix de Mlle Wilder s'en élève pour annoncer :

– M. DiMartile est arrivé.

Dès que le grésillement s'interrompt, M. Guinn appuie sur le bouton pour répondre :

– Merci, Claire. Dites-lui que nous sommes à lui dans une minute.

Puis il garde le silence un long moment, assez pour que je commence à me demander ce que signifie ce « nous ».

Enfin, il sourit.

– Très bien, Eliza. Il semble que nous ferions tous bien de réexaminer périodiquement notre façon de voir le monde. Je vais réfléchir à la tienne, dit-il en désignant mon badge, et j'espère que tu en feras autant de ton côté.

Il ôte ses lunettes et ouvre un autre tiroir, dont il sort une chiffonnette en microfibre.

– Plus tu te confronteras au monde, plus tu auras de raisons d'être en colère contre les choses telles qu'elles sont, dit-il en nettoyant ses verres. Devenir adulte, c'est apprendre à réagir de façon constructive.

Il prend tout son temps et sa lenteur me torture ; je soupçonne que je ne vais pas aimer la suite.

– Par exemple, prenons ta relation avec Len.

– Je...

– Écoute-moi, Eliza. Vous êtes collègues et camarades. Pour l'heure, il me semble que tu nourris un vif ressentiment envers Len, ce qui est compréhensible. Tu as l'impression qu'il t'a volé quelque chose. Et d'une certaine façon, il se peut que la situation soit réellement injuste. Mais la vie l'est souvent, ma chère. Et la solution n'est jamais de camper sur ses positions. La solution, c'est de tendre la main vers le camp adverse et, comme le disait E. M. Forster dans *Howards End*, d'établir une connexion. Juste ça.

Il se lève et se dirige vers la porte fermée.

– Dans ce but, j'ai demandé à Len de se joindre à nous. J'espère que ça ne te dérange pas ?

– Oh...

Il ouvre la porte. Len est assis sur une chaise en plastique juste en face, les coudes posés sur les genoux comme si on l'avait relégué sur le banc de touche. Dans ses mains, il tient un gros livre de poche ouvert. Il lève les yeux vers nous.

– Bonjour, Len, lance M. Guinn comme si on avait rendez-vous pour un déjeuner. Entre.

Len referme son livre, se lève et saisit son sac à dos d'un même geste fluide. Il se laisse tomber dans la chaise voisine de la mienne et se penche aussitôt en arrière, décollant du sol les deux pieds de devant. Ses genoux touchent presque le bureau du proviseur.

Soudain, la pièce me semble trop petite pour nous trois. Mon sac à dos me pèse, mais l'ôter maintenant aurait l'air d'une capitulation.

– Comme j'étais en train de le dire à Eliza, commence M. Guinn, ce serait une bonne idée que vous mettiez votre hostilité de côté pour établir sinon une amitié du moins une relation de travail fonctionnelle. D'autant que M. Powell m'a dit qu'Eliza resterait probablement directrice de la publication l'an prochain. À moins, bien entendu, que tu aies décidé de… céder à ses revendications ?

Len déballe un caramel.

– Pas encore.

Je dois me retenir de lever les yeux au ciel.

– Merveilleux.

Le proviseur semble ravi, comme si Len s'était exprimé en notre nom à tous les deux.

– J'ai suggéré à M. Powell que vous écriviez tous vos articles ensemble jusqu'à la fin de l'année.

Nous nous mettons à parler en même temps :

– Je suis directrice de la publication, mon travail, c'est d'éditer…

– Pas besoin de…

– Donc, je n'écris presque plus d'articles…

– On s'entend très bien…

M. Guinn lève une main, et nous nous taisons.

– Un seul à la fois, s'il vous plaît. Eliza ?

– En ce moment, je corrige surtout les articles des autres. Je ne sais pas si j'aurai le temps d'en cosigner moi-même.

– Pourtant, M. Powell a mentionné que tu écrivais quelque chose sur la boutique de bubble tea en face du lycée. Ça a l'air sympa. Vous n'avez qu'à commencer par là.

M. Powell, ce traître malgré lui. Je m'affaisse sur ma chaise.

– Mais tu marques un point, Eliza. Len, puisqu'elle va t'aider à écrire, tu vas l'aider à corriger. Partager les responsabilités vous apprendra à mieux travailler ensemble.

J'ouvre la bouche pour protester contre cette rétrogradation manifeste (et prématurée), mais Len me prend de vitesse.

– Monsieur le proviseur, je suis d'accord à cent pour cent avec tout ce que vous venez de dire, déclare-t-il en faisant rouler le caramel à l'intérieur de sa joue, mais je ne comprends pas bien pourquoi tout ça est nécessaire, puisque Eliza et moi sommes déjà amis.

M. Guinn et moi en restons bouche bée.

– Pas vrai, Eliza ? lance Len avec un grand sourire, comme si on passait tout notre temps à traîner ensemble.

Je le dévisage en quête d'une explication, mais tout ce que je découvre, c'est que la flanelle verte fait paraître ses yeux plus noisette que bruns.

Si j'étais raisonnable, j'expliquerais au proviseur que je ne vois pas du tout de quoi parle Len, qu'il est en train de mentir comme un arracheur de dents et que sa punition, quelle qu'elle soit, devrait être deux fois pire que la mienne – mais surtout, ne m'impliquer à aucun moment.

Len m'observe comme s'il devinait ce que je vais dire, et sa curiosité s'enroule autour de moi telles les mailles d'un filet. Alors, je décide de ne pas faire ce qu'il attend de moi.

– Disons qu'on s'entend bien.

– Vraiment ? lance M. Guinn.

– Oui. C'est même elle qui m'a prêté ça, affirme Len en brandissant le livre qu'il lisait dans le couloir, et dont le titre est *La Vie mode d'emploi*.

Inutile de préciser que je ne l'ai jamais vu de ma vie.

– Très intrigant, commente M. Guinn en examinant la couverture sans que je puisse dire s'il l'a lu ou non. Qu'est-ce qui t'a poussée à faire ça, Eliza ?

Len ouvre la bouche pour répondre, mais le proviseur secoue la tête et répète :

– Eliza ?

Je me redresse sur ma chaise et jette un nouveau coup d'œil au livre. Tout ce que m'indique la couverture, c'est qu'il a été écrit par un certain Georges Perec et apparemment traduit du français.

– Len est fan de littérature française, j'improvise.

– C'est exact, approuve l'intéressé.

– Mais il ne lit qu'en version anglaise.

– Hélas.

– Et essentiellement des auteurs masculins, maintenant que j'y pense.

– Tu devrais peut-être me recommander une autrice la prochaine fois.

– Bonne idée, je vais y réfléchir.

M. Guinn nous dévisage tour à tour. Le silence me paraît interminable.

– Eh bien, finit-il par lancer d'un air amusé, on dirait que vous formerez une bonne équipe.

Je pousse un gros soupir et me surprends à adresser un sourire soulagé à Len, qui passe deux doigts dans ses cheveux – un geste habituel chez lui, et pas aussi désinvolte qu'on pourrait le croire. L'équivalent masculin de coincer une mèche derrière ses oreilles. Mais quand il remarque que je l'observe, il me retourne un petit sourire et, l'espace d'une seconde, je regrette presque que son plan ait fonctionné.

Puis M. Guinn reprend :

– Raison pour laquelle vous ne devriez avoir aucun mal à vous acquitter de la tâche que je viens de vous confier.

Il se penche tellement en arrière que son crâne luisant touche presque le mur du fond, et que sa chaise émet un craquement de mauvais augure.

– J'ai hâte de lire les articles que vous écrirez ensemble.

10

– C'était quoi, ça ?

Len avale le bitume à longues enjambées, et je lutte pour ne pas me laisser distancer. Un bulletin rose de retard à la main, nous nous dirigeons tous les deux vers le cours d'anglais de cinquième heure.

– Une tentative pour nous sortir de cette situation à la Woodward et Bernstein, répond-il.

– Ouais, j'avais pigé, mais qu'est-ce qui t'a fait croire que ce serait une bonne idée d'inventer tous ces trucs sur moi et ton bouquin ?

Il hausse les épaules et fourre un second caramel dans sa bouche.

– J'avais besoin de détails pour rendre mon histoire convaincante. C'est la première chose qui m'est passée par la tête.

– Tu aurais peut-être dû y réfléchir davantage. Comment voulais-tu que je sache quoi que ce soit sur un roman français parmi tant d'autres ?

– Maintenant, je m'en rends compte.

Mon irritation me fait trébucher.

– C'est quoi, la vérité ?

– Quelle vérité ?
– Où tu as trouvé ce bouquin ?
– Oh. Dans la bibliothèque de mon père.
– De quoi ça parle ?
Il ralentit pour que je puisse le rattraper.
– D'un immeuble parisien fictif et de tous les gens qui y vivent.
Je m'attends à ce qu'il développe l'histoire, mais rien ne vient. Nous faisons quelques pas en silence, et je suis sur le point de prononcer l'heure de décès de cette conversation quand Len se décide à reprendre :
– Un des habitants, un type riche appelé Bartlebooth, s'est lancé dans une quête qui durera toute sa vie.
Je suis modérément intriguée.
– Quel genre de quête ?
– Une quête très exigeante et très particulière, répond Len en me jetant un coup d'œil comme pour vérifier que je veux vraiment savoir. Qui implique des tableaux, des puzzles et une profonde déprime.
– C'est un peu bizarre, non ?
Len rit.
– Disons que c'est un moyen très compliqué de gaspiller sa vie à ne rien faire de productif. Et le plus triste, c'est qu'il ne réussit même pas. Il finit par échouer à mener une vie dénuée de sens.
Nous montons les marches qui conduisent à l'unique couloir en intérieur du campus, immortalisé dans de nombreux films de Winona Wilson. Len les grimpe deux à deux, comme si c'était plus facile pour lui de cette façon. Une fois de plus, je tente de ne pas me laisser semer.
– Je rêve ou tu viens de me spoiler la fin du livre ?
Il m'attend en haut des marches que je grimpe à petites foulées.

– Tu comptais le lire ?

– Puisque je te l'ai soi-disant recommandé, ça s'impose, non ? je lance, légèrement essoufflée.

Un grand sourire fend son visage en deux, comme s'il venait de se rappeler une de ses propres blagues.

– Tu n'as pas été très convaincante devant le proviseur.

– Tu m'as prise complètement au dépourvu ! Je ne savais pas quoi dire !

– J'avoue que c'était un peu vache.

Nous nous dirigeons vers la salle de classe de Mlle Boskovic, située au fond du couloir. Len fait courir sa main le long de la rangée de casiers, brouillant la combinaison de chaque cadenas au passage.

– Franchement, je ne comprends pas pourquoi tu t'es senti obligé de mentir.

– Pour servir une vérité plus large. L'angle d'attaque de Guinn, c'est qu'il veut qu'on s'entende bien. Mais on n'a pas besoin de coécrire tous nos articles pour apprendre à travailler ensemble. Regarde-nous en ce moment : on est déjà presque amis.

Ça me semble très exagéré.

– Quand même, j'aurais préféré que tu ne m'impliques pas.

Len m'ouvre la porte.

– Ça ne t'aurait pas dérangée si mon plan avait fonctionné.

Malheureusement, nous interrompons le cours de Mlle Boskovic.

– Bonjour, mes trésors, lance-t-elle depuis l'estrade en tendant une main paume vers le haut.

Comme d'habitude, ses doigts sont chargés de bagues ornées de grosses pierres. Elle a admis que toutes étaient fausses à l'exception de la turquoise.

Nos camarades nous regardent nous diriger vers elle tête

baissée pour lui remettre nos papiers roses, puis nous glisser à nos places aux deux extrémités de la pièce.

– Comme je le disais, reprend Mlle Boskovic en jetant à peine un coup d'œil à nos bulletins de retard avant de les jeter dans la poubelle du recyclage, aujourd'hui, nous attaquons une pièce de théâtre qui explore des thèmes gargantuesques. L'ambition. La moralité. La violence. Une des plus grandes œuvres de Shakespeare.

Elle saisit sur son bureau un livre bourré à craquer de Post-it fluo et le tient à deux mains, tel un trophée, contre le cachemire noir qui enveloppe ses formes généreuses.

– Bien entendu, je parle de *Macbeth.*

Elle nous explique que nous ne nous contenterons pas d'étudier la pièce : nous la jouerons aussi.

– N'oubliez jamais que Shakespeare écrivait pour la scène, s'enthousiasme-t-elle. Il voulait qu'on prononce ses mots. Qu'on les *vive.*

La plupart des élèves ne réagissent pas, mais Serena Hwangbo, assise non loin de moi, hoche la tête.

– Idéalement, nous monterions la pièce dans sa glorieuse intégralité, poursuit Mlle Boskovic, mais hélas, nous ne disposons pas de suffisamment de temps pour cela. Nous devrons donc nous contenter de quelques scènes-clés.

Elle échange son livre contre une boîte pleine de bâtonnets de glace portant chacun le nom d'un élève.

– Je vais vous répartir en groupes et assigner à chacun une scène ou deux, que vous devrez jouer au cours des semaines à venir.

Winona lève la main.

– Non, Winona, bien que j'adore ton travail, tu ne peux pas faire une vidéo pour ce projet.

Mon amie s'affaisse sur sa chaise, comme si elle ne comprenait pas la raison de ce refus.

– Je veux que vous fassiez l'expérience de jouer devant un public, explique Mlle Boskovic en secouant sa boîte comme un maraca. Que vous éprouviez le grand huit émotionnel du drame shakespearien.

Comme aucun de nous ne semble partager son excitation, elle soupire.

– Si vous vous costumez, vous aurez des points en plus.

Une bonne partie des élèves dresse visiblement l'oreille. Elle forme les groupes en tirant des bâtonnets de glace au hasard. Je me retrouve dans un assortiment très hétérogène composé de Serena, de Ryan Kim, un Coréen populaire qui passe son temps à faire le clown et, parce que le proviseur a dû soudoyer les dieux de la chance, de Len.

– Maintenant, lance Mlle Boskovic, rapprochez-vous de vos partenaires et décidez qui de vous interprétera quel rôle. Vous avez un quart d'heure.

Ryan s'approche avec son édition *No Fear Shakespeare* de *Macbeth* – celle qui contient une version modernisée du texte en plus de l'original – roulée dans sa main. Il nous dévisage tour à tour, Len et moi.

– Ça ne va pas être trop gênant pour vous ?

– Pourquoi tu demandes ça ?

Serena est déjà assise, le dos bien droit, sa longue queue-de-cheval se balançant derrière elle. Impossible de dire si elle fait exprès de ne pas comprendre.

– Eliza déteste Len, dit Ryan en nous désignant du pouce. Tout le monde le sait.

– Je ne déteste pas Len, je proteste.

– Ouais, je ne pense pas non plus, ajoute l'intéressé.

Et je décide sur-le-champ que si, en fait, je le déteste un peu.

– Si je dis que Len devrait jouer Macbeth, est-ce que tu vas me traiter de sexiste ? lance Ryan en me regardant.

Je ne sais pas si je suis plus irritée ou perplexe.

– Pourquoi ce serait sexiste ? je demande, le front plissé.

– Ben, c'est le héros.

– Et alors ?

– Tu es féministe, non ? dit-il en désignant le badge toujours épinglé sur ma poitrine.

– ... Et alors ?

– Tu penses peut-être que c'est toi qui devrais avoir le rôle.

Je lève les yeux au ciel assez vigoureusement pour me fouler les globes oculaires.

– J'ai dit que j'étais féministe, Ryan, pas narcissique.

– Fleance me suffirait, lance Len, le nez dans son exemplaire de la pièce.

Serena nous surprend tous en intervenant :

– Allez, Ryan, fous-lui la paix.

Il la ferme. Dans le silence qui suit, une pièce se met en place dans ma tête.

– Hé ! Et si Serena jouait Macbeth ?

– Oooh, intervient Mlle Boskovic qui passait justement près de nous. Un casting qui inverse les genres. Quel choix inspiré ! (Elle enroule son collier de perles autour de ses doigts.) Vous savez que du temps de Shakespeare, les femmes n'étaient pas autorisées à se produire sur scène et que tous les rôles féminins étaient alors joués par des hommes ? J'adore que vous renversiez le principe. C'est très déconstruit.

Tandis qu'elle s'éloigne, je lance :

– Vous voyez ? Mlle Boskovic est fan.

Serena feuillette son livre de poche tout neuf, une réédition récente avec une illustration de couverture minimaliste.

– Je suppose que je pourrais...

– J'en suis certaine. Tu seras formidable dans ce rôle. Et puis, Ryan a raison.

– Qui, moi ? s'étonne celui-ci.

– Oui. Pourquoi ne pas faire une performance féministe en attribuant le rôle principal à une fille ?

Plus j'y pense, plus l'idée me plaît.

– Pourquoi pas ? renchérit Serena, qui semble séduite elle aussi.

Len lève la main.

– Qui jouera Lady Macbeth ?

– Je peux le faire, proposé-je. À moins que Ryan…

– Non, c'est bon, dit très vite Ryan. Je ferai, euh… (Il feuillette son livre.) Banquo. C'est bien un gars ?

– Ouais. Le père de Fleance, précise Len.

– Sérieux ? se réjouit Ryan. (Il prend une voix grave.) Len, je suis ton père.

Celui-ci éclate de rire, ce qui m'indique qu'il a un sens de l'humour pourri.

– Très bien.

Je referme mon exemplaire de *Macbeth*, qui a appartenu à Kim mais qui est encore en très bon état parce qu'elle est très soigneuse avec ses livres (je ne sais pas trop pourquoi, essentiellement parce qu'elle ne les ouvre presque jamais).

– Des objections concernant ce casting ?

Serena secoue la tête. Ryan hausse les épaules. Len se radosse à sa chaise et croise les mains dans sa nuque.

– Qui oserait contredire Lady Macbeth ?

11

– Oh, Eliza, dit ma mère sans lever les yeux. Quelqu'un a laissé un message sur mon répondeur aujourd'hui, mais je n'ai pas compris. Tu peux m'aider ?

Kim et elle sont assises à la table de la cuisine. Devant elles, l'ordinateur portable de ma sœur est entouré de paperasse. La lumière fluorescente du plafonnier et leur air concentré me rappellent un bloc opératoire. Il est presque dix heures du soir, et elles sont plongées dans le rituel annuel baptisé Turbo-Impôts.

– « Numéro d'immatriculation fédéral de l'employeur », lit Kim sur l'écran.

Et armée de son formulaire W2, ma mère le lui dicte.

Située au fond de l'appartement, la cuisine n'est séparée du salon que par un comptoir. D'un côté, il y a les plaques électriques surplombées par des placards, et de l'autre, une rangée de tabourets de bar en plastique. Depuis le canapé sur lequel je suis vautrée, en train de lire *Macbeth*, je vois ma mère et Kim penchées sur leur tâche.

– Maintenant ? je demande en cornant ma page.

– Dans la poche de devant, dit ma mère en désignant son sac à déjeuner posé sur le comptoir.

Je pousse un soupir et me lève péniblement pour aller chercher son téléphone. J'imagine que c'est juste un démarcheur zélé, parce que ma mère s'inquiète toujours pour pas grand-chose : messages vocaux insistants, courriers d'apparence officielle... Puis je vois la transcription : « Bonjour, ceci est un message destiné aux parents d'Eliza Wand. Ici le proviseur, M. Quinn... »

M. Guinn ? Quel type diabolique ! N'a-t-il pas conscience du tort que ce genre de coup de fil peut causer à une ado asiatique ?

À contrecœur, j'approche le téléphone de mon oreille. La voix déformée du proviseur résonne si fort que je crains de l'avoir mis sur haut-parleur.

– Bonjour, ceci est un message destiné aux parents d'Eliza Quan. Ici M. Guinn, le proviseur de Willoughby. Nous sommes mercredi matin, et j'aimerais m'entretenir avec vous du comportement d'Eliza au lycée ces derniers temps. Merci de me rappeler au...

Je peux peut-être effacer le message et dire à ma mère que ce n'était rien d'important – un rappel pour une collecte de fonds ou un sondage à destination des parents. Ma mère déteste les deux.

– Euh, c'était juste le lycée, je marmonne en remettant le téléphone dans son sac à déjeuner.

Maman se tord le cou pour me dévisager par-dessus ses lunettes de lecture.

– Ton lycée ?

– Ouais. Mon *haauh jéung* veut que tu le rappelles, dis-je en espérant que ça passera mieux en cantonais.

– *Há ?* (Ma mère jette un coup d'œil à Kim, qui hausse les épaules.) Pourquoi ?

J'entends un bruit de clés dans le couloir de l'immeuble, ce qui signifie que papa est rentré. Je me précipite pour lui ouvrir la porte, mais il la pousse déjà malgré le gros carton qu'il tient dans ses bras.

– Regardez ce que j'ai trouvé, dit-il en retirant ses chaussures de sécurité.

Papa est cuisinier dans un restaurant chinois, le Seafood Island. Il passe le plus gros de son temps dans la chaleur huileuse des feux de cuisson. Conséquence, ses vêtements sont couverts d'une couche de graisse qui ne part que si maman met du liquide vaisselle dans la machine à laver. Ses chaussures, en revanche, sont bonnes pour la poubelle au bout de six mois. Voilà pourquoi il n'achète que les moins chères chez Walmart. Il déteste jeter quelque chose d'aussi solide que des chaussures de sécurité, mais une fois que la saleté les a abîmées, il n'a pas vraiment le choix.

– *Aiyah*, pourquoi tu rapportes toujours des ordures à la maison ? se plaint maman tandis que papa entre au salon avec son carton.

Vu qu'il a dû le ramasser sur le bord de la route, c'est une question légitime.

– Quelles ordures ? proteste-t-il en le posant sur la table basse. C'est une chose qui a beaucoup de valeur.

Je me penche en avant.

– Fais voir.

– Une minute, coupe maman. La discussion n'est pas terminée. (Elle s'adresse à mon père.) Le *haauh jung* d'Eliza a appelé. Je ne sais pas ce qu'elle a fait.

– C'est vrai ? demande papa en soulevant un rabat du carton pour que je puisse regarder à l'intérieur.

Je suis surprise de découvrir ce qui ressemble à un tourne-disque avec lecteur de cassettes et radio intégrés.

– Cool ! Tu crois que ça date de quand ?

Papa examine sa trouvaille.

– Des années 80.

– Il fonctionne ?

– Non, mais je peux le réparer, affirme-t-il en tripotant le bras du tourne-disque. Facilement.

– Eliza, reviens ici, ordonne ma mère.

Je suis papa dans la cuisine, mais elle nous arrête tous les deux en désignant les chaussons que nous sommes censés porter. Papa les enfile et s'attelle à réchauffer le riz frit qu'il a rapporté du restaurant. Comme il n'y a pas d'autre paire, je reste plantée près du comptoir, à la limite entre la moquette à poil ras et le lino à fleurs.

– Case un, lance Kim comme si elle était seule dans la pièce.

Elle s'empare du formulaire W2.

– Alors ?

Ma mère attend. Je pousse un gros soupir et me décide à expliquer ce qui s'est passé. L'article publié malencontreusement. Le retour de bâton. L'annonce du matin. La convocation dans le bureau de M. Guinn.

Assis à la table avec son bol de riz, papa ne fait pas de commentaire. Kim semble presque avoir pitié de moi. Scandalisée, ma mère a des tas de questions. Pour commencer :

– Pourquoi tu n'as pas rapporté les *waih sāng gān* ? Si elles étaient toujours emballées, on aurait pu s'en servir !

Ne connaissant pas le mot cantonais pour « tampons », je les ai appelés *waih sāng gān*, qui signifie « serviettes ».

– Non, c'était l'autre sorte de protections hygiéniques. Celles qu'on met à l'in…

– Oh, alors non. Il ne faut pas utiliser ça, sauf si on veut mourir.

M'ayant ainsi rappelé sa propagande de mère asiatique, elle en vient au cœur du problème :

– Est-ce que ça figurera sur ton bulletin ?

– Hein ? Non, aucun rapport avec mes notes.

– Est-ce que cet homme t'écrira une mauvaise lettre de recommandation quand tu postuleras pour t'inscrire en fac ?

– Pas grave, je me passerai de sa lettre.

Maman secoua la tête.

– Franchement, Eliza, perdre la face de cette manière… Maintenant, il faut que j'appelle ton lycée. S'il m'était arrivé la même chose quand j'avais ton âge…

– A Pòh t'en aurait collé une, je la coupe.

– Exactement.

– Mais M. Guinn n'est pas chinois, alors, personne n'a perdu la face, et il n'y a pas besoin de frapper qui que ce soit.

Ma mère agite la main comme pour chasser mes bêtises.

– *Néih góng māt gwá ā* ? (Elle se tourne vers mon père.) Cette fille a toujours des ennuis avec ses professeurs.

– Hein ? Quand ?

Je n'ai jamais été collée de toute ma vie. Même pas pour cet incident-là !

– À l'école primaire, tu n'as jamais reçu le prix de camaraderie comme les autres enfants. Toi, tu as eu un prix d'orthographe !

Je regarde Kim, qui toussote dans le formulaire W2.

– Ce n'est pas ma faute si j'étais bonne dans un domaine qui nécessitait du travail !

Maman m'ignore.

– Toute cette histoire d'élection au *Clairon*… Je croyais qu'on en avait parlé.

Une illumination la traverse.

– Tu sais ce que c'est, ton vrai problème ? *Néih dōu meih yihng cho.* Tu crois toujours que tu as raison. Si tu as perdu, tu dois l'accepter et faire mieux la prochaine fois. Garçon ou fille, c'est pareil. Ne blâme pas les autres pour tes propres échecs.

Je me penche par-dessus un des tabourets de bar et pose mes coudes sur le comptoir.

– Mais tu ne trouves pas que c'est plus dur d'être une femme, parfois ?

– Bien sûr que c'est plus dur. Je me dis tout le temps que j'aurais préféré être un homme.

C'est vrai. Elle le souhaitait probablement déjà avant sa naissance. Pour la petite histoire, ma mère était la quatrième fille d'un couple qui n'avait pas de fils. A Gūng avait voulu l'échanger contre un garçon. Il avait même trouvé une famille chinoise de Hanoï prête à le faire, parce qu'elle avait déjà plusieurs fils. Mais A Pòh a changé d'avis à la dernière minute, et ils ont gardé maman.

– Oui, mais ce n'est pas une fatalité ! On pourrait changer les choses.

– Elles sont déjà différentes pour toi, réplique ma mère. Ton père n'a que deux filles, et ça ne le rend pas triste. (Elle se tourne vers papa.) Tu es triste de ne pas avoir de fils ?

Mon père, qui vient de finir d'engloutir son riz frit, se lève pour rincer son bol et ses baguettes. Sa réponse est laconique.

– Non.

– Tu vois ? triomphe ma mère, comme si ça réglait la question.

– Mais je veux améliorer les choses en général. En commençant par ce qui se passe au lycée.

– En quoi tu les as améliorées ? Tu t'es juste attiré des ennuis. (Maman soupire.) Tu sais déjà que ce qui me fait le plus peur au monde, c'est de devoir parler à ces *gwái lóu*. Pourquoi tu persistes à te faire remarquer ?

Papa dépose son bol propre dans l'égouttoir en plastique, par-dessus les assiettes que maman a lavées tout à l'heure. Il tente de s'éclipser discrètement, mais ma mère le prend à partie.

– Tu n'as rien à dire à ta fille ?

Il se frotte le nez.

– *Aiyah,* ce n'est pas grave, répond-il en faisant un pas vers le salon. Parle au *haauh jéung* et tout ira bien.

– *Haih lā !* Avec toi, rien n'est grave. Tout est facile. Mais ce n'est jamais toi qui le fais. (Maman ajuste ses lunettes et reporte son attention sur l'écran de l'ordinateur.) Ton père *jihng haih dāk bá háu,* dit-elle à Kim, il ne sait que parler.

Tout en se dirigeant vers la salle de bains pour se doucher, il rit.

– Il ne sait que parler, répète-t-il en singeant ma mère.

– Exactement ! crie-t-elle dans sa direction. Il a trop peur pour faire quoi que ce soit, ajoute-t-elle à notre intention.

– « Numéro d'immatriculation fédéral de l'employeur », lit Kim avant de saisir un autre formulaire W2 et de le placer devant maman. Pour papa, cette fois.

12

– Joyeux jeudi, les Sentinelles !

Je suis en cours de chimie. Penchée sur mes devoirs d'algèbre, je tente de calculer le vertex d'une parabole quand la voix de Serena Hwangbo jaillit de la télé :

– Salut.

Avec ses yeux rougis, James ressemble particulièrement à un animal nocturne ce matin. Il a pris le cours de chimie en option de terminale pour faire plaisir à sa mère, qui espère toujours qu'il deviendra docteur. Sa place est à côté de la mienne. Normalement, à cette heure-ci, l'excitation que lui procure *Le Clairon* est en train de retomber, mais aujourd'hui, il tente d'attirer mon attention avec une frénésie inhabituelle. Je l'ignore parce que je ne veux pas perdre le fil de mon raisonnement, mais il me donne un coup de coude et fait déraper mon stylo.

– Tu devrais écouter les annonces matinales, me conseille-t-il à voix basse.

Je suis sur le point de l'envoyer bouler quand j'aperçois un de mes badges JE SUIS FÉMINISTE sur la poitrine de Serena. À l'écran.

Que… ? Je viens d'être adoubée par la Oprah asiatique du bahut, ou quoi ?

Les autres élèves du cours de chimie ont remarqué eux aussi, et ils se mettent à lorgner le badge toujours épinglé sur mon gilet. En se levant pour le serment d'allégeance, on doit tous se demander la même chose quant au choix d'accessoire de Serena : qu'est-ce que ça signifie ?

On le découvre vers la fin de l'émission quand Philip, tel le présentateur de *Good Morning America* qu'il est destiné à devenir, aborde le sujet :

– Serena, commence-t-il. Il faut que je te demande ce que tu as sur ton T-shirt.

Elle fixe la caméra.

– Je ne sais pas si tu es au courant, Philip, mais moi aussi, je suis féministe. Et je porte ce badge pour soutenir mon amie Eliza Quan.

James semble abasourdi, plus prêt à croire en sa future carrière médicale qu'en ses oreilles selon lesquelles Serena Hwangbo vient d'affirmer que j'étais son amie.

– Le sexisme existe bel et bien à Willoughby, même si nous refusons de l'admettre. Et j'admire Eliza d'avoir parlé. C'est dur de se mettre en avant quand vous êtes une fille. Les gens vous jugent tout le temps, affirme Serena, ses yeux de biche embués d'émotion. D'ailleurs, ils doivent me juger en ce moment même parce que je suis d'accord avec Eliza. Mais elle a raison. Je crois qu'elle devrait être rédactrice en chef du *Clairon* l'an prochain. Et qu'on devrait tous réfléchir sérieusement à ce problème de discrimination sexiste.

Cette déclaration me choque autant que le reste de la classe. Nous fixons tous l'écran en attendant la suite.

– Eliza voudrait aussi qu'une fille soit présidente du bureau des élèves l'an prochain, rappelle Philip qui, selon la rumeur, envisage de se présenter à l'élection. Du coup, tu penses te porter candidate ?

Serena le gratifie d'un sourire mystérieux.

– Il ne faut jamais dire jamais.

Alors qu'ils rendent l'antenne, James plaisante :

– Eh ben dis donc, Quan, tu es censée rapporter les nouvelles, pas les faire.

– Hé, Eliza, lance Mariposa Abarca depuis l'autre bout de la pièce.

Jusqu'ici, elle me connaissait essentiellement comme la fille qui faisait perdre notre équipe de volley en cours d'EPS.

– Il te reste un de ces badges ?

Quand la cloche de midi sonne, Winona et moi nous dirigeons vers notre place habituelle près de la bibliothèque : un petit coin de béton juste à côté de la porte, tranquille et à l'ombre des arbres. Tandis que nous traversons le campus, j'aperçois Serena et ses copines au milieu de la cour, sous le grand chêne. Winona et moi aimons nous asseoir là après la fin des cours, mais à l'heure du déjeuner, il y a trop de concurrence.

– Franchement, lance Winona, je suis étonnée que Serena fasse preuve d'une telle lucidité.

Je lui jette un regard. Elle hausse les épaules.

– Quoi ? Je suis sûre que tu as pensé la même chose.

Néanmoins, difficile de nier que Serena est un atout majeur pour notre cause. Trente secondes de soutien public et, comme par magie, les commentaires sur moi ont radicalement changé de ton.

@iluvtoast : Vraiment ravie que @princessserenabo ait défendu @elizquan. Les gens exagéraient, il était temps que quelqu'un dise quelque chose.

@lavender1890 : Vive la sororité ! Les filles déchirent. @princess-serenabo @elizquan

@dottieingo : Depuis le début, je dis que @elizquan a raison.

– Je ne comprends pas ce qu'elle a ajouté au débat, lâche Winona, perplexe. Elle s'est contentée de répéter ce que tu disais façon HuffPost.

À cet instant, Serena nous aperçoit et agite la main, assise au bout de la table sur laquelle elle a mis les pieds tel un mannequin qui poserait pour une pub de baskets blanches. Elle s'appuie à demi sur Jason, occupé à verser dans sa bouche le contenu d'un sachet de biscuits apéritifs orange.

Impossible de faire comme si on ne l'avait pas vue. J'agite la main en retour.

– Venez vous asseoir avec nous, appelle Serena.

– Qu'est-ce qui t'a pris ? grogne Winona, les dents serrées.

Je m'approche de la table, consciente que mon sac à déjeuner est plus volumineux que le sac en toile utilisé par Serena pour transporter ses affaires de cours : posé à plat près d'elle, il semble rempli d'un grand vide. Certaines filles parviennent à affronter la vie sans porter le fardeau des intellos – soit vingt kilos de bouquins sur le dos. Serena en fait partie.

– Tu connais tout le monde, pas vrai ? demande-t-elle avec un large geste. Jason, c'est…

– Oh, j'ai entendu parler d'elle, coupe son petit ami en se tournant vers nous. Eliza la féministe.

Je ne sais pas ce qui me perturbe le plus : que Jason Lee sache qui je suis, ou qu'il me considère comme « Eliza la féministe ».

– Et Winona la réalisatrice, dis-je en la désignant du pouce.

Winona agite la main, l'air de vouloir être n'importe où sauf ici.

Jason me fixe, et je me demande s'il n'a pas compris quelque chose ou s'il est en train de me juger. Puis il lâche :

– Pigé.

Les yeux de Serena se mettent à briller.

– Winona, tu vas faire la vidéo du bal de promo, hein ?

Mon amie la dévisage un long moment avant de répondre « ouais », et je devine qu'elle a décidé d'accepter juste pour que Serena cesse de la relancer à la moindre occasion.

Sans se rendre compte de rien, Serena lui adresse un sourire ravi et se pousse pour nous faire de la place. Résignée, Winona se laisse tomber sur le banc et ouvre son sac à déjeuner comme si elle se sentait à sa place. Moi, je dois enjamber maladroitement le banc parce que c'est le seul moyen de m'asseoir entre elles deux.

– Au fait, euh… merci pour ce matin, dis-je en déballant le sandwich préparé par ma mère, et qui contient trois bons centimètres d'épaisseur de filets de dinde.

Moins que ça, elle pense que ce ne serait « pas assez nourrissant ». Elle se trompe, mais j'ai peur de jeter l'excédent, parce qu'elle le saurait.

– Pas de souci, roucoule Serena. Nous, les filles, on doit se serrer les coudes, pas vrai ?

Winona croque un bâton de céleri et lance :

– Je ne savais pas que tu t'intéressais au féminisme.

Serena écarquille les yeux.

– Moi non plus.

– Mais elle n'arrête pas d'en parler depuis le discours d'Eliza, intervient Jason en regardant quelque chose sur son téléphone. Je me demande ce qu'elle va faire la prochaine fois : brûler son soutif ? (Il lève les yeux, l'air intéressé.) D'un autre côté, si ça veut dire qu'elle se baladerait sans…

– Tu pourrais te taire ? proteste Serena en le repoussant.

Il glousse et se lève de la table.

– On dirait que tu envisages de te présenter aux élections du bureau des élèves ? je demande à Serena.

– Oui, répond-elle d'un ton résolu. Je ne l'ai pas encore annoncé officiellement, mais je suis assez décidée.

– C'est super. S'il y a une fille qui peut gagner, c'est bien toi.

Elle me jette un regard curieux.

– Et toi ? Tu penses que Len va démissionner ?

Je le revois dans le bureau de M. Guinn, fourrant un caramel dans sa bouche, et mes épaules s'affaissent.

– Je ne crois pas, non.

– Pourquoi ? s'indigne Serena.

Découragée, je mords dans mon sandwich.

– Qui va l'y obliger ? Pas le proviseur. Il me trouve trop agressive.

Maman a appelé M. Guinn plus tôt dans la journée. Par chance pour moi, elle n'a pas compris grand-chose à ce qu'il racontait. Mais elle a obtenu la confirmation que l'incident ne serait pas mentionné sur mon bulletin et que je n'aurais pas de gros ennuis. C'est tout ce qui l'intéressait.

Serena fronce les sourcils.

– Du coup, tu vas faire quoi ?

Sa question et le ton qu'elle a employé me désarçonnent. C'est un peu comme si elle me disait : « J'essaie de devenir la sixième présidente du bureau des élèves dans l'histoire de Willoughby ; et toi, tu fais quoi pour la cause ? » Je jette un coup d'œil à Winona, qui apparemment ne s'y attendait pas non plus. À quel moment Serena Hwangbo, la fille la plus populaire du lycée, est-elle devenue la police du féminisme ?

Je m'efforce de trouver une réponse. Que puis-je faire d'autre ? J'ai (fût-ce involontairement) publié une tribune. J'ai exhibé des tampons pendant une émission en direct. De quelle autre manière pourrais-je agir contre le sexisme dans ce lycée ?

– Une grève, je lance soudain. Je vais organiser une grève.

Un débrayage dont les participants sortiraient tous de cours en même temps.

– Une grève? répètent Serena et Winona en chœur, la première sur un ton intrigué, la seconde sceptique comme à son habitude.

– Ouais. Pour protester contre l'élection de Len au poste de rédacteur en chef du *Clairon*. Si on peut le pousser à démissionner, ce sera une grande victoire symbolique.

– Ça paraît un peu agressif et pas très inclusif, pour reprendre les mots du proviseur, me fait remarquer Winona en levant un sourcil.

– On n'exclura personne. Garçon ou fille, tout le monde pourra participer, du moment qu'il ou elle pense que l'égalité des sexes est importante.

Serena hoche gravement la tête, comme si je venais de dire quelque chose de très profond.

– J'adore, déclare-t-elle. J'en suis.

Winona est plus réservée.

– Je suis pour la lutte contre les discriminations, évidemment. Mais ça ressemble beaucoup à une performance, non? dit-elle en glissant discrètement un regard en biais vers Serena.

Et c'est vrai : peut-être que cette fille, qui a toujours eu un comportement très conventionnel du point de vue du genre, ne s'implique là-dedans que parce qu'elle pense que ça servira ses intérêts. Mais peut-être pas. Et de toute façon, je suis assez remontée pour courir le risque. Alors, j'argumente :

– Je pense juste qu'on ne devrait pas gaspiller ce bel élan. Parce que si on laisse tomber, Len ne démissionnera pas, et tout ce qu'on a fait jusqu'à maintenant n'aura servi à rien. Et pour une année de plus, un garçon occupera à Willoughby une position importante qui aurait dû revenir à une fille.

Je pense au mur des rédacteurs et à ses rangées de portraits masculins, et ma gorge se serre.

– Vous avez entendu ce que James m'a dit, que tout le monde pense que je ne suis pas une aussi bonne chef que Len. Vous savez que c'est n'importe quoi.

L'expression critique de Winona cède la place à de l'hésitation. Elle range le reste de son céleri dans son sac en plastique zippé.

– Mais tu as bien réfléchi aux conséquences ? Si mon père apprend ça…

Elle s'interrompt, troublée. Je sais qu'elle pense à ce qu'il dirait, et qu'elle déteste quand ce genre de considération la retient.

– Oh, mes parents aussi détestent que je me fasse remarquer, intervient Serena. D'autant plus que je suis une fille. C'est super énervant, mais ils tiennent beaucoup au cliché de « la bonne Asiatique ».

Je penche la tête sur le côté.

– Tu parles du mythe de la minorité modèle ?

Serena claque des doigts.

– Exactement. Mais on veut briser les stéréotypes, pas vrai ? Ce serait un excellent moyen !

Winona balaie du regard notre entourage immédiat, qui est entièrement asiatique elle exceptée (et entièrement coréen elle et moi exceptées).

– Ne vous plaignez pas. Moi, le stéréotype qu'on me colle, c'est celui de la femme noire en colère, dit-elle sèchement.

J'aurais dû y penser plus tôt. Une partie de l'hésitation de mon amie est due à quelque chose de beaucoup plus large que ses rapports avec son père.

Faisant preuve d'une lucidité étonnante, Serena semble comprendre elle aussi.

– Tu as raison, Winona. On ne te poussera pas à faire quoi que ce soit de gênant pour toi.

– Ouais. C'était peut-être une idée trop impulsive, de toute façon, j'ajoute.

Winona lisse les bords de son sachet de céleri et les examine soigneusement.

– Je n'ai pas dit que je ne le ferais pas. (Elle secoue les bâtonnets restants en réfléchissant tout haut.) Eliza, tu sais que je n'ai pas peur de l'ouvrir quand c'est important, ajoute-t-elle sur un ton de défi. Quoi qu'en pense mon père ou n'importe qui d'autre.

J'acquiesce en songeant à *Driveways* et au reste de ses vidéos.

– Comme dans tes films.

– Ouais. Je suppose que je me sens plus à l'aise derrière une caméra. Ça me permet de contrôler la narration.

Une idée jaillit dans mon esprit.

– Et si tu mettais la grève en scène ? Comme ça, tu pourrais décider du rôle que tu veux y jouer.

Winona se redresse, intriguée, et je vois tourner les rouages de son cerveau de réalisatrice.

– J'adooore ! s'écrie Serena. Tu ferais ça trop bien !

Je crains un peu que son exubérance ne se retourne contre nous, mais déjà très enthousiasmée par le défi créatif que je viens de lui présenter, Winona ne relève pas.

– D'accord, finit-elle par lâcher. Je vais voir ce que je peux mettre au point.

Puis Esther Chung s'approche d'un pas glissant. Ses cheveux teints en blond platine et pourtant étonnamment soyeux lui tombent devant les yeux. Je remarque qu'elle aussi porte un badge JE SUIS FÉMINISTE sur son T-shirt. En fait, toutes les copines de Serena en ont un. Ceux que j'avais mis dans les toilettes des vestiaires ont tous disparu ; au moins, je sais qui les a pris.

– Dis-moi, Eliza, commence Esther avec gourmandise, comme si je détenais un secret croustillant. Que… ?

– Hé, Esther, j'en ai une bonne pour toi, lance Dylan Park, qui porte un maillot de sport avec son nom dans le dos.

Il s'approche à petites foulées. Jason le suit nonchalamment.

– *Mmmh ?* lance Esther, partagée entre l'agacement d'avoir été interrompue et l'envie de rigoler.

– Si tu veux faire rire une blonde un mercredi, énonce lentement Dylan, il faut lui raconter une blague… le lundi.

Jason s'esclaffe pendant que Winona et moi échangeons un regard consterné. Esther semble réfléchir dix bonnes secondes avant d'exploser de rage.

– Tu me traites d'idiote, c'est ça ? glapit-elle en poussant Dylan qui hurle de rire. C'est toi, l'idiot ! Ce n'est même pas ma vraie couleur !

Serena croise les bras sur sa poitrine.

– Dylan, ce n'est pas drôle.

Visiblement, il est persuadé du contraire.

– Tu n'as plus du tout d'humour depuis que tu es féministe, lance-t-il.

Puis, satisfaits de leur performance, Jason et lui s'éloignent.

– Bref, reprend Esther dont la dignité n'a que très peu souffert, vous parliez de Len, c'est bien ça ? (Elle fait la moue.) C'est quoi, l'histoire ? Vous sortiez ensemble, c'est ça ?

Winona rit si fort qu'elle se plie en deux.

– Eliza préférerait mettre le feu au *Clairon* plutôt que de fréquenter un sportif, déclare-t-elle, ce qui me semble un tantinet exagéré.

Je ne l'avouerai jamais à personne, mais je ne suis pas sûre que j'irais aussi loin.

Pour sa part, Serena est mortifiée.

– Pitié, Esther ! Eliza parlait d'organiser une grève pour

protester contre l'élection de Len, dit-elle en repoussant sa queue-de-cheval par-dessus son épaule. Il n'y a rien entre eux, et il n'y a jamais rien eu. Ce sont juste des conneries que les gens ont inventées sur Internet.

– Ouais, mais hier, Heppy les a vus monter l'escalier ensemble, rétorque Esther. Pas vrai, Heppy ?

– Ouais, carrément, acquiesce Hepsibah Yi depuis son perchoir sur la bordure qui entoure le chêne.

Tous les regards se braquent sur moi, attendant mon explication. Un peu rouge, je me justifie d'un :

– Le proviseur nous a laissés sortir en même temps.

– Ils sont ensemble en cinquième heure, c'est tout, se souvient Serena. On est dans le même cours d'anglais. (Elle adresse un claquement de langue désapprobateur à ses amies.) Vous avez entendu Winona : jamais Eliza ne s'intéresserait à Len. Il représente tout ce contre quoi nous nous battons. Tu l'as traité de quoi, déjà ? De « visage du patriarcat » ?

– En gros, acquiesce Winona.

Serena tapote le badge d'Esther.

– On ne plaisante pas avec le féminisme. C'est important. Si vous voulez faire partie du mouvement, mettez-vous au niveau.

– Quand même, il est mignon, soupire Heppy.

Nous nous retournons pour suivre la direction de son regard. Les pouces coincés sous les bretelles de son sac à dos, Len traverse la cour avec ses copains du base-ball. Il rit comme s'il profitait à fond de ses privilèges. Je le trouve différent une fois à l'extérieur : plus séduisant, et donc pire.

– Le patriarcat l'est souvent, dis-je en le suivant du regard.

13

– Alors, où je peux m'en procurer un ? demande Len en désignant le badge JE SUIS FÉMINISTE que je continue à porter tous les jours.

– Pas de chance, ils sont en rupture de stock.

Nous nous tenons au coin de l'enceinte du lycée, attendant que le feu passe au vert pour les piétons. Nous allons chez Boba Bros. Il fait un temps fantastique pour l'inauguration d'un commerce dédié à la vente de boissons glacées, en d'autres termes, une chaleur d'enfer.

Je m'évente avec mon carnet. Nous ne sommes dehors que depuis quelques minutes, mais le sommet de mon crâne a déjà absorbé une quantité alarmante des rayons à la fois glorieux et brutaux qui s'abattent sur nous. J'ai relevé mes cheveux en chignon, mais je sens une brûlure grandir sur ma nuque. Je devrais retirer mon gilet, mais il est trop tard pour retourner le mettre dans mon casier, et je déteste le porter à la main. Au lieu de ça, je remonte mes manches.

Len s'essuie le front avec son avant-bras et tourne la tête vers Boba Bros.

– Cette histoire de féminisme, ça a pris beaucoup d'ampleur, hein ?

Le feu passe au vert, et nous descendons du trottoir au même moment.

– Ouais, je suppose.

Bien entendu, je ne mentionne pas notre projet de grève, mais l'effet Hwangbo continue à faire des ravages. Soudain, le féminisme est très à la mode au lycée Willoughby. Un groupe de filles triées sur le volet, parmi lesquelles Serena et ses copines, porte en permanence mon badge sur la poitrine, et j'ai un peu l'impression d'appartenir à une bande d'influenceuses arborant le même sac à main de luxe en édition limitée.

Pourtant, on ne peut pas nier le changement d'atmosphère. Du jour au lendemain, les filles de l'équipe de hockey sur gazon ont lancé une pétition pour remplacer leurs uniformes vieux de dix ans, de préférence avec l'argent que les joueurs de foot américain gaspillent en s'offrant chaque année de nouveaux mannequins sur lesquels s'entraîner au plaquage. Tout le club de théâtre, garçons inclus, a voté à l'unanimité pour que la pièce montée à l'automne prochain ne soit pas *Mort d'un commis voyageur* d'Arthur Miller mais *Paper angels* de Genny Lim, qui met en scène des immigrants chinois détenus dans la baie de San Francisco en 1915. Et le tout nouveau Club de lecture féministe intersectionnel de Willoughby, fondé par un trio de troisièmes que je ne connais pas, m'a invitée à choisir son premier ouvrage (j'ai opté pour *Tout le monde peut être féministe* de bell hooks). Les gens parlent de sexisme au-delà des problèmes que j'ai soulevés ; parfois même, ils remettent en question leurs préjugés sur le féminisme, et je dois dire que, globalement, c'est très gratifiant.

Les choses ne se présentent pas aussi bien pour Len : ce matin, avant qu'il ait le temps de l'enlever, j'ai vu que quelqu'un avait recouvert son casier de papier cadeau rose, mais au lieu de JOYEUX ANNIVERSAIRE, le ou la coupable avait écrit LE PATRIARCAT. Serena jure qu'elle ne sait pas qui c'est.

Boba Bros se trouve tout au bout du petit centre commercial en plein air, seul signe de vie parmi les devantures abandonnées. Une profusion de ballons blancs et dorés entourent l'entrée, surmontée d'un panneau marqué « Promo d'ouverture : un acheté, un gratuit ! ». Une musique du millénaire dernier flotte au-dessus du brouhaha de la foule. Il y a plus d'animation que je ne m'y attendais.

J'ouvre mon carnet.

– Voilà le plan. J'ai parlé au téléphone à un des propriétaires, Kevin Cheng, mais je ne l'ai jamais rencontré en personne. Commençons par le trouver – lui, ou son frère.

Len, qui a emporté un des appareils du *Clairon*, photographie un client qui passe avec un plateau de quatre bubble teas.

– Bien, chef.

À l'intérieur, tout est blanc et rutilant, aussi austère et réconfortant qu'une salle de bains scandinave. Sur un des murs, le nom BOBA BROS s'incurve au-dessus d'un dessin dans le même style que ceux du *New Yorker* représentant une sorte de hamster en train de siroter un bubble tea. (« Je pense que c'est un wombat », suggère Len, bien que je ne lui aie rien demandé.) Près de la fenêtre, une banquette en bois depuis laquelle on jouit d'une ravissante vue sur le parking.

– Il y a beaucoup de choix, commente Len tandis qu'on détaille le menu, un panneau noir comprenant également des instructions détaillées : « Choisissez un thé, choisissez une garniture, choisissez un lait, choisissez une dose de sucre. »

Des employés se bousculent dans la zone de préparation derrière le comptoir. L'un d'eux, qui est en train de verser un liquide crémeux sur des glaçons, nous aperçoit. Il porte des lunettes à monture rectangulaire et un tablier noir marqué «Je suis l'un des bros». Même s'il a plus l'air d'un intello que d'un de ces types populaires qui vivent en bande de garçons et ont un comportement volontiers sexiste envers les filles.

– Bienvenue chez Boba Bros, s'époumone-t-il en nous faisant signe d'approcher. Vous prenez quoi ?

Je commence à expliquer qu'on n'est pas là pour consommer, mais Len répond :

– Un thé au lait normal avec du boba, et une quantité de sucre normale.

Je lui jette un coup d'œil irrité. Il hausse les épaules.

– Quoi ? Il fait chaud dehors.

Reportant mon attention sur le propriétaire, je reprends :

– En fait, on va au lycée de l'autre côté de la rue. On fait partie de la rédaction du journal, *Le Clairon*, et on écrit un article sur votre inauguration. On voudrait parler à Ian ou Kevin Cheng.

– Oh ! Je suis Ian, dit-il en nous tendant la main. Enchanté. Eliza, c'est bien ça ?

Je lui serre fermement la main.

– C'est ça. Et voici Len.

– Un thé au lait classique pour Len, ça marche. Et vous, Eliza ? C'est offert par la maison.

– Non, non. Merci, mais c'est contraire à notre code d'éthique d'accepter des cadeaux quels qu'ils soient.

– Ce qu'elle veut dire, ajoute Len en sortant son portefeuille, c'est que je vais payer.

– Pas du tout, je proteste en agitant les bras. Il ne paie rien pour moi.

– D'accord, je vais payer le mien, et tu prendras le second gratuit. (Comme ça ne me satisfait toujours pas,

Len propose : Dans ce cas, tu n'auras qu'à me rembourser la moitié du premier.

Ian désigne mon badge et m'adresse un sourire amical.

– C'est parce que vous êtes féministe, c'est ça ? demande-t-il d'un air entendu.

– Non, c'est parce que… (Je me ravise.) Vous savez quoi ? Je vais prendre un thé à la lavande avec du lait de soja, et de la gelée d'amande à la place du boba. Et seulement une demi-dose de sucre, s'il vous plaît. (Puis je désigne Len.) C'est lui qui paie.

– Ça arrive tout de suite, promet Ian en tapant sur sa tablette.

Len et moi nous dirigeons vers un des box. Les bancs sont en lattes de bois, et des ampoules nues pendent très bas du plafond. Len en repousse une pour rire avant de s'asseoir.

– C'était une commande très précise pour quelqu'un qui ne voulait rien boire, fait-il remarquer en s'étalant sur toute la largeur du banc de son côté.

Je me glisse en face de lui.

– Dans ma tête, je sais exactement à quoi ressemble mon thé au lait idéal. Il me suffit de prendre ce qui s'en rapproche le plus.

– Tu prends toujours la même chose, chaque fois ?

– Évidemment.

– De la même façon que tu t'habilles pareil tous les jours.

Soudain, je trouve qu'il fait très chaud dans ce box. Je retire mon gilet qui, dans cette lumière, paraît trop lourd – et, oui, peut-être un peu trop grand. Je n'ai jamais pensé que quelqu'un le remarquerait.

Je cherche mon portefeuille dans mon sac à dos et jette deux dollars sur la table.

– Je croyais que c'était moi qui payais, s'étonne Len.

– J'ai changé d'avis.

– Ça t'arrive ?

Il essaie de ne pas sourire, ce qui gâcherait sa vanne. Je me redresse.

– Pas souvent. Tu viens peut-être d'assister à un événement unique.

Avant que je m'en rende compte, il lève son appareil et appuie sur le bouton.

– Qu'est-ce qui te prend ?

– S'il n'y a pas de photo, ça n'est jamais arrivé.

Quand Ian appelle nos noms, je dis à Len que je vais chercher nos boissons. Je ne précise pas que c'est parce qu'il me soûle déjà.

– Voilà, dis-je en posant les boissons sur la table.

Toujours debout, je les inspecte : chaque gobelet porte une étiquette avec le détail de la commande.

– Ça, c'est le tien, dis-je en le tournant vers Len. Le basique.

– Il me semble que Ian a appelé ça un classique.

Pour toute réponse, je sors ma paille de son emballage et la plante au milieu des glaçons, une manipulation que je peux effectuer d'une seule main aussi naturellement que je respire. Len, en revanche, lutte avec la sienne. Alors, je la lui prends et je m'en charge pour lui.

– Mais quel genre d'Asiatique tu es ? je demande en secouant la tête et en poussant son gobelet vers lui.

– Un Asiatique à cinquante pour cent, répond-il avant de se pencher en avant pour boire une gorgée.

– Eliza, Len, je vous présente mon frère Kevin, lance Ian.

Je me retourne. Kevin, dont les cheveux se dressent à une hauteur impressionnante, porte le même tablier que Ian. Il est légèrement plus petit, plus âgé et peut-être un peu moins intello. Et il a une solide poignée de main, contrairement à son frère qui m'a à peine serré les doigts.

– Enchanté de faire enfin votre connaissance.

Il s'assoit face à Len, et Ian l'imite. Ce qui ne me laisse qu'une seule possibilité pour m'asseoir.

Len se décale vers le mur, soit pour me faire de la place, soit pour m'éviter – allez savoir. Un coude posé sur la table, il ébouriffe ses cheveux de ce geste rapide qui me devient étrangement familier. Je voudrais lui dire que malgré sa tendance à frisotter, sa tignasse épaisse a toujours l'air bien. Plus que bien, même. C'est agaçant. Si quelqu'un devait s'inquiéter de ses cheveux, ce serait moi : des mèches échappées de mon chignon se sont collées à ma nuque et commencent juste à s'en détacher tandis que ma sueur s'évapore. Beurk.

– Vous couvrez notre inauguration pour *Le Clairon*, c'est bien ça ? interroge Kevin. Moi aussi, je faisais partie de l'équipe du journal quand j'étais au lycée. Mais du côté commercial, je vendais les espaces publicitaires. Ça existe encore ?

– Oui, mais ce n'est pas une source majeure de revenus.

Il rit.

– Ça ne l'était pas non plus à l'époque. Évidemment, c'était peut-être ma faute.

– Vous êtes allés à quel lycée, tous les deux ? s'enquiert Len.

Il a sorti un carnet de nulle part et l'a ouvert à une page blanche.

– Hargis, répond Ian.

– Notre grand rival, commente Len en me décochant une petite grimace.

– À la poubelle, les Sentinelles, lance Kevin en toussant dans sa main.

Étonnamment, Len connaît la réplique de rigueur :

– Les Ours, jamais dans la course !

J'interviens :

– Histoire de vous citer correctement, ça ne vous dérange pas qu'on enregistre ?

– Pas de problème, acquiesce Kevin. Mais n'oubliez pas ce qu'on a dit sur les Sentinelles.

Je lui souris aimablement.

– Merci de prendre le temps de répondre à nos questions, et félicitations pour l'ouverture de votre bou…

– Merci, me coupe Kevin en s'adossant à la paroi du box et en posant un bras sur le dessus. On est super contents. Alors, qu'est-ce que vous en pensez ?

Il désigne nos gobelets. Len cesse de mordiller l'extrémité de sa paille et baisse les yeux. Son gobelet est vide, hormis quelques glaçons à moitié fondus et des perles de tapioca.

– C'est pas mal.

– Vous savez ce qui nous distingue de la concurrence ? demande Kevin en prenant mon gobelet et en le brandissant comme un trophée. La qualité des ingrédients.

– Nous n'utilisons que des feuilles de thé entières, explique Ian. Pas de la poudre comme les autres boutiques.

– Vous avez goûté notre oolong en édition limitée ? interroge Kevin.

Nous secouons la tête.

– Non ? s'écrie-t-il, consterné. Il le faut ! Absolument ! Ian, tu me passes la boîte ?

Ian va chercher une boîte en métal brillante dans la cuisine et entrouvre le couvercle. Len et moi nous penchons en avant pour renifler et, un instant, je me laisse distraire par la proximité du visage du patriarcat.

Tandis que Kevin enchaîne sur les mérites de leur sirop maison, je m'écarte de Len en m'exhortant à me concentrer sur mon travail.

– J'ai une question pour vous, Kevin. Quand on s'est parlé au téléphone, vous avez mentionné que l'inauguration était prévue pour fin octobre. Pourquoi la date a-t-elle été repoussée ?

Le sujet semble contrarier Kevin autant que le fait que nous n'ayons pas daigné goûter leur oolong. Il tape du poing sur la table.

– Je vais vous dire pourquoi : l'administration. Le nombre de cerceaux à travers lesquels on nous a obligés à sauter pour avoir la permission d'ouvrir… C'est hallucinant.

– Quel genre de cerceaux ?

Il pousse un grognement.

– D'abord, on a dû faire des tas de travaux pour que le local soit conforme à la réglementation. Et je ne vous parle même pas des critères d'aménagement *paysager*.

Il passe un bon moment à fulminer contre l'inutilité de toutes ces contraintes tandis que je prends des notes à toute allure. Len, en revanche, n'écrit presque rien. J'interroge :

– Mais que diriez-vous à quelqu'un qui fait valoir que les règles ont une raison d'être – assurer la sécurité du public, par exemple ? Comment détermineriez-vous lesquelles sont pertinentes ou pas ?

Kevin réfléchit moins d'une seconde avant de répondre :

– Écoutez, je suis entrepreneur. Mais je suis aussi membre de cette communauté. Je ne vais pas faire de choses irresponsables pour la seule raison qu'aucune loi ne me l'interdit.

Je remarque que Len me fixe. Alors, je lui fais signe de parler s'il a quelque chose à dire. Il se penche en avant.

– Vous faisiez quoi avant d'ouvrir cette boutique ?

Ce doit être la question la plus nulle de l'univers, mais je ne dis rien parce que la première règle du travail en équipe, c'est de ne pas critiquer son partenaire.

– J'ai bossé dans plusieurs start-up à San Francisco, répond Kevin. Dans mon dernier job, j'étais chargé de clientèle.

– Il a un Mastère de gestion de l'université de Stanford,

ajoute Ian. Notre mère voudrait que vous le mentionniez, pour que les gens sachent qu'il est capable de faire autre chose que gérer une boutique de boba.

– Non, c'est toi le plus brillant, rétorque Kevin. Ian était ingénieur informaticien.

Len hoche la tête.

– Alors, pourquoi le boba?

Les deux frères et moi le dévisageons en silence. Se demandent-ils aussi pourquoi Len n'a pas pris la peine de consulter la page «Qui sommes-nous?» sur leur site?

Et de fait, Kevin se met à réciter l'histoire que j'ai lue sur Internet. Ian et lui sont d'origine taïwanaise; leur amour pour le boba leur vient de leur père, un grand amateur de thé et de tapioca. Bien qu'ayant toujours eu envie de créer sa propre affaire, il a passé toute sa carrière à travailler comme comptable dans de grandes entreprises. Boba Bros est un hommage à son rêve américain. La parfaite histoire de jeunes cadres dynamiques devenus entrepreneurs. Des immigrés de deuxième génération, par-dessus le marché.

– Votre père doit être très fier, commente Len.

– Oui, il nous a beaucoup soutenus, acquiesce Ian. Les boules de tapioca que nous utilisons sont faites selon sur une de ses recettes.

– Et votre mère?

Je repense à la page «Qui sommes-nous?», et je réalise que je ne connais pas la réponse à cette question parce que bizarrement, elle n'y est pas mentionnée.

Kevin hésite avant de répondre :

– Elle n'était pas ravie qu'on quitte tous les deux des jobs très lucratifs pour se lancer là-dedans. Elle aussi était comptable, et elle a toujours cru qu'il fallait travailler dur, obtenir un bon diplôme et décrocher un emploi prestigieux et bien payé. Diriger une petite entreprise... (Il rit.)

Ce n'est pas vraiment ce qu'elle souhaitait pour nous. C'est risqué. Instable.

– Si vous aviez vu sa tête quand on lui a annoncé qu'on avait mis presque toutes nos économies là-dedans, ajoute Ian en pressant les doigts sur ses tempes.

Len, qui tient le bouchon de son stylo entre ses dents, le retire le temps de demander :

– Elle n'a pas compris votre motivation ?

Ian roule un des emballages de paille en un cylindre compact.

– Pas vraiment. Pour des gens de la génération de nos parents, ouvrir un restaurant, c'est le truc qu'on fait quand on n'a pas de diplôme et pas d'autre choix. Quand c'est le seul moyen de survivre. Pour nous, c'est censé être différent.

– Vous savez ce qu'on dit, enchaîne Kevin. Vos parents veulent le meilleur pour vous, mais ils ne savent pas toujours ce que c'est. (D'un large geste, il désigne la boutique.) Le meilleur, pour nous, c'est ça. Un peu comme un retour aux sources.

Mon regard se pose sur Len, désormais très occupé à griffonner sur son calepin. Il finit une phrase et lève les yeux vers moi.

– Tu as d'autres questions ?

Après avoir interviewé les frères Cheng et quelques-uns de leurs clients, Len et moi marchons jusqu'à l'autre bout du centre commercial pour nous asseoir à l'ombre. Aujourd'hui, le panneau devant l'église voisine dit : « Il existe des questions auxquelles Google ne peut pas répondre. »

Len ôte la bandoulière de l'appareil photo et pose celui-ci près de lui. Puis il s'allonge dans l'herbe, les mains croisées derrière sa nuque. Son T-shirt remonte légèrement, révélant une bande de tissu à carreaux qui dépasse de la taille de son jean.

Je me concentre sur mon carnet.

– Il faut choisir un angle pour notre article.

– Pas de problème, acquiesce Len sans se redresser.

– Je pense aux lourdeurs administratives. L'ouverture a été repoussée de six mois. C'est beaucoup. Je pourrais peut-être parler à Alan...

– Qui est Alan ?

– Le président de la chambre de commerce.

– Ah oui, bien sûr. Continue.

– Alan pourrait nous dire si ça arrive souvent aux nouveaux commerces de Jacaranda. S'ils subissent tous les mêmes délais, Kevin a peut-être raison, peut-être que la réglementation locale est trop stricte. Ou que le service qui s'occupe des autorisations est mal organisé.

– Du coup, ce serait quoi l'angle de notre article ?

Je réfléchis avant de répondre :

– La difficulté de trouver un équilibre entre le besoin de cadre légal et le désir d'encourager le développement économique.

– Mais tu trouves ça intéressant ?

– Ben oui, je réponds comme si c'était une évidence.

Len me lance un coup d'œil dubitatif, et je soupire.

– D'accord, ce n'est pas très sexy, mais c'est important. C'est le genre de chose qu'on lit dans un vrai journal. Si tu veux qu'on te prenne au sérieux, tu dois écrire sur des sujets sérieux.

– Les élèves du bahut se fichent de tout ça.

J'arrache un brin d'herbe et le jette sur lui.

– Notre boulot consiste à parler de choses importantes, pas à flatter les masses populaires.

– Mais il consiste aussi à servir notre communauté, me contredit Len. Donc, on devrait se demander ce qui intéresse nos lecteurs.

Je croise les bras sur ma poitrine.

– D'accord. Tu choisirais quoi, comme angle ?

Len lève la tête et, repliant un coude, la cale sur sa main.

– La tension entre les frères Cheng et leur mère. Ça parlerait à tous les élèves d'origine asiatique.

Je balaie du regard le parking de l'église tout en repassant la conversation dans ma tête.

– Ouais. J'ai eu l'impression qu'ils pensaient que c'était à cause d'elle que leur père n'avait jamais pu réaliser son rêve.

– Tout à fait. Ça me donne envie d'aller lui parler pour voir ce qu'elle a à dire. (Len se fend d'un large sourire.) C'est toi la féministe. Tu devrais te sentir concernée par ce genre de conflit.

– Tous les conflits ne méritent pas nécessairement qu'on en parle dans un journal. Par exemple, ma mère ne voulait pas que mon père ouvre un restaurant, mais personne n'a jamais écrit d'article là-dessus.

– C'est peut-être un tort.

Je m'apprête à le foudroyer du regard quand je réalise qu'il ne plaisante pas tout à fait.

– Au final, ton père fait quoi ? demande-t-il.

– Il a bel et bien ouvert un restaurant, qui a englouti dix ans d'économies plus vite que tu ne pourrais répéter « Grande Muraille de Chine » trois fois.

– À ce point ?

– Ouais. Mais ça n'a rien d'exceptionnel. Des tas de restaurants font faillite. Des immigrants perdent de l'argent tous les jours. Il n'y a pas forcément d'arc de rédemption. Aujourd'hui, mon père travaille toujours dans un restaurant – simplement, c'est celui de quelqu'un d'autre.

Len garde le silence une minute.

– Et tu ne penses pas que c'est une histoire qui mérite d'être racontée ?

– Pas au point d'en faire un article, dis-je, tentant de m'arracher à sa rêverie inattendue qui m'enveloppe telle une couverture trop chaude. Prends l'histoire des frères Cheng et de leur mère, par exemple : quel serait ton sujet exactement ?

Len se rallonge dans l'herbe pour réfléchir à ma question. Un moment, on n'entend que la chanson de la Motown qui s'échappe par la porte de la boutique de boba, et les voitures qui passent sur l'avenue.

– Peut-être les différentes façons dont les immigrants accèdent au rêve américain, finit-il par lâcher. Ou peut-être la façon dont le sexe d'une personne détermine sa propension à prendre des risques entrepreneuriaux.

Je me penche pour mieux voir son visage.

– Tu es en train d'improviser au fur et à mesure, pas vrai ?

Il rit.

– Ouais.

Une petite brise se lève, soufflant quelques mèches de cheveux devant mon visage. Je lève une main pour refaire mon chignon. Quand je baisse les yeux, Len détourne la tête. Soudain, je ne trouve plus rien à dire.

– D'accord, concède-t-il en s'asseyant, on peut écrire sur la réglementation.

Il chasse les brins d'herbe de ses cheveux d'un geste plus vigoureux que d'habitude. Histoire de m'occuper les mains, je saisis l'appareil photo.

– On peut aussi écrire sur le rêve américain, dis-je en faisant défiler les photos qu'il a prises.

Il y a des portraits des clients, de Ian et Kevin, des vues des box dans la boutique.

– Hé, elles sont bien, dis-je d'un ton plus surpris que je ne le voudrais.

– Merci.

– Je ne voulais pas te faire un compliment.

Il rit et hausse une épaule.

– Je sais. Mais mon père s'est toujours intéressé à la photo, et il m'a montré comment utiliser son appareil. Parfois, il me laisse m'en servir.

Quelque part, je déteste que Len se débrouille bien dans ce domaine aussi, qu'un autre talent semble lui être tombé tout cuit sur les genoux.

Puis je découvre la photo de moi qu'il a prise pendant qu'on était assis face à face. J'ai les cheveux en bataille, mais je souris légèrement, comme si j'étais sur le point de dire un truc intelligent. C'est bizarre, mais je me trouve… jolie.

Je continue à faire défiler les images. Il y a plusieurs autres photos de moi. Sur le coup, j'ai cru qu'il les avait prises au vol, mais la composition et la lumière sont magnifiques. Moi lisant mes notes avec le front plissé, moi debout au premier rang d'une foule floue, moi me détournant pour regarder quelque chose au-delà de l'objectif sur fond de ballons blancs et dorés.

Je repose l'appareil en faisant semblant de n'avoir rien vu.

– Il faut que j'y aille, dis-je en me levant.

14

Le lendemain matin, je fais une découverte affreuse.

– Où est mon gilet ? je demande à Kim en fouillant parmi les vêtements entassés sur une chaise.

– Comment tu veux que je le sache ? me répond-elle sans cesser de peigner ses cheveux. Si seulement…

Je lève une main pour l'interrompre.

– Ne le dis pas.

Je fouille tout l'appartement, mais mon gilet n'est nulle part. Puis je me souviens. Boba Bros. Le box. Est-ce que je l'aurais laissé là-bas ? Je prends mon téléphone pour envoyer un texto à Len, mais ça me fait repenser aux photos, et mon estomac fait une drôle de petite culbute.

Je me ressaisis et tape :

Tu te souviens si j'avais mon gilet quand on est partis de Boba Bros ?

Ne recevant pas immédiatement de réponse, je fourre mon téléphone dans mon sac à dos et enfile un cardigan que je n'aime pas autant, il est brun clair et plus petit, avec des manches qui refusent de couvrir mes mains même quand je tire dessus. Maman est ravie.

– Tu vois ? C'est déjà beaucoup mieux !

Len me répond alors que je me dirige vers la salle du journal. Le message tient en trois lettres.

Non.

Sa brièveté m'irrite et m'embarrasse en même temps. D'un autre côté, je suis soulagée qu'il ne s'étende pas, parce que ça veut dire… En fait, je ne sais pas ce que ça veut dire, alors pourquoi ce soulagement ?

On ne dit pas grand-chose ni l'un ni l'autre pendant que James lit notre article sur un des ordinateurs du *Clairon*. On l'a coécrit hier soir. Pas tout à fait ensemble : Len m'a envoyé par e-mail un premier jet, et je l'ai peaufiné. Heureusement, ça s'est bien passé.

À présent, je suis assise à côté de James tandis que Len se tient de l'autre côté de lui, les bras croisés.

– C'est vraiment très bon, les enfants, affirme James après avoir fini de corriger. L'angle politique est traité de manière impeccable, comme d'habitude.

Je jette un regard hautain à Len, mais James ajoute :

– Et vous dressez un portrait très intéressant de ces deux types.

Je m'attends à ce que Len triomphe à son tour, mais il n'en fait rien et se contente de remercier James tandis que celui-ci se lève. Je m'apprête à me glisser dans le siège qu'il vient de libérer pour intégrer ses corrections, mais il s'arrête et me détaille.

– Une minute, Eliza. Il y a quelque chose de différent chez toi.

– C'est son gilet, intervient Len.

On lui jette un regard surpris. Il hausse les épaules.

– Il ne ressemble pas à celui qu'elle porte d'habitude.

Ces manches courtes sont plus agréables que je ne le pensais.

– Je crois que j'ai oublié l'autre chez Boba Bros, j'explique en agitant mes poignets nus. Je les appellerai à l'ouverture pour voir si quelqu'un l'a trouvé.

Alors que je reporte mon attention sur l'ordinateur, je vois passer Cassie Jacinto, qui arbore un badge JE SUIS FÉMINISTE. Sauf que ce n'est pas un des miens, parce que l'inscription est en rose pétant.

Je la hèle.

– Cassie. C'est quoi, ça ?

– Oh. Ben... J'ai beaucoup réfléchi à ton article, et en gros, je suis d'accord avec toi. Même si ça n'était pas sympa de mettre toute l'équipe dans le même sac, vu que j'ai voté pour toi.

Je frémis.

– Mais tu es plus compétente, et le discours de Len manquait de substance. Sans vouloir te vexer, Len.

Il lève les mains en un geste de capitulation.

– Bref, je voulais te témoigner mon soutien. Comme Serena, précise Cassie, rayonnante.

Je ne comprends toujours pas.

– Mais où tu as trouvé ce badge ?

Elle tend un doigt vers sa poitrine.

– Ça ? Je l'ai acheté à Natalie.

– Tu l'as... acheté ? (Furieuse, je tourne la tête vers Natalie qui bavarde avec Aarav de l'autre côté de la pièce.) À *Natalie* ?

Je me lève d'un bond et fonce vers cette dernière. Len me suit sans y avoir été invité.

– C'est vrai que tu vends des badges JE SUIS FÉMINISTE ? je demande sur un ton accusateur.

Aarav et Natalie s'interrompent.

– Ouais, répond-elle en jetant un coup d'œil à mon nouveau gilet sur lequel rien n'est épinglé. Tu en veux un ? C'est deux dollars.

Je m'étrangle :

– Quoi ? Pourquoi tu fais ça ?

– Pourquoi pas ? Il y a beaucoup de demandes en ce moment. Je me contente de les satisfaire.

Elle se tourne vers Aarav, qui acquiesce servilement. Je tends un doigt vers elle.

– Mais tu as dit que j'exagérais quand j'ai parlé de discriminations sexistes ! Et maintenant, tu te fais du fric grâce à une cause en laquelle tu ne crois même pas ?

Natalie me fixe sans ciller.

– Je n'ai jamais dit que je ne croyais pas au féminisme. Juste que je n'étais pas forcément d'accord avec toi.

Elle rassemble ses cheveux frisés et les entortille en chignon sur le côté.

Soudain, je comprends. Je n'arrive pas à croire que je n'aie pas percuté avant.

– C'était toi, pas vrai ? C'est toi qui as publié mon article sur le site du *Clairon*. Toi qui as déclenché toute cette histoire !

Natalie ricane et lâche ses cheveux qui cascadent sur ses épaules.

– Pas la peine de te mettre dans cet état pour si peu, Eliza. Ce ne sont que des badges.

J'essaie de ne pas hurler, mais c'est dur.

– Ce ne sont pas que des badges ! Et il ne s'agit pas seulement de ça.

Elle jette un coup d'œil à Len comme si elle se demandait ce qu'il fait là. Franchement, je me pose la même question.

– Qu'est-ce que tu en penses, Len ? lance-t-elle.

Un instant, il fixe le badge contrefait de Natalie en évitant mon regard. Puis il sort son portefeuille.

– J'en veux bien un.

– Tu ne prends vraiment rien au sérieux, pas vrai ? je crache avant de m'éloigner.

Après les cours, Winona et moi nous rendons chez elle et nous installons autour de la table de la cuisine, réquisitionnée pour organiser notre débrayage. Serena n'a pas pu venir parce qu'elle avait une réunion du bureau des élèves, mais comme l'a fait remarquer Winona, sa véritable compétence – mobiliser les troupes – s'exerce sur le terrain de toute façon.

– En supposant, évidemment, qu'elle ait l'intention d'aller jusqu'au bout.

Serena me parle de cette grève chaque fois que je la vois. Il se peut qu'exceptionnellement, le scepticisme de Winona ne soit pas justifié.

– Elle a l'air très investie.

Je n'ai aucune intention de rejoindre prochainement le fan-club Serena Hwangbo, mais il faut savoir reconnaître les mérites des gens.

– Ouais, mais est-ce qu'elle comprend réellement dans quoi ?

Comme ça ressemble à une question rhétorique, je ne réponds pas et, concédant le point par mon silence, je tends à Winona un marqueur dont elle se sert pour dessiner un plan du campus de Willoughby sur une feuille de papier à petits carreaux géante. Sa mère, qui est architecte, en garde un rouleau dans son bureau, et elle nous a toujours laissées en prendre autant qu'on voulait.

– D'accord. On prévoit de faire grève dans un peu plus d'une semaine. On doit visualiser nos mouvements.

Winona fait tomber sur sa carte le contenu d'un bocal de soldats en plastique verts appartenant à son frère.

– Tu n'avais pas dit qu'il restait des trucs à filmer ? lance Doug en apparaissant sur le seuil de la pièce.

– On fait une pause, répond Winona sans quitter le plan des yeux. Va-t'en.

– Elle procrastine, c'est tout, commente Doug à mon intention.

Prise de culpabilité à l'idée qu'on travaille là-dessus plutôt que sur *Driveways*, je fronce les sourcils.

– Hé, la date limite de dépôt des candidatures pour le festival, c'est bientôt, non ?

– Il reste deux semaines. Exactement le temps qu'il a fallu à Ava DuVernay pour tourner son premier long métrage.

– Oui, mais…

Winona m'interrompt en poussant un gros soupir.

– J'ai l'impression que l'histoire ne va pas, mais j'ai besoin d'y réfléchir un peu, explique-t-elle en se tapotant le menton avec le marqueur. Toutes ces discussions sur le féminisme m'ont fait voir mon projet initial sous un autre jour. Pour le moment, ça ne parle que de garçons, pas vrai ?

Elle a raison. Dans le scénario actuel de *Driveways*, Doug est accusé d'avoir volé un paquet de chewing-gums, puis il se dispute avec Sai.

– Je continue à penser que c'est une bonne histoire, mais je me demande dans quelle mesure c'est parce que les juges du festival pourraient la trouver intéressante.

Winona remarque que le papier à petits carreaux fait un pli et tend la main pour le lisser.

– J'aurais dû y penser avant, mais s'ils n'ont pas apprécié mon court métrage de l'an dernier, celui avec la poupée, c'est peut-être parce que ce sont tous des hommes blancs. Du coup, je me demande pourquoi je me sens obligée de parler de race d'une façon qu'ils comprennent, ou juste de parler de race tout court, pour être prise au sérieux.

– Ça veut dire que tu renonces à faire ce film ? demande Doug, plein d'espoir.

– Non, ça veut dire que je dois réfléchir, répond Winona

en déplaçant les soldats sur le plan. Et en attendant que je prenne une décision, fiche-nous la paix.

Doug se rapproche de la table.

– Qu'est-ce que vous faites ?

– Tu es sourd ou quoi ?

– Je vais dire à papa que tu as l'intention de te donner en spectacle !

– Tu es prêt à renoncer à ta Xbox ? menace Winona avec un regard que j'ai déjà vu chez sa mère.

Doug bat en retraite, non sans avoir articulé « Elle procrastine ! » à mon intention. Je suggère :

– Tu ne veux pas qu'on discute de *Driveways* ? On pourrait peut-être…

– C'est bon, je trouverai quelque chose. Pour le moment, concentrons-nous là-dessus, dit Winona en pointant un doigt sur le plan.

Une petite voix insistante, comme celle de ma mère quand elle me harcèle pour que je sèche mes cheveux avant de me coucher, me souffle que Doug a peut-être raison. C'est tout à fait le genre de Winona de rendre un devoir à la dernière minute ; d'ailleurs, elle prétend que c'est toujours du stress que jaillissent ses meilleures idées.

Mais je laisse filer, parce que la vérité, c'est qu'elle est en train de m'aider, et qu'elle n'apprécierait pas que je me range du côté de son frère.

– D'accord. C'est quoi, le plan ?

Winona pose une mini-figurine Lego de fille aux cheveux noirs et à l'expression coléreuse dans la salle de classe de M. Schlesinger.

– Ça, c'est toi.

– Très ressemblant.

– Pour plusieurs raisons, je pense qu'on devrait agir pendant la sixième heure. Premièrement, dit Winona en se mettant à compter sur ses doigts, on veut un maximum de participation, et beaucoup de premières et de terminales n'ont pas cours en septième heure. Deuxièmement, c'est assez près de la fin de la journée pour qu'on ne puisse pas nous accuser d'avoir trop perturbé les cours. Et troisièmement, on est ensemble en sixième heure.

– Quelle importance ?

– Tu vas te lever et sortir de classe les yeux bandés. Donc, tu auras besoin que quelqu'un te guide.

– *Les yeux bandés ?*

Winona attrape un énorme livre au bord de la table et l'ouvre vers le milieu, à l'endroit qu'elle a marqué avec une enveloppe couverte de l'écriture de sa mère.

– Tu seras habillée comme dame Justice, m'informe-t-elle.

La double page devant nous est couverte de reproductions en couleur de tableaux, de bas-reliefs et de sculptures représentant toutes une femme qui tient une épée et une balance. Parfois, mais pas toujours, elle a les yeux bandés.

Je désigne une des photos, sur lesquelles la statue est en train de nouer son bandeau.

– Parce que la justice est aveugle ?

– Exactement. Sauf qu'elle ne l'est pas. Ou du moins, pas pour tout le monde.

Les coudes posés sur la table, Winona tourne la page pour me montrer d'autres représentations de dame Justice.

– Le cabinet de ma mère rénove le tribunal de La Salle Avenue, et hier, je l'ai entendue discuter au téléphone d'une vieille fresque dont elle se demande s'il faut la garder ou pas. C'est ce qui m'a donné l'idée.

Elle fait courir un doigt le long du pli entre les pages.

– D'après ma mère, représenter la justice comme une femme aux yeux bandés est trompeur alors que le système légal – et toute la société dans son ensemble – continue à faire de la discrimination de genre, de race et de classe. Et, bien entendu, le groupe le plus opprimé, ce sont les femmes noires pauvres.

J'examine les photos du livre. La plupart des représentations de la Justice ont un autre point commun : elles sont blanches.

– Ouais. Parfois, on a l'impression que la justice est aveugle aux mauvaises choses.

– Tout à fait, acquiesce Winona. Le symbolisme est complexe et au fil du temps, il a été manipulé par toutes sortes de groupes, notamment ceux qui soutiennent le patriarcat. C'est exactement pour ça que je trouve qu'on devrait s'en emparer. Reprendre la justice.

– En lui prêtant mon visage.

– Exactement. Dans l'histoire du féminisme américain, les Blanches de la classe moyenne ont toujours étouffé la voix des femmes de couleur. Surtout les Noires, mais aussi les Asiatiques.

C'est vrai. Même si les Américaines d'origine asiatique sont moins affectées que les Noires, je me suis souvent sentie invisibilisée dans ce genre de discussion – surtout dans le «monde réel», hors de la communauté majoritairement asiatique de Willoughby. Donc, Winona a peut-être raison. Symboliquement, ce serait bien que je sois le visage de ce mouvement.

– D'accord. Mais tu tiens vraiment à garder le bandeau?

– Pour commencer, oui.

Winona trace une ligne depuis la classe de M. Schlesinger jusqu'à la cour, qu'elle entoure de deux cercles.

– Mais, une fois dehors, tu feras ton discours et tu l'enlèveras d'un grand geste théâtral. Parce que même si j'adore l'idée d'une justice aveugle, il faut être réaliste : dans notre monde, elle doit voir les choses telles qu'elles sont.

Winona rebouche son marqueur et tapote vigoureusement le plan.

– C'est ce qu'on va faire avec ce débrayage : forcer les gens à regarder les inégalités en face.

Je m'incline devant elle.

– Tu es géniale.

– Je sais, acquiesce-t-elle avec un large sourire.

15

Le lendemain après-midi, notre groupe de *Macbeth* est censé se réunir chez Len, malgré toutes mes tentatives pour trouver un autre endroit.

– Tu habites plus près du lycée, non ? je demande à Serena.

– Ouais, et vous auriez carrément pu venir à la maison, mais ma mère est en train de refaire la cuisine et elle ne veut personne au milieu des travaux.

– Et Ryan ?

– Il a donné l'adresse de sa grand-mère pour pouvoir s'inscrire à Willoughby. En fait, il habite super loin. Et chez toi ?

J'essaie d'imaginer les trois autres dans mon salon : Serena inspectant la moquette élimée, Ryan faisant tourner le fauteuil de bureau pivotant que papa a ramassé sur un trottoir, Len détaillant l'étagère que ma mère a couverte de papier rouge pour en faire un autel dédié à Bouddha, à nos ancêtres et à Deih Jyú Gūng, le patron chinois des propriétaires.

– J'habite à l'autre bout de la ville. Ce n'est pas l'idéal.

Serena sort de son sac un porte-clés orné d'un pompon.

– Alors, je suppose qu'on est obligés d'aller chez Len.

Je fais une ultime tentative désespérée.

– Et pourquoi pas dans la cour, tout simplement ?

Serena grimace.

– Il fait si chaud !

Effectivement, c'est encore une journée caniculaire à Jacaranda – pire que quand Len et moi sommes allés à Boba Bros. Où Kevin m'a confirmé que mon gilet disparu n'avait pas été retrouvé.

– Je vous préviendrai si quelqu'un me le rapporte, m'a-t-il proposé quand je l'ai appelé.

– Heureusement que la clim existe, soupire Serena en la mettant si fort que le rugissement de l'air fait comme une troisième présence dans la voiture.

Nous sommes en route pour chez Len, et Serena a offert de m'emmener. J'ai apprécié jusqu'à ce que, correctement attachée sur le siège passager, je découvre de quelle façon elle conduisait.

– C'est quoi son adresse exacte ? demande-t-elle en fonçant dans Lemon Avenue trente kilomètres à l'heure audessus de la vitesse autorisée.

D'une main tremblante, j'ouvre le texto de Len.

– Holyoke Lane, je réponds d'une voix trop aiguë.

J'ai l'habitude de me faire véhiculer par ma mère, qui conduit comme si elle emmenait des personnes âgées à leurs rendez-vous médicaux, alors… ça me change.

– Ah, oui, je vois. C'est tout près de chez moi.

Tout en priant une vague divinité d'arriver à destination en un seul morceau, je me surprends à imaginer à quoi ressemble la maison de Len. Est-ce que la déco est plutôt japonaise ou blanche ?

– Au fait, tu as entendu la nouvelle ? lance Serena, qui est un véritable moulin à paroles, sans se rendre compte que je suis terrifiée. La moitié de l'équipe de débat a menacé de démissionner quand leur président a affirmé que tu avais tort au sujet du sexisme à Willoughby.

Comme elle pile à un stop avant un carrefour très passant, j'agrippe les bords du siège en cuir et couine d'une voix étranglée :

– C'est vrai ?

– Ouais. Et ce matin, les membres du club d'impro se sont rendu compte que leurs nouveaux T-shirts « Je suis de son côté à lui » avaient disparu. Mystérieusement, ajoute-t-elle d'un air malicieux.

La voiture se remet à rouler, et la nausée m'empêche de répondre autrement qu'en levant un pouce.

– Quant à notre grève, poursuit Serena, cinquante-sept personnes ont déjà dit oui, et je pense pouvoir en convaincre...

Elle compte dans sa tête, consacrant à ce calcul mental plus d'attention qu'elle ne peut se permettre d'en retirer à sa conduite.

– ... Huit de plus d'ici la fin de la semaine.

Un jour, j'espère qu'elle occupera réellement des fonctions politiques, voire qu'elle deviendra présidente de ce pays, parce que quand elle fait une promesse, elle se dépêche de la tenir.

– C'est super, dis-je tandis qu'elle accélère à un feu orange.

Elle m'adresse un sourire rayonnant.

– Je suis tellement contente de ce qu'on fait en ce moment ! Surtout la grève. Ça va être *énorme*, Eliza. Tu es destinée à redevenir rédactrice en chef, je le sens. Len ne comprendra pas ce qui lui arrive.

Je fais un gros effort pour ne pas m'agripper à la poignée de la portière tandis qu'elle continue à foncer à tombeau ouvert.

– Quand même, ne nous montrons pas trop agressives. Il ne faudrait pas nous le mettre à dos. On a besoin de notre Fleance.

– Qui est trop agressive ? réplique Serena en klaxonnant

une voiture qui n'a pas redémarré assez vite quand un feu est passé au vert.

À la première occasion, elle double et lui fait bouffer ses gaz d'échappement.

– Ne le prends pas mal, dis-je une fois qu'elle est revenue à son niveau normal d'excès de vitesse, mais comment se fait-il que tu te sentes aussi concernée par tout ça ?

Pendant quelques secondes, elle ne répond pas, et je me dis qu'elle ne va pas le faire – qu'ignorer ma question est sa façon d'éviter de se montrer désagréable.

Puis elle dit :

– Je me donne beaucoup de mal pour que tout ce que je fais ait l'air facile.

Elle me jette un coup d'œil à travers ses immenses lunettes de soleil aux verres ambrés, comme pour voir si j'ai l'air surprise. C'est le cas.

– Je trouvais ça naturel jusqu'à ce que je lise ton article, mais je suis toujours en train de me donner du mal, répète-t-elle en pianotant sur le volant avec ses ongles à la manucure impeccable. Je ne m'étais jamais rendu compte que c'était la faute du sexisme.

– *Mmmh.* D'accord.

– Toi, tu te fiches que les gens t'apprécient ou pas. C'est tellement courageux ! Moi, je ne supporterais pas de n'avoir aucun ami.

Je décide de ne pas protester que si, j'ai des amis, parce qu'elle n'a pas complètement tort.

– Mais la vie est plus facile pour les filles qui se soucient de ce genre de chose, je fais remarquer.

– Dans l'ensemble, oui. Et d'un autre côté, c'est épuisant de passer ton temps à t'inquiéter de ce que les autres pensent.

Serena se regarde dans le rétroviseur pour ajuster un cheveu qui s'est échappé de sa queue-de-cheval si bien tirée.

– Et si c'est ce que je ressens, moi, qu'est-ce que ça doit être pour les autres ?

Je n'ai pas de réponse à cette question.

Devant nous, une autre voiture roule lentement, et bien entendu, Serena n'a pas la patience de rester derrière. Elle la double et se rabat avec une habileté assez extraordinaire, je dois bien l'admettre.

– Hé, je crois que c'était Ryan, dis-je en me tordant le cou pour voir le conducteur.

– C'est vrai ? s'écrie Serena, ravie. Il doit être en train d'envoyer un texto, ce crétin. Attends.

Elle baisse ma vitre, déboîte et ralentit pour se mettre au niveau de Ryan. Puis elle klaxonne, ce qui le fait sursauter. Je hurle :

– On n'écrit pas de SMS en conduisant !

Et Serena accélère d'un coup dans un crissement de pneus très satisfaisant. Elle éclate de rire, et moi aussi, tandis que le majeur dressé de Ryan diminue derrière nous.

– Bref, reprend Serena une fois qu'on s'est calmées et qu'elle vient de tourner dans Holyoke Lane, j'aime bien Len. Mais ça se voit qu'il n'a pas besoin de faire d'efforts.

Elle s'arrête devant chez les DiMartile et coupe le moteur, faisant taire le rugissement de la clim du même coup.

– Il est peut-être temps que ça change.

Alors, je réalise que je vis un moment très spécial : une communion de pensée avec Serena Hwangbo, la fille qui s'est fait élire au bureau des élèves pour la seule raison qu'elle est plutôt sympa et qu'elle sort avec des tas de beaux gosses. C'est un drôle de truc, le féminisme.

16

Le quartier de Len est un peu plus éloigné de Willoughby que celui de Winona, mais pas de beaucoup. Il est aussi joli que Palermo mais bien plus ancien, avec des résidences à un étage qu'on croirait sorties d'une photo d'époque. La maison des DiMartile a un toit en pente asymétrique, des doubles portes en bois dans une façade de pierre et de verre et une pelouse dont les dimensions généreuses n'ont pas été limitées par la réglementation sur les nouveaux lotissements, elle doit être aussi grande que mon salon et ma cuisine mis côte à côte.

Serena et moi remontons l'allée incurvée. Avant que je puisse frapper à la porte, Len nous ouvre.

– Entrez.

Suivant son exemple, Serena et moi laissons nos chaussures dehors.

À l'intérieur, un plafond aussi haut que celui d'une cathédrale surplombe un salon partiellement enterré avec un plancher en bois et une cheminée en brique. Les fauteuils sont luxueux mais usés, en tissu bleu paon affaissé au niveau de l'assise. Dans un coin trône un piano à queue au couvercle relevé. Plusieurs partitions se superposent sur le pupitre. Celle du dessus est un morceau appelé *Polonaise*. Sous le titre, il est écrit «Opus 53» en plus petit.

– Oh, je la connais, dit Serena en frappant les premières notes de la main droite. Tu joues du piano?

Len se dirige déjà vers la cuisine.

– Ouais.

– Bien?

– Non.

Serena et moi échangeons un regard, et je me demande s'il ment.

– Vous voulez boire quelque chose? demande-t-il.

– Non, répond Serena en se laissant tomber sur le canapé d'angle qui a l'air dur et inconfortable.

Mais quand je m'assois près d'elle, je découvre que les coussins sont plus moelleux qu'il n'y paraît.

– Eliza?

Len attend ma réponse.

– Non, merci.

Il disparaît.

Pendant que Serena fait défiler des trucs sur son téléphone, j'examine la pièce. Elle a été décorée par une personne de goût, avec des objets probablement venus d'endroits lointains. Un assortiment d'illustrations vintage à l'encre avec des personnages japonais. Un vase laqué au motif de vagues bleues. Un tapis turc à fleurs délavé. Et des livres, des tonnes de livres. De gros ouvrages d'art à la couverture brillante sur la table basse; des séries entières de volumes en latin sur les étagères; des livres de poche empilés sur deux consoles comme s'il n'y avait plus de place ailleurs.

Je me lève pour mieux voir les photos accrochées au mur près de la salle à manger. L'une d'elles montre un petit garçon asiatique aux cheveux bruns beaucoup plus clairs que ceux de Len, et je mets une seconde à réaliser que c'est lui. Il adresse à l'objectif le sourire le plus rayonnant que je lui ai jamais vu, et tient une batte de base-ball à deux mains comme si c'était la chose la plus précieuse du monde.

Sur une autre photo, une jeune femme japonaise portant un col roulé et une jupe en daim qui lui arrive au genou se tient à côté d'un jeune homme blanc de très grande taille dont les yeux olive sont assortis à sa chemise à carreaux. Derrière eux se dressent une façade gothique et un arbre au feuillage printanier. La femme regarde quelque chose hors champ du coin de l'œil, et elle sourit. L'homme la regarde, elle.

Il semble que Len ressemble beaucoup à son père, hormis ses yeux dont les coins se plissent comme ceux de sa mère quand il sourit. C'est à peu près la seule chose qui lui donne l'air japonais, à présent.

J'entends un bruit derrière moi. En me retournant, je découvre Len affalé sur une des chaises de la salle à manger. Il m'observe en croquant dans une pomme.

– Alors, on répète *Macbeth* ? demande-t-il.

Je m'écarte précipitamment du mur, comme si les photos ne m'intéressaient pas du tout.

La porte d'entrée s'ouvre sur Ryan.

– Te voilà, constate Len entre deux bouchées.

– Ouais, et pas grâce à ces deux-là, grommelle-t-il en nous désignant, Serena et moi. Elles ont essayé de me faire avoir un accident !

Les sourcils épilés de Serena se lèvent derrière son téléphone.

– Dit le type qui textotait en conduisant.

– Je vérifiais l'adresse de Len, se défend Ryan.

– Et si on commençait ? je suggère en sortant *Macbeth* de mon sac à dos.

Les scènes que Mlle Boskovic nous a attribuées font toutes

partie du deuxième acte. En gros : Banquo qui, comme Macbeth, a reçu une prophétie des sorcières au début de la pièce, est toujours très perturbé. Lui et son fils Fleance arpentent les couloirs du château après minuit quand ils tombent sur Macbeth qui, sans qu'ils le sachent, a comploté avec sa femme pour tuer le roi Duncan. Macbeth finit par commettre le crime, mais il oublie de laisser les armes dans la pièce pour faire accuser les chambellans. Comme il flippe trop pour retourner les déposer là-bas, Lady Macbeth doit s'en charger, et elle a beaucoup de choses à dire sur le sujet.

Au bout de vingt lignes dans la première scène, plusieurs choses m'apparaissent très clairement.

La première, c'est que Len, qui tient une lampe électrique comme un flambeau, a choisi le rôle de Fleance parce qu'il n'a que deux lignes à dire.

La deuxième, c'est que Ryan, qui est censé jouer Banquo, aurait dû recevoir un rôle de deux lignes.

– Ryan, dis-je en imaginant Winona hurler « coupez ! » face à une performance aussi consternante, tu n'as pas appris ton texte ?

– Si, mais j'ai oublié, répond-il en brandissant son épée, alias le tisonnier des DiMartile. Il y en avait trop.

On recommence, cette fois en laissant Ryan lire ses répliques, mais il a quand même du mal et les délivre avec toute la conviction d'un grille-pain.

– Bon. Désolée, Ryan, mais tu ne peux pas jouer Banquo, je décrète. Len, tu devrais échanger avec lui.

Len jette sa lampe et la fait tournoyer en l'air avant de la rattraper.

– Qui t'a nommée metteuse en scène ?

En quête d'une cible plus facile, je reporte mon attention sur Ryan.

– Tu veux changer de personnage avec Len, ou tu vas réussir à jouer celui-là correctement ?

Ryan abaisse le tisonnier.

– Je préfère changer.

Len tente de protester mais renonce.

– D'accord, comme vous voulez.

Après ça, notre jeu s'améliore significativement. Len se débrouille bien dans le rôle de Banquo, mais la véritable star, c'est Serena en Macbeth.

– « Connaître ce que j'ai fait ! Mieux vaudrait ne plus me connaître ! » déclame-t-elle d'un air torturé.

Appuyé contre le linteau de la cheminée, Len toque dessus conformément aux instructions de mise en scène.

– « Éveille Duncan avec ton tapage ! Je voudrais que tu le pusses », se lamente Serena.

Elle s'interrompt, puis se fend d'une profonde révérence tandis que nous applaudissons tous.

– Je crois qu'on est bons, là, affirme-t-elle en se laissant théâtralement tomber sur le canapé.

– Disons, la plupart d'entre nous, je corrige en jetant un coup d'œil à Ryan, qui fait la moue.

– On peut considérer que c'est plié pour aujourd'hui ? demande Len en me regardant.

C'est de moi qu'il se moque. Mais c'est Serena qui lui répond par l'affirmative en se levant d'un bond.

Je consulte l'heure sur mon téléphone. Il est à peine quinze heures trente, ce qui signifie que maman ne pourra pas passer me chercher avant une demi-heure au moins. Je me demande s'il existe un moyen de prolonger cette séance de travail pour que Serena et Ryan ne me laissent pas seule avec Len. Mais elle ramasse déjà son cabas en toile tout en répondant aux textos qu'elle a reçus pendant notre répétition, et Ryan se baisse pour lacer ses baskets.

Je culpabiliserais d'imposer un détour à Serena pour me ramener, mais je veux tellement ficher le camp que j'envisage brièvement de m'incruster dans la voiture de Ryan. Il faudrait vraiment que j'aie perdu la boule pour passer volontairement du temps avec lui.

– Ma mère ne peut pas venir me chercher avant quatre heures, dis-je à Len. Ça te dérange si je l'attends ici ?

Il a l'air de s'en ficher royalement.

– Non.

– D'accord, salut, tout le monde, lance Serena en agitant ses clés.

Ryan lève aussi la main et la suit dehors, laissant la porte se refermer derrière eux.

Len et moi nous retrouvons seuls dans son salon.

– J'ai des devoirs à faire, dis-je.

– Tu peux t'installer sur la table de la salle à manger si tu veux, répond-il en la désignant d'un geste.

– Parfait.

Je vais m'asseoir et sors mon manuel d'algèbre de mon sac à dos, comme si je résolvais des équations différentielles à cet endroit tous les jours.

Len prend son propre sac, le hisse sur son épaule et s'approche. Il pose les mains sur le dossier d'une chaise. Je ne sais pas trop s'il chercher à entamer une conversation ou à la clore.

– Bon, ben je suppose que j'ai du texte à apprendre.

Je ne lève pas les yeux de ma feuille.

– C'est un problème ?

Len ouvre la bouche, probablement pour lancer une réplique sarcastique, mais je ne le saurai jamais parce qu'au même moment, le bruit d'une porte de garage en train de s'ouvrir lui arrache une grimace.

– C'est qui ?

Il frémit.

– Ma mère. Elle rentre plus tard d'habitude.

J'écoute la porte de derrière s'ouvrir et se fermer. Un claquement de talons hauts cède la place au bruit feutré de pieds en chaussettes sur le carrelage.

– Len?

Une femme petite et menue, qui porte un top en soie et un pantalon noir, apparaît sur le seuil de la cuisine.

– Oh, bonjour, lance-t-elle en m'apercevant.

Nous nous dévisageons avec curiosité.

– Bonjour.

– Je te présente Eliza, dit Len.

– Bonjour. Naomi.

Elle sourit, et je reconnais la jeune femme de la photo avec quelques années de plus.

– On va travailler en haut.

Len s'écarte de la table et s'arrête comme pour m'attendre. Remarquant que je me suis déjà installée avec mes devoirs de maths, sa mère l'ignore.

– Tu vas aussi à Willoughby, Eliza?

– Oui. Len et moi, on est dans le même cours d'anglais.

Elle acquiesce chaleureusement et, je ne vais pas mentir, je suis trop occupée à savourer la gêne visible de Len pour être gênée moi-même. Même si c'est super bizarre d'être en train de discuter avec sa mère.

– Et on fait aussi partie tous les deux de la rédaction du *Clairon*.

– Ah, c'est bien. Len, tu es nouveau au journal, pas vrai?

Elle me sourit et se penche en avant avec des mines de conspiratrice.

– Je suis contente qu'il recommence à s'intéresser à quelque chose.

Alors, je comprends qu'elle ne sait pas qu'il a été élu

rédacteur en chef pour l'an prochain, et aussi, qu'elle croit qu'il m'a invitée chez eux parce que je lui plais. Len semble le réaliser en même temps.

– Eliza attend que sa mère vienne la chercher, explique-t-il très vite. On a répété nos scènes de *Macbeth* avec le reste du groupe, tout à l'heure.

– Ton père serait ravi de l'apprendre. Il adore cette pièce, affirme sa mère sur un ton difficile à interpréter, une sorte de sarcasme subtil qui pourrait être aussi bien méprisant qu'affectueux.

Encore une chose qu'il tient d'elle.

Len tend la main, ferme mon livre d'algèbre et le fourre sous son bras avec détermination.

– Maintenant, on va faire nos devoirs.

Sa mère se tourne vers la cuisine, mais pas avant d'avoir lancé :

– D'accord, mais une fois que tu auras montré ta chambre à Eliza, viens m'aider à ranger les courses.

Je monte l'escalier à petites foulées derrière lui pour ne pas me faire semer. Il est vraiment très pressé, aujourd'hui, il avale les marches trois par trois. Une fois sur le palier, hors de portée d'oreille de sa mère, je m'efforce de reprendre mon souffle et demande :

– Pourquoi tu n'as pas dit à ta mère que tu étais le prochain rédacteur en chef du *Clairon* ?

Il me fourre mon livre de maths dans les bras comme s'il venait juste de se rappeler qu'il le portait à ma place et qu'il n'avait aucune envie de me rendre service.

– Je n'en ai pas eu l'occasion.

– Tu mens, dis-je en le suivant dans sa chambre, le manuel serré contre ma poitrine.

– Pas du tout, réplique-t-il en laissant tomber son sac à dos sur le tapis en laine grise qui recouvre le parquet.

Je croise les bras par-dessus mon livre.

– Ça te tuerait de me dire la vérité, pour une fois ?

J'ai pris un ton volontairement agressif. En le voyant tituber comme si je l'avais frappé, je le regrette presque.

Mais pas longtemps.

– Je croyais que tu ne me parlais plus, réplique-t-il aimablement.

Et me revoilà tout irritée.

– Quand j'ai dit ça ?

– Justement, tu ne l'as pas dit. Parce que tu avais arrêté de me parler.

– N'essaie pas de changer de sujet !

Il agite la main d'un air innocent.

– Je reviens tout de suite, dit-il en redescendant.

Je réalise que je ne me suis jamais trouvée seule dans la chambre d'un garçon, et j'hallucine un peu que la première soit celle de Len. Elle est plus propre que je ne m'y attendais. Le lit est fait, couvert d'un édredon à carreaux sur lequel je n'imagine pas m'asseoir. Au lieu de ça, je tire sa chaise de bureau, un de ces vieux fauteuils Windsor laqués noir avec un sceau de Princeton à moitié effacé. Je me demande où il l'a eu.

Je pose mes coudes sur les accoudoirs et tente de me représenter Len assis ici tous les soirs, occupé à des trucs très ordinaires comme faire ses devoirs ou écrire des articles pour *Le Clairon*. Je me cale contre le dossier et me penche en arrière pour soulever les deux pieds avant comme il le fait toujours.

De beaucoup de façons, sa chambre lui ressemble. Elle a l'odeur du savon qu'il utilise. Il y a des plaques brillantes et des balles de base-ball signées sur une étagère, plusieurs battes appuyées contre le mur dans un coin, un blouson avec un gros *W* sur le devant accroché à la porte de sa penderie, et même une figurine *bobblehead* d'un joueur des Dodgers sur le bureau – un lanceur japonais du nom de Hideo Nomo, au corps extrêmement contorsionné.

Également sur son bureau : une peluche Totoro (ce qui est assez inattendu) et *La Vie mode d'emploi* (ce qui ne l'est pas).

Je regarde par-dessus mon épaule mais ne vois aucun signe de Len. Alors, je saisis le Totoro, usé et probablement assoupli par de nombreux passages en machine, et je scrute ses yeux brodés. « Qu'est-ce que tu peux me dire sur Len ? » je lui demande télépathiquement. Mais aussi secret que son propriétaire, il garde le silence.

Je le pose et ouvre le roman. Sur l'intérieur de la couverture se détache le nom de J. DiMartile. En le feuilletant, je vois que le texte a été abondamment annoté au crayon gris, désormais à demi effacé.

– Qu'est-ce que tu regardes ?

Je sursaute et laisse tomber le livre sur mes genoux comme si on m'avait surprise en train de fouiller dans le journal intime de quelqu'un. Len est de retour, plus curieux qu'accusateur. Mais un peu accusateur, aussi.

– C'est le roman que je t'ai prêté, dis-je en le remettant sur son bureau.

Il rit.

– Ah oui, c'est vrai.

Il s'approche, s'assoit au bord du lit et pose un pied sur sa chaise de bureau, que je sens s'affaisser légèrement.

– Qu'est-ce que tu en penses ?

Je lorgne l'énorme pavé.

– C'est trop tôt pour avoir un avis.

Len affiche un léger sourire en coin.

– Tu adorerais Perec. Il est très à cheval sur les règles.

Sa présomption m'agace, mais il a réussi à m'intriguer. Je ne me souviens pas de la dernière fois où j'ai parlé à un garçon qui avait lu un livre que je ne connaissais pas. C'est à la fois perturbant et excitant.

Len saisit le bouquin et le feuillette.

– Tu as entendu parler de l'Oulipo ?

Je secoue la tête.

– Mon père m'a dit que c'était un groupe d'écrivains et de mathématiciens qui s'efforçaient de créer des œuvres artistiques avec des contraintes précises. Perec en faisait partie.

– Quel genre de contraintes ?

– Dans le cas de *La Vie mode d'emploi*, l'action se passe dans un immeuble. Perec le représente comme un carré de dix cases de côté, qu'il explore à raison d'un par chapitre. Le truc, c'est qu'il doit progresser selon l'algorithme du cavalier.

L'algorithme du cavalier est un problème de logique célèbre qui consiste à déplacer un cavalier sur un échiquier en passant sur chaque case une seule fois. Si je le sais, c'est uniquement parce que, après avoir lu *Le Club de la chance*, j'ai été brièvement obsédée par les échecs. J'espérais devenir une prodige du calibre de Waverly Jong. Naturellement, ça n'a pas marché.

– Du coup, comment ça se fait que tu aimes ce bouquin ? Tu n'as pas l'air d'aimer les règles autant que moi, alors que tout l'intérêt du roman semble résider là-dedans.

– Oui et non.

Ramassant un miniballon de basket sous son lit, Len se laisse tomber sur son oreiller. Un panier est fixé au mur d'en face. Il vise, tire et marque.

– L'intérêt du roman, c'est de décrire la vie, qui est infiniment plus grande que n'importe quelle contrainte que tu peux lui imposer.

Il tire de nouveau, et cette fois, il rate, mais ça ne semble pas le contrarier. Au contraire, il m'adresse un large sourire.

– Et pour quelqu'un qui aimait autant les règles, Perec en était parfaitement conscient.

Je note mentalement d'emprunter *La Vie mode d'emploi* à la bibliothèque et de me faire ma propre opinion sur cet auteur.

– Je croyais que tu étais blessé au coude, dis-je en ramassant le ballon par terre et en tentant un panier, que j'arrive à manquer complètement sans même le toucher.

– Je le suis.

Len récupère le ballon et le lance paresseusement d'une seule main, l'envoyant en plein milieu du filet. Puis il lève son autre bras.

– Mais je suis gaucher, explique-t-il en fléchissant ses doigts. Comme toi.

Quand a-t-il remarqué ça ?

Je me racle la gorge.

– Hé, tu n'as jamais répondu à ma question.

Len s'assoit sur son lit et fait tourner le ballon en équilibre sur son index droit.

– Quelle question ?

– Pourquoi tu n'as pas dit à ta mère que tu avais été élu rédacteur en chef du *Clairon* ?

– C'est quoi ton problème, Eliza ? réplique-t-il en me passant le ballon – que je suis très surprise de rattraper. Ce journal est si important pour toi ?

– Évidemment !

– Je croyais que tu cherchais juste à étoffer ton CV pour entrer à Harvard ou un truc du genre.

– Ben, c'est vrai que j'essaie d'entrer à Harvard. Mais *Le Clairon* compte beaucoup pour moi.

– Tu veux réellement devenir journaliste quand tu seras grande ?

– Je *suis déjà* journaliste.

– D'accord, Lois Lane.

Len s'ébouriffe les cheveux des deux mains, un geste plus brusque que son tic habituel. Puis il se ressaisit et me sourit.

– Laisse tomber.

Il se lève du lit, et je change d'avis.

– La vérité. J'aime l'idée que la vérité triomphe de tout.

Len se rassoit.

– Tu le penses vraiment ?

– Oui, bien sûr.

– Mais les gens croient des tas de mensonges. Surtout quand ça les arrange.

– Ce qui rend le journalisme d'investigation encore plus important.

– Donc, ton engagement au *Clairon* se base sur des idéaux purement altruistes.

Je me redresse.

– Ouais.

Len renverse la tête en arrière contre le mur, mais il me fixe toujours entre ses longs cils. Aujourd'hui, il porte une chemise à carreaux bleu marine piquetée d'or.

– Bien…

Mes épaules s'affaissent.

– Bon, d'accord, peut-être pas seulement. C'est aussi parce que j'aime faire quelque chose d'important. Et je suppose que c'est une motivation égoïste. Mais pas nécessairement mauvaise, j'ajoute, le menton pointé en avant.

– Je n'ai jamais dit le contraire.

Sa façon de me jeter ça, comme s'il se tenait de l'autre côté d'une barrière, à un endroit inaccessible pour moi, me rend folle. Mais moins que mon envie perturbante d'abolir cette distance entre nous à laquelle il tient tant.

– Tu te souviens de notre première élection du bureau des élèves ? je lance sans pouvoir m'en empêcher. Au début de notre année de troisième ?

– Bien sûr.

– C'est à cause de ça que je suis entrée au *Clairon.*

– Quoi, tu as écrit un article dessus et James t'a fait un compliment ?

– Non. Pour ta gouverne, je ne pouvais pas écrire dessus parce que ça me concernait. J'étais l'une des candidates.

J'aperçois une rare lueur de surprise dans son regard.

– Ah bon ?

– Je pensais qu'être déléguée des élèves de troisième consisterait à résoudre de vrais problèmes.

Il réfléchit.

– Tu croyais que ce serait quelque chose d'important, reformule-t-il.

– Exactement. J'ai fait des tas de recherches et mis au point un programme basé sur des propositions concrètes et réalistes, comme restructurer les cours de mathématiques, réparer le portail étudiant de Willoughby sur Internet…

Retour du sourire narquois.

– Ouah, je me demande bien pourquoi je n'ai pas voté pour toi.

– Oh, je sais. Pas la peine de ricaner. Tu m'as trouvée ennuyeuse, comme tout le monde. J'ai compris mon erreur dès que je me suis avancée sur la scène de l'amphithéâtre.

Je me souviens avoir entendu ma voix dans le micro, projetée vers les rangées de visages impassibles sur les sièges en bois. C'était la première fois qu'elle était amplifiée de la sorte, et j'ai été surprise de la trouver aussi faiblarde. Elle ne me ressemblait pas du tout. Je me suis rendu compte que mes idées, si terre à terre et peu ambitieuses, seraient incapables de remplir tout cet espace. Elles ne faisaient pas le poids face aux programmes axés sur l'esprit d'école et les démonstrations de pom-pom girls des autres candidats.

En prendre conscience alors que je me tenais debout face à trois cents personnes, espérant qu'elles me choisiraient, fut un moment de grande solitude. J'ai tenté de l'expliquer à Kim, mais elle n'a jamais compris. Je pensais que ces gens étaient tous des imbéciles, et pourtant, je me sentais minuscule devant eux.

Len scrute le plafond comme s'il ne m'écoutait pas vraiment, mais je sais que c'est juste une apparence.

– Quel rapport avec *Le Clairon* ?

– Ben, James couvrait l'élection, et une fois toute cette épreuve terminée, il est venu me voir. Il m'a dit qu'avec un tel niveau de réflexion, je perdrais mon temps au bureau des élèves et que je devrais plutôt intégrer l'équipe du *Clairon*.

– Je savais bien que c'était à cause de James.

Quand il a une idée en tête…

– Non, pas du tout. C'était parce que j'avais besoin d'un endroit où je ne devrais pas changer pour être acceptée. Un endroit où j'aurais ma place, dis-je en le fixant d'un air entendu.

– Je suppose qu'un abruti a gâché tout ça en publiant ton article à la une.

La voix de Len a pris ce ton indéchiffrable, celui dont je viens de découvrir qu'il est une spécialité de la famille DiMartile. Impossible de dire si la vanne m'est destinée, ou même s'il y a une vanne tout court. Je lui lance le ballon de basket.

– Et toi, qu'est-ce qui t'a amené au journal ?

Il ne répond pas tout de suite, se contentant de presser le ballon entre ses mains, les coudes écartés, comme s'il voulait l'écraser. J'insiste :

– Alors ?

Il se met à lancer le ballon vers le panier, encore et encore. La plupart du temps, il le met dedans.

– *Le Clairon* n'est pas aussi important pour moi que pour toi, finit-il par concéder.

Je manque me lever d'un bond.

– Je le savais ! Je savais que cette histoire ridicule que tu as racontée dans ton discours n'était même pas vraie.

Évitant mon regard, il tire de nouveau.

– Elle n'était pas fausse non plus, se défend-il comme il argumenterait que la Vache qui Rit n'est pas *pas* du fromage.

J'en ai assez qu'il soit aussi fuyant.

– Si tu t'en fiches, pourquoi tu t'es donné la peine de te présenter aux élections ?

De nouveau, il garde le silence – et je ne peux m'empêcher d'y voir ce vieux truc de journaliste qui incite la personne qu'on interroge à parler pour meubler. Sauf que c'est moi qui pose les questions, et pas lui.

Il finit par se redresser.

– J'ai entendu ma mère dire à mon père qu'elle s'inquiétait pour moi, révèle-t-il en fixant ses chaussettes. Elle craignait que, sans le base-ball, je devienne comme lui. Un homme sans ambition.

– Il fait quoi, ton père ?

– Des études de marché dans une grosse boîte pharmaceutique. Mais il était censé devenir universitaire. Du moins, c'est ce qu'il voulait à la base. Il a un doctorat en littérature comparée, explique Len en serrant le ballon contre lui. Ce qu'il fait aujourd'hui ne lui déplaît pas, mais ma mère a toujours dit qu'il avait renoncé à ses rêves.

Il se met à lancer le ballon contre le mur. Chaque fois, l'impact résonne très fort.

– Donc, ce soir-là, je me suis dit : « Qu'est-ce qui serait plus ambitieux que viser le poste de rédacteur en chef d'un journal pour lequel j'ai à peine écrit quelques articles ? »

C'est ça qui l'a décidé ? Soudain, je cesse de culpabiliser parce que je prépare une grève contre lui.

– Après coup, j'ai regretté. Pour diverses raisons, dit-il en me lorgnant du coin de l'œil. Mais essentiellement parce que ça donnait raison à ma mère, alors que je ne suis pas du tout d'accord avec elle.

– À propos de ton manque d'ambition ou de ta ressemblance avec ton père ?

– À propos du fait que c'est un problème de manquer d'ambition.

Je le regarde faire rebondir son stupide ballon de basket contre le mur qu'il ne partage avec personne, dans une chambre qui contient un très probable héritage princetonien sous forme d'une chaise de bureau, tout en se livrant à des réflexions philosophiques sur la nécessité de l'ambition.

Je lance :

– Ça ne l'est peut-être pas pour toi.

Surpris, Len laisse tomber son ballon.

– Mais moi, sans ambition, je finirai comme ma sœur, à faire les études vers lesquelles mes parents m'auront poussée pour tuer le temps jusqu'à ce qu'un gentil garçon chinois décide de m'épouser.

Len réfléchit une minute.

– *Mmmh,* je vois.

Mon téléphone sonne. Je prends l'appel.

– Salut, maman.

– Je suis devant la maison. C'est chez qui ?

J'ouvre la bouche pour répondre « un ami », mais je me ravise en voyant Len se lever pour marquer un panier sans même avoir à se dresser sur la pointe des pieds. Il tente de faire comme s'il n'écoutait pas – d'un autre côté, il est peu probable qu'il comprenne le cantonais.

– Un camarade de classe. On bosse sur un projet de groupe.

– D'accord. J'ai une mauvaise nouvelle.

Mon cœur se serre, même si, connaissant ma mère, il pourrait aussi bien s'agir d'un livre qu'on a oublié de rendre à la bibliothèque que d'un décès dans notre entourage. Maman n'a aucune nuance dans l'expression du négatif.

– Je descends tout de suite.

Je fourre mes affaires de maths dans mon sac à dos, que je hisse sur mes épaules.

– Tout va bien ? demande Len, appuyé contre sa commode.

– Je ne sais pas. On va voir, dis-je. Merci de, euh... de m'avoir laissée attendre ici.

– Pas de problème, dit-il en s'écartant pour me laisser passer. Salue ta mère de ma part.

Je suis déjà dans le couloir quand je réalise ce qu'il vient de me dire. Je jette un coup d'œil par-dessus mon épaule. Il me sourit et, l'espace d'un instant, j'oublie toutes mes inquiétudes.

17

Malheureusement, la mauvaise nouvelle, c'est que le restaurant où travaille papa va fermer. Pour une fois, maman n'exagérait pas.

Elle s'en inquiète tout haut pendant le trajet de retour, le dîner et la vaisselle qui suivent. Kim et moi l'écoutons solennellement sans discuter entre nous.

– Ton père n'a jamais eu de chance, affirme ma mère en frottant une casserole avec une éponge usée. Toutes ces difficultés…

Quand mon père rentre le soir, il semble stoïque – pas du tout préoccupé comme un homme dont le gagne-pain s'apprête à disparaître, victime des caprices économiques de Little Saigon.

– Il te reste combien de temps ? demande maman.

– Une semaine.

– Pas plus ?

– C'est le destin.

Elle tente de convaincre papa qu'il devrait en profiter pour chercher du travail ailleurs que dans un restaurant. Elle le harcèle avec ça depuis des années, et j'avoue qu'elle a de bonnes raisons. En tant qu'employé dans une *gūng sī,* c'est-à-dire une plus grosse entreprise, mon père aurait des congés payés, des week-ends de repos et une assurance maladie. Mais papa a toujours trouvé ça plus facile de rester dans la restauration. C'est là qu'il a de l'expérience. C'est là que ses copains peuvent lui trouver un boulot. Et, même si ça paraît difficile à croire, c'est ce qui paie le mieux. Mais c'est aussi la raison pour laquelle il a des cals aux mains à force de manier un wok de taille industrielle. Certains soirs, il troque directement l'odeur du riz frit contre celle de l'huile Hong Hua, un puissant analgésique qui lui sert à calmer la douleur de ses poignets.

Mes parents se disputent un moment dans leur chambre. La voix de ma mère traverse les murs. Puis la porte s'ouvre et ils ressortent tous les deux. Papa se dirige vers la table basse, où il a abandonné le tourne-disque en cours de réparation. Maman s'approche de moi.

– Eliza. Ton père ne retournera pas travailler dans un restaurant. Tu pourrais lui écrire un CV ?

Assise à la table de la cuisine, je suis en train de finir les devoirs de maths que je n'ai pas pu faire chez Len. Affalée devant son bureau dans le salon, Kim me jette un coup d'œil qui signifie : « C'est ton tour. » Même si, en tant qu'aînée, elle assume la plupart des tâches dévolues aux enfants d'immigrants, il a été décidé que toutes celles qui impliquaient d'écrire me reviendraient.

– Tu es toujours en train de lire et d'écrire des articles pour ce journal, s'est justifiée ma mère. Autant que ça serve à quelque chose.

Elle me fait chercher sur Internet les boulots auxquels mon père pourrait postuler – et, parce qu'elle est pragmatique mais qu'elle manque d'imagination, toutes ses suggestions ont un rapport avec son propre domaine d'activité.

– Mets « assemblage », m'ordonne-t-elle, comme si c'était

un terme dont l'algorithme Google n'oserait jamais se moquer.

Je tape « offres d'emploi assemblage orange county ». Les résultats m'apprennent que le terme correct pour le métier de ma mère est « assembleur.se ». Ce qui couvre un ensemble de tâches plus obscur que, disons, les dénominations d'avocat, de comptable ou même de femme de chambre. Maman travaille pour un fabricant de microélectronique situé à Long Beach, et c'est à peu près tout ce que je savais jusqu'ici. La seule fois où j'ai parcouru le site Internet de sa boîte, je l'ai trouvé incompréhensible. Je connaissais tous les mots, mais je ne savais pas à quoi ils correspondaient dans ce contexte. Par exemple, une plaquette électronique, c'est quoi ? Nul ne le sait, hormis ceux qui les fabriquent.

Le plus ironique, c'est que la plupart des gens qui exercent ce métier parlent l'anglais à peu près aussi bien que ma mère, et n'ont pas fait davantage d'études. Mais le fait que leurs maigres qualifications suffisent pour effectuer ce travail rend celui-ci très populaire après de la communauté d'immigrants chinois, qui fait circuler les offres d'emploi entre amis d'amis – c'est comme ça que ma mère a pu mettre le pied dans la porte.

Après avoir terminé mes devoirs, je m'installe sur le canapé avec mon ordinateur portable et j'ouvre un formulaire de CV vierge. Je tape le nom de mon père et ses coordonnées tout en haut. Jusqu'ici, c'est facile. Après ça, je dois remplir la partie « expérience professionnelle ».

En observant mon père penché sur le tourne-disque, je suis certaine qu'il peut faire absolument tout ce qu'on attend de la part d'un assembleur. Le problème, c'est de trouver un moyen de faire le lien avec sa carrière dans la restauration. Je ne sais même pas quoi mettre comme intitulé de poste. En cantonais, on l'appelle *sī fú*, ou maître, un titre à la fois exact et inapproprié. Ce n'est pas facile de préparer de la bonne cuisine chinoise et ce n'est pas non plus très glamour. Mais « cuisinier » donnerait l'impression qu'il fait griller des burgers dans un *diner*, et « chef », qu'il porte une toque blanche et donne des instructions en français.

Au final, j'opte pour « chef », parce que ça lui donne l'air plus compétent et que ce léger embellissement me semble nécessaire pour compenser tout le vide qui va rester sur la page – un vide qui m'attriste brusquement.

– Tu vois ? Il remarche, triomphe mon père en faisant tourner le plateau.

Il se lève pour brancher une paire de haut-parleurs qu'il a également récupérés dans une poubelle il y a quelques années. En principe, on les utilise avec notre télé, bien qu'elle possède des haut-parleurs intégrés. « Ça nous fera un son *surround* », avait plaisanté papa.

Je passe en revue la petite collection de disques chinois qu'il a étalée par terre.

– Tu les as trouvés où ? je demande en lui en tendant un.

– Quand je me suis installé en Amérique, un de mes cousins me les a apportés de Hong Kong, répond papa en sortant la galette de vinyle de sa pochette. Ce chanteur, Sam Hui, est très drôle. Il chantait de la satire politique pour la classe ouvrière dans les années 70 et 80.

Kim, victime de sa curiosité, s'interrompt dans ses propres devoirs pour venir s'agenouiller par terre à côté de moi.

Papa pose le disque sur le plateau et appuie sur le bouton de mise en marche. Puis, très délicatement, il soulève le bras et pose l'aiguille sur la galette de vinyle qui tourne. Au début, on entend juste des craquements. Le suspense est intense et chargé de scepticisme. Quelques secondes plus tard, la voix de Sam Hui résonne dans notre salon, et ne perd pas de temps pour se focaliser sur la principale préoccupation du commun des mortels : « *Chín Chín Chín Chín, Chín Chín Chín Chín* », ce qui se traduit plus ou moins par « fric fric fric fric, fric fric fric fric ».

Kim et moi, on se regarde. Aucune de nous deux n'a jamais vu fonctionner un tourne-disque. C'est presque de la magie : comment la musique peut-elle être aussi... mécanique ? Comment le timbre chaud de Sam Hui peut-il s'élever des sillons de cette galette de vinyle ? Et moi qui pensais avoir tout vu...

Maman sort de la chambre pour voir d'où vient tout ce raffut. Pendant ce temps, Sam Hui glisse un riff en anglais au milieu de tous les « *chín* » : « *No money no talk... no money no talk...* »

Je lance :

– Tu as vu, maman ? Papa a réparé le tourne-disque.

L'intérêt de ma mère pour cet appareil d'une autre époque n'a pas grandi en même temps que la durée de son séjour dans notre appartement, mais elle fait de son mieux pour partager notre enthousiasme.

– C'est super, acquiesce-t-elle avec un sourire las, mais il est tard, et les voisins risquent de se plaindre. Vous feriez mieux de baisser le son.

Fin du moment magique. Papa éteint le tourne-disque, Kim retourne à son bureau et je remonte sur le canapé. Je rouvre mon ordinateur pour finir le CV de papa.

Dans la rubrique « Études », j'indique les cours du soir de mécanique qu'il a pris longtemps avant ma naissance. Dessous, j'ajoute une rubrique « Divers ». Après avoir mentionné que papa est trilingue (anglais, vietnamien, chinois), je tape : « Réparation d'un grand nombre d'appareils électroménagers, notamment un tourne-disque vintage. » J'efface ma phrase et la réécris, mais finis par la laisser telle qu'elle était à l'origine parce que je ne trouve pas les bons mots.

18

Le lendemain, juste avant le début de la cinquième heure de cours, je me dirige vers ma place et trouve un livre sur ma chaise. Instinctivement, je jette un coup d'œil à la ronde comme si je pouvais prendre sur le fait la personne qui l'a posé là. Pourtant, je sais déjà de qui il s'agit.

Je m'assois et ouvre cet exemplaire tout neuf de *La Vie mode d'emploi*. Un Post-it est collé sur la page de garde. « Merci de me l'avoir recommandé », est-il écrit en lettres bien nettes qui penchent sur un côté.

À l'autre bout de la salle, Len semble occupé à lire *Macbeth*. Mais à la dernière seconde, il lève les yeux vers moi et me gratifie d'un léger sourire en coin, avant de reporter son attention sur la pièce comme si nos regards s'étaient croisés par hasard.

Je n'en reviens pas.

– Salut, Eliza.

Serena s'installe juste devant moi, même si ce n'est pas sa place. Elle lorgne mon pull, un truc rayé que je n'avais pas porté depuis la cinquième.

– C'est neuf ?

La perte du fidèle gilet gris qui me tenait lieu d'uniforme

m'a forcée à passer en revue plusieurs options pour combler le trou laineux dans mon cœur. Je n'ai toujours pas trouvé de remplaçant satisfaisant.

– Non, je réponds en tirant distraitement sur le bas des manches.

Serena tient un exemplaire de *Ces hommes qui m'expliquent la vie* de Rebecca Solnit, qu'elle a montré plusieurs fois dans ses dernières photos sur Instagram. Elle se met à parler d'un truc qu'elle a lu dans un des essais, à propos de silence ou de violence. Je ne sais pas parce que je ne l'écoute pas vraiment.

Au lieu de ça, je pense à Len et à tout ce qu'il m'a dit hier quand on était seuls dans sa chambre. C'était beaucoup et peu à la fois. Depuis, une sorte de curiosité coupable s'est emparée de moi. En tripotant la couverture de *La Vie mode d'emploi*, je réalise que je me sens obligée de le lire immédiatement, et pas juste pour rogner l'avantage intellectuel de Len, mais parce que je sens qu'il contient les réponses à des questions que je ne me sens pas en droit de poser. Des réponses que j'ai brusquement très envie de connaître.

Alors, je prends conscience que Serena parle toujours. Elle n'a pas remarqué que je n'avais pas entendu un mot de ce qu'elle disait, mais à cet instant, même si je ne me suis publiquement déclarée féministe que depuis peu, j'ai la nette impression d'en être une mauvaise.

La Vie mode d'emploi est un énorme pavé. Toute la journée, j'ai conscience de son poids dans mon sac à dos. Après les cours, j'attends Winona près de son casier, et comme elle est en retard, j'envisage de le sortir histoire de m'occuper. Les livres sont faits pour être lus, non ? Mais de manière tout à fait irrationnelle, je n'ai pas envie qu'on me voie avec. Comme si un simple coup d'œil suffisait pour savoir que c'est Len qui me l'a donné.

Avant que je puisse me décider, Serena franchit l'angle du couloir.

– Héééé, dit-elle en faisant traîner le son d'une manière qui rend Winona dingue. Tu es libre là tout de suite ?

Je me compose une expression qui ne trahisse pas que j'étais en train de penser à Len.

– Oh, euh, j'attends Winona.

– Super. Je suis ravie d'être tombée sur toi. La réunion du bureau des élèves a été annulée ; du coup, j'ai pensé qu'on pourrait recruter pour la grève.

Impossible de dire si c'est son indéfectible enthousiasme ou sa peau parfaite qui rend son visage aussi rayonnant. Quoi qu'il en soit, il est très difficile de lui dire non.

Mais la situation est délicate. Hier soir, après une longue séance de brainstorming par texto, j'ai fini par convaincre Winona de travailler à ses modifications pour *Driveways*, et nous sommes censées tourner aujourd'hui. Elle a eu l'idée de s'inclure dans le film, peut-être en tant que troisième personnage, pour rendre l'histoire plus personnelle. Ce n'est pas quelque chose qu'elle a l'habitude de faire, surtout après l'échec cuisant de sa précédente tentative, mais elle est prête à essayer – et bien entendu, je veux l'aider.

D'un autre côté, Serena consacre beaucoup d'énergie à faire de ce débrayage une réussite. Puis-je vraiment lui dire que je n'ai pas le temps de recruter des gens pour ma propre manifestation ?

C'est alors que Winona arrive. Elle semble surprise de nous trouver ensemble, Serena et moi.

– Quoi de neuf ?

– On recrute pour la grève ! claironne Serena. Tu nous aides ?

Entre-temps, j'ai décidé de ne pas remettre le tournage à plus tard, puisqu'il était prévu en premier. Je secoue la tête.

– En fait…

Mais Winona m'interrompt pour lancer une chose que je pensais ne jamais entendre sortir de sa bouche :

– En fait, Serena, c'est une idée géniale.

Je la dévisage en plissant les yeux.

– Hein ? Mais on devait filmer aujourd'hui. Tu n'as pas fini d'écrire la nouvelle scène ?

– Si, acquiesce Winona avec un geste désinvolte. Mais elle n'était pas terrible, il faut que je la remanie. On en parlera plus tard.

– Super !

Serena passe ses bras sous les nôtres et je vois bien que Winona prend sur elle pour ne pas se dégager. Si elle se laisse faire, c'est probablement parce que je ne peux pas continuer à l'interroger avec Serena entre nous. Je note mentalement de lui demander plus tard quel était le problème de la scène très correcte qu'elle m'a fait lire hier soir.

Comme on peut s'y attendre, recruter des filles est assez simple. Dès qu'on aborde le sujet avec un groupe de troisièmes massées autour de leurs casiers, elles acceptent sans hésitation.

– Oh, mon Dieu, s'exclame l'une d'elles, qui a une frange droite et un jean baggy, en s'éventant de la main. Vous êtes toutes tellement inspirantes !

– J'ai décidé de faire partie du bureau des élèves l'an prochain, ajoute une autre, qui arbore une coupe pixie, des boucles d'oreilles en forme de symbole de la paix et un badge JE SUIS FÉMINISTE. Je deviendrai peut-être présidente quand je serai en terminale.

– Je suis fière de toi, la félicite Serena, même si elle vient juste de la rencontrer.

La fille manque s'évanouir de bonheur. Serena lui presse l'épaule en un geste réconfortant.

– N'oubliez pas : il ne faut surtout pas en parler sur Internet. On ne veut pas se faire arrêter avant même d'avoir commencé.

Puis elle leur fait un clin d'œil, leur colle deux bises à chacune et nous entraîne plus loin. Ayant apparemment oublié qu'elle s'est portée volontaire pour cette opération il y a dix minutes, Winona me regarde et penche la tête sur le côté en clignant des yeux, incrédule.

Concernant les garçons, Serena opte pour une autre stratégie, que nous découvrons lorsque nous tombons sur un groupe de terminales assis autour d'une table de pique-nique.

– Salut, Hunter, lance-t-elle.

– Salut, Serena.

Hunter Pak est le président du Key Club. Pas assez cool pour être au bureau des élèves, mais trop beau gosse pour qu'on le considère comme un véritable intello. Son père est pasteur, et avec son regard doux derrière ses lunettes à monture en plastique, Hunter semble bien parti pour suivre ses traces.

– Tu connais Eliza, pas vrai ? demande Serena en se glissant à côté de lui. Et Winona ?

– On n'a pas été présentés officiellement, dit-il en agitant la main.

– On a une question à vous poser, annonce Serena en s'adressant à tout le groupe. Que pensez-vous de l'affaire du *Clairon* ?

Calvin Vo pose ses pieds sur la table et répond sobrement :

– Je m'en fous.

– Désolé, me dit Hunter. Ça doit être dur pour toi.

– Eliza a été *volée*, insiste Serena. Vous le savez tous.

– Je m'en fous quand même, lâche Calvin.

Serena se tourne vers Hunter.

– Tu ne trouves pas ça injuste ? demande-t-elle d'une voix

vibrante d'émotion. Eliza est tellement plus qualifiée que Len pour diriger le journal. Ce n'est qu'un sportif.

– Ton copain aussi, fait remarquer Gabriel Evangelista en ricanant.

– Ouais, et je ne voudrais pas non plus de lui comme rédacteur en chef, réplique Serena.

Même Calvin rit.

– Len est plus intelligent que Jason, commente Hunter.

– Possible, concède Serena, mais il n'a pas été élu pour ça. Dis-moi, Gabriel, tu aurais voté pour qui : Len ou Eliza?

Gabriel hésite une seconde de trop.

– Eliza, si tu dis qu'elle est plus qualifiée.

Serena jette à Hunter un regard triomphant qui signifie : «Tu vois? Qu'est-ce que je te disais?» Bien entendu, il l'interprète comme un : «Je te trouve tellement spécial.» On voit bien qu'il est cuit.

– Mais qu'est-ce qu'on peut y faire? demande-t-il.

– On est en train d'organiser quelque chose, explique Serena en poussant son téléphone vers lui. Pour forcer Len à démissionner. Je t'envoie les détails par texto si tu veux te joindre à nous.

Seule Serena peut avoir l'air de flirter en recrutant des garçons pour une manif féministe. Et en même temps, ça ne veut rien dire. Hunter doit se douter qu'elle ne ressent absolument rien pour lui. Pourtant, il entre son numéro dans le téléphone de Serena comme s'il signait au nom de toute la congrégation de son père.

– Et moi, tu ne veux pas mon numéro? demande Calvin.

– Tout dépend si tu veux me le donner, répond Serena avec un sourire narquois.

Au final, elle obtient non seulement que les trois garçons s'engagent à participer, mais aussi qu'ils jurent de n'en parler à personne.

– Très impressionnant, je commente alors qu'on s'éloigne.

Winona est complètement ahurie.

– Tu peux le dire…

Nous nous rendons ensuite au studio d'arts plastiques, installé dans un préfabriqué en bordure du campus. À cause du soubassement surélevé, une rampe mène à la porte. Alors que nous la montons, Serena attrape Winona par le bras et la tire devant nous.

– Qu'est-ce que tu fais ? s'étonne mon amie.

Serena désigne le préfabriqué comme si c'était évident.

– C'est là que traînent tous les originaux.

Winona se gratte la tête.

– Qu'est-ce que ça veut dire ?

– Ça veut dire, répond Serena en poussant la porte, qu'ils te respecteront plus que moi.

Tout est calme quand nous entrons dans le studio. Quelques élèves se tiennent devant des chevalets, occupés à peindre des fruits en plastique posés sur une étoffe rouge. Ils tournent tous la tête vers nous, mais un seul ne reporte pas immédiatement son attention sur sa toile.

– Salut, Winona, lance Ethan Fiore, qui est en première comme nous.

Il a un nez aquilin, un regard sérieux et des cheveux bouclés qui lui tombent dans les yeux.

Serena nous adresse un sourire satisfait. « Vous voyez ? » Puis elle donne un coup de coude à Winona, qui agite maladroitement la main.

– C'est le moment ou jamais, lui chuchote-t-elle, je le sens.

Winona la transperce d'un regard incrédule, pareil à un laser, avant de nous pousser dehors.

– Oui ? demande Serena aimablement, bien qu'avec une pointe d'exaspération.

– Je croyais qu'on œuvrait pour la cause du féminisme.

– C'est le cas.

Winona croise les bras.

– Alors, pourquoi ces tactiques de recrutement basées sur une dynamique hétéronormative ?

Je tente d'intervenir :

– Ce que Winona tente de dire, c'est qu'elle n'est pas certaine que flirter avec Ethan Fiore soit la meilleure approche pour elle.

– Ou pour n'importe qui d'autre, s'empresse d'ajouter mon amie.

– Il ne s'agit pas de flirter, nous détrompe Serena, mais de faire preuve de persuasion stratégique. Notre manif sera plus efficace si beaucoup de gens participent. Quel mal y a-t-il à les convaincre avec les arguments qui fonctionneront le mieux sur eux ?

Winona la dévisage comme si c'était une extraterrestre. Puis elle se tourne vers moi pour que je l'aide.

– Tu n'es pas obligée de parler à Ethan, je lui assure.

Elle est dégoûtée.

– Pourquoi s'embêter à recruter des gens ? dit-elle en agitant la main avec un rictus méprisant. Pourquoi ne pas économiser du temps et des efforts en allant directement à la source ? Eliza, va montrer tes jambes à Len et demande-lui s'il veut bien démissionner.

Je ne sais pas ce qui m'horrifie le plus : la suggestion en elle-même, ou la culbute que font mes organes internes quand je m'imagine la mettre en pratique.

Momentanément désarçonnée, Serena semble elle aussi envisager cette possibilité, mais pas plus d'une seconde.

– Oh, Winona, dit-elle avec un sourire indulgent, ce n'est pas du tout la même chose.

– Si, c'est cent pour cent pareil. Ça a juste l'air différent vu de l'extérieur.

– Mais les apparences comptent, affirme gravement Serena.

Winona ne répond pas tout de suite, ce qui signifie qu'elle réfléchit.

– J'ai besoin de faire une pause, finit-elle par grommeler.

– Pas de problème. Ethan devra se contenter de moi.

Serena se penche pour inspecter son reflet dans la vitre. Elle lisse ses cheveux en arrière, ajuste ses boucles d'oreilles et accroche un sourire sur son visage, un peu pour nous et un peu pour s'entraîner. Je doute qu'elle ait le moindre problème à convaincre Ethan ou qui que ce soit d'autre.

Dès qu'elle a disparu à l'intérieur du préfabriqué, Winona libère sa colère.

– Putain, mais c'est quoi son problème ? s'écrie-t-elle en faisant les cent pas le long de la rampe. J'avais raison, elle n'est pas féministe du tout !

Dans ma tête, la conversation d'hier, durant laquelle Serena m'a avoué quel travail lui réclamait l'effet Hwangbo, lutte contre l'affirmation de Winona.

– Peut-être qu'elle aborde ça sous un autre angle ?

Par la fenêtre, nous regardons Serena rire en effleurant le coude d'Ethan. Pas besoin d'entendre ce qu'ils se disent pour savoir qu'il vient de s'engager à débrayer avec nous.

– Tu ramollis, grogne Winona.

Piquée au vif, je ne peux pas m'empêcher de me demander si, malgré le fait qu'elle me connaît par cœur (ou justement à cause de ça), Winona ne deviendrait pas ma critique la plus féroce si tel était le cas. Je voudrais pouvoir lui expliquer combien toutes ces histoires de féminisme commencent à me peser.

– Écoute, j'admets que Serena est… différente. Mais on a besoin d'elle.

Comme elle revient vers nous, tournant le dos à Ethan et

aux autres, je la vois pousser un petit soupir de soulagement discret. Winona le remarque aussi. Avec un petit signe du menton vers la fenêtre, j'ajoute :

– Et je crois qu'elle a besoin de nous. C'est tout l'intérêt du féminisme, non ? Se soutenir mutuellement ?

Winona secoue la tête et se hisse sur la rambarde, les pieds pendant dans le vide.

– Ouais, je sais, grogne-t-elle. Je voudrais juste qu'on soit toutes d'accord sur la méthode.

19

Le vendredi, à cause d'une absence imprévue de Tim O'Callahan, James confie une mission de dernière minute à Len.

– Je suppose que ça te concerne aussi, Eliza, dit-il en me faisant signe d'approcher.

À contrecœur, je me traîne jusqu'au coin de Len.

– Voilà, commence James, comme Tim est malade aujourd'hui, je me demandais si vous pourriez le remplacer.

– Sur quel article ? je demande.

– Ça ne va pas te plaire, mais... c'est au sujet d'un match de base-ball.

Je grimace.

– Depuis quand ça fait partie de l'actualité ?

Je plaisante, mais seulement à moitié.

– C'est pour la rubrique des sports, précise James. Tu sais qu'on en a une, hein ?

– Ouais, ouais.

– Et puis, il ne s'agit pas de n'importe quel match, explique Len qui, comme à son habitude, est assis en tailleur sur son bureau. C'est un match potentiellement *historique*.

En tant qu'ancien joueur, j'imagine qu'il n'est pas objectif, mais James acquiesce avec enthousiasme.

– Exact. Willoughby joue contre Hargis, et on s'attend à ce que Jason Lee batte le record de coups de circuit en une seule saison.

Ils attendent ma réaction comme si j'étais censée comprendre en quoi c'est important. Je jette à James le même regard que Jules César a dû lancer à ses assassins. On est toujours trahi par ses proches.

– Tu parles du Jason Lee qui sort avec Serena Hwangbo ?

– Le seul et unique, confirme James. Il joue champ centre.

– Et il est vraiment bon, ajoute Len, plus sérieux que je ne l'ai jamais vu.

– Alors, vous pouvez y aller ? interroge James.

– Une minute.

Je prends mon téléphone et envoie un texto à Winona, espérant qu'elle me répondra qu'elle a absolument besoin de moi pour tourner la suite de *Driveways*.

Winona : Non, c'est bon, pas aujourd'hui.

Moi : Tu es encore en train de réécrire ?

Winona : Il faut que ce soit vraiment bon, tu comprends.

Moi : Il faut surtout que ce soit fini !

Elle ne me répond pas tout de suite, et je soupçonne qu'elle ne le fera pas. Je suis sur le point de la relancer quand je remarque que Len est descendu de son perchoir et qu'il se tient assez près de moi pour lire ce qui s'affiche sur l'écran de mon téléphone. Autrement dit, beaucoup trop près. Je rougis et agite la main pour le chasser.

Il ne peut réprimer un sourire moqueur.

– Alors ? Tu as pu repousser ton cocktail du vendredi soir avec l'administrateur du comté ?

James a l'air de beaucoup trop s'amuser. Je le foudroie du regard puis baisse les yeux vers mon téléphone, mais Winona ne s'est toujours pas manifestée.

– J'ai dû déplacer quelques rendez-vous, dis-je à Len

en redressant les épaules. Mais tu as de la chance, je peux t'accompagner.

– J'ai toujours été un sacré veinard.

Je dois faire un gros effort pour ne pas lui mettre une claque derrière la tête tandis qu'on sort.

L'après-midi est inhabituellement venteux, avec une chaleur incongrue pour la force des rafales et une sécheresse qui tire la peau des joues et des mains. Tel le syndrome prémenstruel, c'est inconfortable et ça me donne la vague impression d'être une étrangère dans ma propre peau. La poussière qui semble nous recouvrir, tapissant l'intérieur de nos narines et brouillant nos pensées, est à la fois réelle et irréelle – vous croyez que c'est un mauvais tour de votre imagination jusqu'à ce que vous réalisiez qu'elle est apportée par ces visiteurs familiers qu'on ne voit pourtant jamais venir, les vents de Santa Ana.

– Ce n'est pas un temps idéal pour un match de base-ball, non ?

J'ai crié pour me faire entendre tout en contournant la voiture de Len.

– Pas génial, non, répond-il.

On doit se rendre à Hargis et il a proposé de conduire – essentiellement parce que, sinon, je n'aurais aucun moyen d'y aller. Quand je tends la main vers la portière, elle s'ouvre toute seule devant moi. Je me jette sur le siège passager et repousse les cheveux emmêlés que le vent a soufflés devant mon visage. Bizarrement, ils ont une odeur cuivrée qui ne vient ni de moi ni de mon shampoing. Refermer la portière au nez des rafales, étouffant leurs hurlements, est une victoire en soi.

– Les vents de Santa Ana, lâche Len en se frottant les yeux avec son bras avant de mettre le contact. Ça ne rigole pas.

Ses cheveux sont en bataille, et j'ai envie de tendre une

main pour… les recoiffer ou les ébouriffer davantage, je ne sais pas trop. Alors, je m'assois sur mes mains et cherche un sujet de conversation acceptable.

– J'ai lu quelque chose là-dessus l'autre jour. Un essai de Joan Didion.

Len démarre.

– Ah bon ? Qu'est-ce qu'elle disait ?

– Elle parlait surtout du malaise qu'ils provoquent. Les suicides, les accidents…

Je suis un vrai rayon de soleil. Mais comme Len semble intrigué, je poursuis :

– Elle faisait aussi remarquer que les gens qui ne sont pas originaires du sud de la Californie pensent qu'il fait toujours beau et chaud ici, qu'il n'y a pas de saisons. Mais c'est faux. Je me souviens surtout d'une phrase où elle disait que la météo de Los Angeles est celle de l'apocalypse, parce que les vents pourraient faire flamber toute la ville en un claquement de doigts.

– *Mmmh.*

Pendant que nous attendons pour sortir du parking, Len me jette un coup d'œil qui me donne l'impression que c'est moi l'autrice de cette phrase. Je me détourne pour regarder les arbres follement agités par le vent.

– J'ai aimé sa façon de partir d'un phénomène banal, très familier pour moi, et de lui donner une autre dimension. C'était la première fois que je voyais un auteur utiliser un endroit que je connaissais pour faire de la littérature.

Pourquoi je suis encore en train de parler de ça, moi ?

– Bref.

Mais Len rattrape ma pensée au vol comme si je n'avais pas eu l'intention de la lâcher.

– Ouais, je vois ce que tu veux dire. En écrivant sur cette région, elle lui donnait de la valeur.

Je suis surprise qu'il comprenne.

– Exactement. Tu devrais lire cet essai. En fait, il est au programme de notre cours d'anglais. C'est comme ça que je suis tombée dessus.

– J'y jetterai peut-être un coup d'œil.

Le parking du lycée se trouve du côté nord du campus. Nous atteignons enfin l'avenue.

– Je me demande si Boba Bros marche bien, dis-je comme nous passons devant. Je boirais bien un bubble tea, là tout de suite.

Sans avertissement, Len donne un coup de volant et pénètre dans le parking du centre commercial. Son bas de caisse racle le bord du trottoir. Je m'écrie :

– Mais qu'est-ce qui te prend ?

Il se gare sur une place libre et m'adresse son grand sourire habituel.

– Tu m'as convaincu.

Je commande mon thé à la lavande, mais Len essaie quelque chose de nouveau pour lui : du matcha avec du lait de chèvre. Une fois de plus, il s'y prend mal. Quand on regagne la voiture et qu'il coince sa boisson dans le porte-gobelet entre nous, je m'aperçois qu'il en a déjà englouti un tiers.

– Tu bois trop vite, dis-je en examinant sa paille mordillée. Il te reste trop de billes de tapioca.

– Je sais. C'est dur de bien doser.

– C'est tout un art, je concède en buvant une gorgée mesurée de mon propre thé.

Pendant qu'on roule vers Hargis, je détaille discrètement l'intérieur de sa voiture. Elle est aussi propre que sa chambre, mais à part ça, pas du tout comme je m'y attendais. J'imaginais Len avec un 4×4 monstrueux, si haut que même pour aller faire une course toute bête on doit avoir l'impression d'être juché sur un char pendant une parade. Au lieu de ça, il conduit une minuscule Toyota presque aussi vieille que nous. Même avec le siège repoussé au maximum, il a les coudes et les genoux pliés, et il doit se pencher sur le volant comme dans une voiture de clown.

– Qu'est-ce qu'il y a de si drôle ? demande-t-il en baissant la tête pour surveiller le feu tricolore.

– Ta voiture est plus petite que je ne pensais.

Il rit.

– Tu n'es pas impressionnée par mon carrosse.

– Je ne dis pas que c'est une mauvaise voiture. Je dis juste que c'est le genre de voiture que conduirait ma mère.

– En fait, c'était celle de la mienne.

Je trouve ça hilarant, ce qui l'amuse beaucoup. L'espace de quelques minutes, on pourrait presque être amis.

– En parlant de mères, lance-t-il au bout d'un moment. Tout s'est bien passé avec la tienne l'autre jour ?

Je mets un moment à me souvenir qu'elle m'a appelée pendant que j'étais chez lui.

– Oh. Eh bien, en fait…

Je lui explique la situation de papa, et comment j'essaie de l'aider à postuler à d'autres emplois. Parfois, quand les gens découvrent que Kim et moi faisons ce genre de chose, ils sont consternés, comme si je venais de leur dire que nos parents nous obligent à récurer le carrelage à la brosse à dents. « Pourquoi ? » s'étonnent-ils. Et je ne sais jamais quoi répondre.

Mais Len ne me demande rien.

– C'est gentil de ta part.

Je pose mon coude sur le bord de la portière.

– Pas vraiment. Je n'ai pas le choix.

– Quand même. Je ne rends jamais ce genre de service à mes parents.

– Mais tu portes les courses pour ta mère.

– C'est vrai, je fais des trucs manuels. Mon père m'oblige à tondre la pelouse, aussi.

– Le fardeau de l'enfant mâle.

– Je savais que tu comprendrais.

En approchant de Hargis, je baisse la vitre pour mieux détailler le campus. L'espace d'une fraction de seconde, il me semble contempler le Willoughby d'un univers parallèle. Tout est identique : l'allée circulaire, la façade en stuc et les murs en parpaings, la disposition des fenêtres… La seule différence, c'est la couleur de la peinture – bleu marine plutôt que marron –, et le nom au-dessus de l'entrée.

– C'est trop bizarre, je commente une fois que Len s'est garé. J'ai l'impression que je vais tomber sur une autre version de nous deux.

– Ah bon ?

Len passe un des appareils photo du *Clairon* autour de son cou. Cette fois, il a emporté un zoom. Il recule pour cadrer la cour de Hargis.

– Et à quoi on ressemblerait ?

Je l'observe pendant qu'il prend des photos.

– *Mmmh.* L'autre Len serait… bavard. Direct. Très sérieux. Et féministe, évidemment.

Il baisse l'appareil et me sourit.

– Et l'autre Eliza, tu la verrais comment ?

Il réfléchit quelques instants.

– Elle serait… facile à vivre, modeste et obsédée par les garçons.

Je ricane.

– Et que penserait-elle de l'autre Len ?

– Oh, elle l'aimerait bien.

– Et ce serait réciproque ?

– Oui. Ils s'entendraient comme larrons en foire.

Il se tient assez près de moi pour que seul l'appareil nous sépare vraiment, avec son objectif encombrant au niveau de la poitrine. Si je me penchais en avant un peu trop brusquement, je risquerais de casser un des accessoires les plus coûteux que possède *Le Clairon*. Ça me rend nerveuse.

Je m'écarte et lâche :

– Ils ont tout les deux l'air chiants.

20

Arrivés au terrain de base-ball, Len et moi nous asseyons sur les gradins, depuis lesquels nous jouissons d'une vue dégagée sur le marbre à travers le grillage. Nous sommes du côté le plus proche du banc de touche des visiteurs, et j'aperçois quelques-uns des joueurs de Willoughby qui se passent la balle en tenue blanc et bordeaux.

– Ils s'échauffent, m'explique Len.

– Tu m'en diras tant.

Un des gars de première, Luis Higuera, avise Len et lui fait signe.

– Len-*chan* ! s'écrie-t-il.

C'est probablement le seul mot de japonais qu'il connaît. Il s'approche du grillage en trottinant, suivi par Adam Gibson qui est en terminale.

– Comment ça va ? lance Len avec un grand sourire.

– Tu lances pour nous, aujourd'hui ? demande Adam. Je te laisse ouvrir le match.

– Non, je ne peux pas, dit Len en désignant son coude.

– Voilà pourquoi on doit se contenter de ce mec, soupire Luis en désignant Adam du pouce.

– Va te faire foutre, Higuera, réplique joyeusement son coéquipier.

Len lève les yeux vers le ciel sans nuages, d'un bleu inhabituellement brillant.

– Ça va aller avec tout ce vent ?

– Ouais, ça craint, grogne Adam en baissant la visière de sa casquette pendant que Luis secoue la tête et se signe.

Puis Adam fait un signe du menton vers l'appareil photo.

– C'est pour le match ?

– Oui. Eliza et moi, on est envoyés par *Le Clairon,* explique Len.

– Hé, mais c'est la féminazie, s'exclame Adam en me regardant pour la première fois.

Luis lui donne un coup de coude comme pour lui ordonner de rester poli. Adam nous dévisage tour à tour, Len et moi, puis adresse un clin d'œil à Len.

– J'imagine que vous vous êtes réconciliés, hein ?

Je fais semblant de ne pas comprendre.

– On ne s'était pas disputés.

– Allez, on y va ! rugit l'arbitre.

Tandis que les joueurs se mettent en place – Hargis sur le terrain, Willoughby sur le banc de touche à l'exception de Luis, qui sera le premier à batter –, le vent forcit, soulevant un tourbillon de poussière qui met une bonne minute à retomber. Len et moi devons nous couvrir le nez avec le col de notre T-shirt pour ne pas en respirer.

Enfin, l'arbitre siffle le début du match. Le lanceur de Hargis, un rouquin au teint blême et aux genoux cagneux, prend son élan et lance la balle vers le marbre.

– Strike ! aboie l'arbitre.

J'ai à peine eu le temps de cligner des yeux.

– Mais… Luis n'a même pas bougé.

– Peu importe, répond Len en étudiant le lanceur. Ce McIntyre a l'air doué.

Luis se dirige vers la première base, et McIntyre entreprend d'éviscérer nos deux batteurs suivants comme si les vents de Santa Ana ne soufflaient pas plus fort qu'une petite brise. Puis c'est au tour de Jason Lee de s'avancer vers le marbre.

Les spectateurs le connaissent. Toute leur attention crépite dans l'air telle de l'électricité statique. Autour de moi, les gens se redressent, se tordent le cou et retiennent leur souffle. Tous sont concentrés sur cet ado aux épaules arrondies et à la démarche de boxeur. Même moi, je suis curieuse de voir comment il va s'en tirer.

Contrairement aux autres joueurs de Willoughby, Jason semble gaucher. Il plante un pied dans la poussière du sol, tapote celui-ci avec sa batte et répète la manœuvre de l'autre côté. En le regardant balancer sa batte d'avant en arrière avant de prendre sa position de frappe, je me fais la réflexion qu'il la manie comme si le bâton d'aluminium ne pesait rien.

McIntyre lance une première fois. Très rapide, sa balle file droit vers Jason, qui est forcé de bondir sur le côté pour l'éviter.

– Balle ! annonce l'arbitre.

– Il a failli toucher Jason, je m'exclame. Et dire qu'il se débrouillait si bien !

Len plisse les yeux.

– Il l'a peut-être fait exprès pour le déstabiliser.

– Il a le droit ?

– Tu ne peux pas l'en empêcher.

– Ça t'arrivait de faire ça quand tu jouais ?

– Si j'étais obligé.

Il commence à se tourner vers moi, mais son regard

s'attarde sur le terrain jusqu'à ce qu'il remarque ma désapprobation muette.

– Quoi ? dit-il en riant. Tu pensais que je serais trop bien pour ça ?

Inexplicablement, je sens un sourire frémir aux coins de ma bouche. Je me hâte de le réprimer.

– Je suppose que non.

Mais le lancer suivant de McIntyre est aussi une balle, et l'hypothèse de Len commence à prendre l'eau – tout comme la confiance des supporters de Hargis.

– Ressaisis-toi, McIntyre ! rugit une voix depuis les gradins.

Les supporters de Willoughby ne sont pas plus ravis, et protestent tout aussi fort. Visiblement, ils pensent que « notre » Jason vaut mieux que ça. Comment va-t-il battre le record si on ne lui donne rien à frapper ?

Mais le lancer suivant est encore une balle. Le vent soulève un nouveau nuage de poussière, et le public mécontent tient McIntyre responsable du délai.

– Bouge-toi les fesses, Georgie ! crie quelqu'un. Arrête de lancer comme une fille !

Je regarde autour de moi, mais personne ne réagit. Lentement, je prends conscience que je suis au milieu d'une foule excitée par un mélange de fanatisme mal placé et de vents de Santa Ana. Et ce n'est que la première manche.

Enfin, McIntyre effectue un lancer acceptable. Jason prépare sa batte et frappe avec un bruit mat très satisfaisant. La balle s'élève dans les airs et file vers le champ extérieur, traçant une élégante parabole qui semble destinée à devenir un coup de circuit. Mais les vents diaboliques en décident autrement. Au dernier moment, la balle qui se dirigeait vers la clôture dévie de sa trajectoire et tombe dans le gant tendu du joueur de champ extérieur qui ne l'a jamais quittée des yeux – bravo à lui.

Le public est sonné. Les supporters de Hargis sont les premiers à réagir ; des vivats éclatent tandis que l'arbitre leur attribue la manche. Vengé, McIntyre est désormais un héros. Il gambade jusqu'au banc de touche et franchit la ligne de faute d'un petit bond guilleret.

– Tout le monde est… très investi, je commente alors que Willoughby reprend le terrain.

Len ne répond pas tout de suite, il est trop concentré sur le premier frappeur de Hargis qui, d'après le bruit, n'a pas loupé le premier lancer d'Adam Gibson. Je pivote juste à temps pour voir notre champ droit trébucher et lâcher la balle.

Len émet un son qui pourrait faire croire que quelqu'un vient de lui casser un doigt.

– C'était quoi, ça ? s'exclame-t-il en levant les bras au ciel.

Son voisin, un homme d'âge mûr vêtu d'un coupe-vent en Nylon, acquiesce vigoureusement.

Je fixe Len, incapable de croire que c'est le même garçon qui lit un obscur romancier français pour le plaisir.

Une fois qu'il s'est calmé, je commente :

– Je ne comprends pas trop l'intérêt de suivre les matchs de sport.

Len appuie ses coudes sur le gradin de derrière.

– Vraiment ? Tu veux dire que quand Jason Lee a frappé cette balle et qu'on ne savait pas encore où elle allait atterrir, tu n'as pas été prise par le suspense ?

– Ce n'est pas toujours soporifique, je te l'accorde. Mais je ne comprendrai jamais cette ferveur, dis-je avec un large geste. Les gens sont tellement fous de joie quand leur équipe gagne, et tellement furieux dans le cas contraire !

Len ébouriffe ses cheveux à l'arrière de son crâne avec un sourire en coin.

– Tu ne trouves pas ça raisonnable ?

– Non. On dirait une forme de tribalisme. Ça fait partie de ces choses que tout le monde considère comme normales, mais qui sont franchement bizarres quand tu y réfléchis bien. Quelle importance pour toi ou moi que Willoughby remporte ce match ?

– Ça fera un bon papier.

– Ça fera quand même un bon papier si c'est Hargis qui gagne.

Len garde le silence une minute, mais cette fois, c'est parce qu'il réfléchit. Pendant ce temps, Hargis marque un point, et c'est le délire dans les gradins.

– Ça a quelque chose d'arbitraire, finit-il par admettre en se penchant vers moi pour que je sois la seule à l'entendre. Je veux que Willoughby gagne parce que c'est mon lycée. Ce qui signifie que je dois détester Hargis pour la seule raison que je ne suis pas élève là-bas. Donc, ouais, vu sous cet angle, je comprends ce que tu veux dire. (Il hausse les épaules.) Mais je crois qu'il peut y avoir plus que ça.

On regarde le lanceur suivant de Hargis s'avancer vers le marbre.

– Tu sais, mon arrière-grand-père – le grand-père de mon père – jouait au base-ball dans un de ces camps d'internement réservés aux Japonais pendant la Seconde Guerre mondiale.

– C'est vrai ?

Len sort son téléphone de sa poche, appuie sur quelques boutons et me le tend. En inclinant l'appareil pour ne pas que le soleil gêne la visibilité, je découvre la photo d'une équipe de base-ball : deux rangées de jeunes hommes en tenue blanche, posant devant le filet sur fond de paysage désertique. Dans un coin du bas se détachent quelques élégants caractères japonais, suffisamment similaires au chinois pour que je déchiffre que le cliché a été pris en 1945.

– C'est lequel ?

– Devine.

Je zoome. Un des jeunes gens, agenouillé au premier rang, arbore un sourire familier.

– Lui.

Len rit.

– Bien vu.

Je lui rends son téléphone.

– C'est incroyable que ton arrière-grand-père ait traversé ça.

Ma famille a fui l'Asie du Sud-Est et séjourné dans des centres de détention, mais c'était des réfugiés qui tentaient d'entrer aux États-Unis. L'arrière-grand-père de Len était déjà américain. Il n'aurait jamais dû être traité de cette façon.

– Ouais, c'était affreux. Mais je crois que ça fait partie de la raison pour laquelle le base-ball était si prisé dans ces camps. Pour les prisonniers, c'était un moyen de rester américains alors que le reste du pays les voyait comme des étrangers. Ils se créaient un terrain à partir de rien, et parfois, des équipes de l'extérieur – des gens qui n'étaient pas incarcérés – venaient au camp pour jouer contre eux.

Le batteur de Hargis frappe la balle avec un craquement sec. Nous tournons tous les deux la tête pour la regarder sortir du diamant.

– Mon grand-père disait que son père avait toujours considéré le base-ball comme un moyen de réunir les gens malgré leurs différences.

– Tu crois que c'est encore vrai ?

– Je ne sais pas. (Len me jette un coup d'œil, puis reporte son attention sur le terrain.) Parfois, peut-être.

Le vent forcit de nouveau, nous enveloppant dans un tourbillon de poussière. Mais assise à côté de Len, si près que nos genoux se touchent presque, je me dis que le base-ball n'est peut-être pas si ennuyeux que ça en fin de compte.

Malheureusement, quand arrive la neuvième manche, le score est toujours de un à zéro en faveur de Hargis. Jason n'a pas encore marqué le moindre coup de circuit, alors que tout notre article devait être basé là-dessus.

Je secoue tristement la tête.

– Il n'avait qu'un seul truc à faire.

– Hé, on ne doute pas de Jason Lee, proteste Len.

Nous sommes descendus des gradins, et nous nous tenons sur un côté du terrain. J'ai convaincu Len de me laisser jouer avec l'appareil photo. Il a passé les huit premières manches à me montrer comment m'en servir, mais je ne sais toujours pas trop ce que je fais.

– Tu crois que tu reprendras le base-ball quand? je demande en prenant une photo d'Isaac Furukawa, le batteur actuel de Willoughby.

– Pardon? dit Len, qui l'observe également.

– Le base-ball, je répète en regardant ma photo, qui est floue – et pas parce que j'ai voulu faire un effet de style. Tu recommenceras à jouer quand?

– Oh. Je ne reprends pas, répond Len.

Surprise, je manque cogner l'appareil contre la clôture.

– Hein? Après tout ce que tu m'as raconté sur ton arrière-grand-père et sur la façon dont le base-ball rapproche les gens?

– J'aime toujours ce sport. Mais je ne suis plus certain de vouloir jouer.

Je braque l'objectif sur lui. La longueur du zoom me force à reculer.

– Je ne comprends pas.

Len se cache derrière sa main levée.

– Tu peux me le rendre, maintenant ?

– Baisse ta main.

– Je préfère quand c'est moi qui prends les photos.

– Allez…

Il finit par céder, et je réussis à capturer son sourire embarrassé.

– Pourquoi tu ne veux pas reprendre ? j'insiste en admirant mon portrait – que je trouve très réussi, même si je ne sais pas trop par quel miracle.

– Je n'ai pas envie, c'est tout.

Je braque de nouveau l'objectif sur le terrain et capture l'action du dernier lanceur de Hargis, un blond costaud du nom de Walnes.

– Tu as peur de n'avoir plus le même niveau ?

Len n'a toujours pas répondu quand je baisse l'appareil, et je le soupçonne de ne pas m'avoir écoutée parce qu'il était trop absorbé par le match. Mais quand je me tourne vers lui, il fixe l'herbe à ses pieds.

– En fait, mon docteur a dit que je pourrais reprendre cette saison, finit-il par lâcher en traçant une ligne dans la terre avec le bout de sa basket. Il a dit que si je faisais attention et que je bossais dur, je pourrais de nouveau lancer comme avant.

– C'est bien, non ?

– Je ne suis pas certain que ça en vaille la peine, répond-il sur un ton désinvolte qui me rend triste.

– Bien sûr que si, je m'entends protester. Je ne t'ai jamais vu lancer, mais si tu étais seulement moitié aussi bon que McIntyre…

Je vois sa bouche frémir, et il lève les yeux au ciel.

– Quand on est doué pour quelque chose, c'est excitant, non ? En tout cas, c'est ce que tu as dit à propos des frappes de Jason.

Un large sourire qui ne me plaît pas du tout fleurit sur son visage.

– Tu es en train de dire que tu trouves le base-ball excitant ?

Soudain, j'ai très chaud au visage.

– Pas du tout ! Sérieusement, Len… Je dis juste que ça vaut toujours la peine de se donner du mal pour être bon en quelque chose.

– Je suis bon dans des tas de trucs sans me donner de mal, plaisante-t-il.

Et je regrette de ne pas avoir de balle à lui lancer à la tête.

Puis son sourire s'estompe, et il balaie le terrain du regard.

– Tu veux savoir la vérité ?

– Bien sûr.

Il frotte son épaule gauche, puis la fine cicatrice en forme de croissant de lune à l'intérieur de son coude.

– Depuis que j'ai découvert que je lançais mieux que la plupart des garçons de mon âge, je suis un joueur de base-ball. C'est une grande partie de mon identité. Et tu as raison : une partie de moi ne veut pas reprendre par crainte de ne plus être aussi bon.

Il s'appuie contre la clôture.

– Et aussi parce que si je m'y remettais, ce serait un engagement énorme. Ça reviendrait à dire : « C'est ça que je veux faire. Je veux être un lanceur vedette. »

Il ne me regarde pas, mais soudain, je comprends.

– Et c'est ça qui te fait le plus peur. D'échouer dans quelque chose que tu aimes vraiment.

– Ouais, acquiesce-t-il en faisant courir ses doigts sur le grillage. Mais ce n'est pas tout. Quand je me suis déchiré le ligament – et crois-moi, ça m'a fait un mal de chien –, la première chose que tout le monde s'est demandée, c'est comment sauver mon coude. Pour que je continue à jouer au base-ball. Comme si ma vie allait s'arrêter si je ne pouvais plus lancer. Mais pendant que j'attendais l'anesthésie avant mon opération, j'ai compris un truc.

Il tourne son regard vers moi comme pour vérifier que je l'écoute toujours. L'appareil photo pend sur mon ventre, et j'ai depuis longtemps cessé de suivre le match.

– C'était parce que j'avais trop lancé que je ne pourrais peut-être plus jamais le faire bien. J'ai trouvé ça trop bizarre. Comme si mon identité s'autodétruisait.

Il fourre ses mains dans les poches de son sweat à capuche et se recroqueville sur lui-même comme s'il avait subitement froid.

J'envisage de poser une main sur son bras mais décide de m'abstenir.

– Tu veux une nouvelle identité, je devine.

– Peut-être.

– Tu as peur de reprendre le base-ball et de redevenir aussi bon qu'avant, voire meilleur. Parce qu'alors, tu serais coincé. Len DiMartile, lanceur vedette. Jusqu'à ce que tout s'envole de nouveau.

– Je suppose.

– Donc, tu crains d'échouer, mais tu crains aussi de réussir.

– Ouais, dit-il avec un petit rire gêné. Du coup, c'est plus facile de ne pas reprendre du tout.

– Et de te faire propulser rédacteur en chef du *Clairon*.

Il me dévisage comme s'il tentait de déterminer si je suis fâchée ou pas.

– Je te raconte ça uniquement parce que tu me prends déjà pour un connard, lâche-t-il sur un ton léger.

– Je n'ai jamais dit ça.

– C'est vrai. Les choses que tu as dites étaient bien pires et beaucoup plus précises.

– Vraiment ?

– Je te taquine, Eliza.

Je serre l'appareil photo dans mes mains, éprouvant son poids si peu familier.

– Eh bien, j'ai encore une chose à ajouter.

– Une seule ?

– Je ne crois pas que la peur soit une bonne motivation pour quoi que ce soit.

Len ne trouve rien à répondre à ça. Pendant un moment, nous observons le match en silence. Puis, quand revient le tour de Jason, il me donne un coup de coude.

– Tiens-toi prête à le photographier.

– Fais-le toi-même, dis-je en ôtant la bandoulière de l'appareil pour la lui passer autour du cou. Je ne veux pas être la raison pour laquelle *Le Clairon* n'aura aucune bonne photo de Jason Lee entrant dans l'histoire.

Posant les mains sur mes hanches, je me concentre sur l'affrontement final avec le reste du public.

Comme beaucoup de grands joueurs (du moins, d'après ce qu'on m'a dit), Jason est très superstitieux. Il répète minutieusement son rituel. Puis Walnes lance la balle vers le marbre à une vitesse spectaculaire.

Mais Jason frappe avec une habileté qui, de nouveau, envoie la petite sphère de cuir voler en direction du champ extérieur. Et cette fois, par pitié ou peut-être par indifférence, les vents la poussent dans le bon sens, l'autorisant à achever sa trajectoire de l'autre côté de la clôture.

Les spectateurs se lèvent d'un bond, et les vivats des supporters de Willoughby couvrent les grognements déçus de ceux de Hargis. Je n'entends qu'un tonnerre d'applaudissements tandis que Luis puis Jason font le tour du diamant en agitant la main tels des héros de guerre.

Len m'attrape par les épaules en hurlant :

– Il l'a fait !

Bizarrement, je saute sur place, je ris et applaudis avec les autres. Quand l'objectif de l'appareil photo m'effleure, je réalise ce qui est en train de se passer : j'assiste à un match de base-ball, et je suis heureuse pour la seule raison que quelqu'un a réussi un coup de circuit.

Stupéfaite de ma propre réaction, c'est à peine si je prête attention à la fin du match, qui se termine en un clin d'œil. Hargis ne parvient pas à revenir au score avant la fin de la neuvième manche, et Willoughby gagne.

Alors que les joueurs des deux équipes se rejoignent au milieu du terrain pour se serrer la main, Len remarque mon silence et me donne une grande claque dans le dos.

– Viens, dit-il en m'entraînant vers le banc de touche de Willoughby, on va faire un truc qui est davantage dans tes cordes.

– Quoi donc ?

– Poser des questions.

On passe un moment à interviewer les gars, et Len me laisse diriger la plus grande partie des entretiens. Ils font des blagues qui me passent au-dessus de la tête et évoquent des anecdotes vieilles de plusieurs années. Len rit beaucoup, et il me semble que si quelqu'un évoque encore une seule fois leurs frasques pendant « le fameux match contre Sainte-Agathe du printemps dernier », le coin de ses yeux restera plissé à tout jamais.

Quant à moi, les joueurs me traitent avec une courtoisie respectueuse qui me laisse perplexe – à l'exception d'Adam, qui semble avoir endossé le rôle du provocateur de service, personne ne fait la moindre allusion à ces histoires de féminisme. J'ai l'impression que si un supporter de Hargis se mettait à m'insulter là tout de suite, l'équipe entière lui sauterait dessus pour venger mon honneur.

Je mentirais en disant que je ne suis pas sous le charme de ces garçons athlétiques et de leur camaraderie à la fois affectueuse et protectrice. Je me demande si c'est la victoire remportée de justesse qui les rend si sympas, ou si c'est leur loyauté envers Willoughby. Je ne suis pas assez imbue de ma propre personne pour penser que c'est mon professionnalisme de journaliste du *Clairon*. J'ai plutôt l'impression qu'ils me traitent comme la petite sœur ou la copine de l'un d'eux.

À quelques mètres de moi, Len discute avec d'autres gens, mais quand nos regards se croisent, il me sourit.

C'est alors que je percute. C'est à cause de lui. Je suis la fille qui accompagne Len. Si c'était Natalie ou Olivia, ça ne ferait pas de différence pour eux. Peu importe que je me sois fait remarquer par ailleurs ou que j'aie écrit des horreurs sur Len. La seule chose qui compte pour eux, c'est que je suis ici avec lui, et qu'il semble me tolérer, alors, ils étendent sur moi le respect qu'ils lui portent. C'est dérangeant. Je me sens complice de quelque chose qui m'échappe.

Décidant que j'ai assez parlé aux joueurs, j'envoie un texto à Len pour le prévenir que je vais aux toilettes, et je m'éloigne sans attendre sa réponse.

Les toilettes les plus proches sont celles des vestiaires des filles, mais comme tout le monde a eu la même idée que moi, la file d'attente est interminable. Ayant un plan de Willoughby dans la tête, je me dis que je devrais pouvoir en trouver d'autres facilement. Et de fait, il y en a sur le chemin du bâtiment principal, comme dans notre lycée.

Alors que je suis en train de me laver les mains, je reçois un texto de Len.

Lesquelles ?

Je réponds :

Celles du passage couvert.

Avant de sortir, je jette un coup d'œil dans le miroir et je suis consternée par mon reflet. Sous la lumière fluorescente des néons, mes cheveux sont emmêlés, pleins d'électricité statique, et mes joues rosies par la morsure du vent. L'effet général n'est pas fabuleux. Je fouille dans mon sac à dos. Il y a deux mois, Kim m'a offert un petit tube de crème hydratante de luxe. J'ai décrété que c'était naze comme cadeau d'anniversaire, et je l'ai jeté là-dedans sans réfléchir. Mais aujourd'hui, ma peau a la texture du papier de verre, et je suis bien contente de remettre la main dessus.

Tout en tapotant pour faire pénétrer la crème, je ne peux m'empêcher de remarquer que je suis penchée au-dessus du lavabo et que je m'observe d'un air concentré, avec un mélange d'anxiété et d'espoir. Je ne comprends pas pourquoi ça me contrarie autant, jusqu'à ce que je réalise que, dans cette posture, je ressemble à ma sœur.

Il y a très longtemps, alors que Kim venait d'entrer au collège, j'ai entendu ma mère discuter dans la cuisine avec une de nos tantes.

– Kim était si jolie, a lancé A yī sans se rendre compte que ma sœur et moi étions en train de les écouter. C'est vraiment dommage, pour sa peau.

– Il ne faudrait pas que ça empire, a acquiescé ma mère tout bas. Pour une fille, le visage, c'est le plus important.

Kim et moi, on regardait la télé au salon. Sans un mot, elle s'est levée et traînée jusqu'à la salle de bains pour contempler les constellations d'acné récemment apparues sur son front.

– Ce n'est pas si affreux, ai-je tenté de la réconforter.

Mais elle m'a fermé la porte au nez.

Seule dans le couloir sombre, je me suis demandé quel était l'intérêt de la beauté si on pouvait la perdre aussi facilement et de façon aussi arbitraire. Même quand on parvenait à la récupérer (ce qui fut le cas de Kim, grâce à la fille dermatologue d'une collègue d'A yī et, à en croire maman, de multiples prières adressées au Bouddha de Guanyin), cette qualité si volatile semblait requérir un entretien obsessionnel.

Ce jour-là, j'ai décidé que je refusais de me laisser avoir. Tout le monde disait que j'étais plus intelligente que Kim. Ce serait ça, le plus important pour moi.

Mais aujourd'hui, je suis plantée devant un miroir, les joues barbouillées de crème hydratante parfumée à l'eucalyptus, parce que je me soucie de ce qu'un garçon voit quand il me regarde.

Il faut vraiment que je me ressaisisse. Je secoue la tête et frotte vigoureusement le reste de crème jusqu'à ce qu'il ait disparu.

En émergeant des toilettes, j'aperçois Len adossé à un pilier près des fenêtres de la cafétéria, en train de lire quelque chose. Je m'approche. Tiens, c'est le bouquin qu'on étudie en cours d'anglais. Je lui envoie un nouveau texto.

Tu te mets à jour sur le Didion ?

Quand son téléphone vibre, Len le sort de sa poche et, l'espace d'une fraction de seconde, sourit. Puis il lève la tête. Mais malgré la distance, je vois son regard se poser sur quelqu'un d'autre que moi. De la perplexité et du chagrin se succèdent sur son visage. Intriguée, je tourne la tête.

Sous l'escalier, reconnaissable à son maillot de sport blanc et bordeaux avec le numéro 18 dans le dos, Jason Lee se tient terriblement près d'une fille qui n'est pas Serena Hwangbo. Elle est adossée au mur et lui penché vers elle, en appui sur un bras tendu.

Je suis assez loin pour qu'ils ne puissent pas me voir. J'agite les bras pour attirer l'attention de Len et lui fais signe de me suivre. Ensemble, nous nous carapatons vers le parking.

Nous nous réfugions à l'ombre d'un de ces conteneurs de stockage identiques à ceux qui se dressent sur le parking de Willoughby. Abrités de la lumière déclinante du soleil, nous échangeons un regard horrifié en silence. Puis nous éclatons du rire nerveux de deux personnes qui viennent d'assister à une scène dont elles auraient préféré ne pas être témoins.

– C'était quoi, ça ? dis-je en m'affaissant contre la paroi du conteneur. Tu as vu ?

– J'ai vu, acquiesce Len.

Un million de questions se bousculent dans ma tête. Qui était cette fille ? Pourquoi Serena n'a-t-elle pas assisté au match ? C'est ce que sont censées faire les copines des joueurs, non ? Surtout si elles sortent avec Jason Lee, nouveau détenteur du record de coups de circuit dans notre ligue.

Je me ravise. Qu'importe si Serena était là ou non. La vraie question, c'est pourquoi Jason se conduit comme un connard.

– Il faut qu'on prévienne Serena, dis-je.

Len se frotte la nuque et grimace.

– Tu crois ?

Je le foudroie d'un regard incrédule.

– Évidemment ! C'est la seule chose à faire.

– Comment tu peux en être sûre ?

Len tente de croiser les bras sur sa poitrine, mais se souvient qu'il porte toujours l'appareil photo. Il l'ôte et entreprend de le ranger dans son étui.

– Peut-être que ça ne nous regarde pas.

En guise de réponse, le vent souffle une bourrasque coléreuse dans notre direction, et la chemise en flanelle de Len s'agite comme si elle voulait s'envoler de son dos. Pour ne pas que mon T-shirt fasse de même, je resserre autour de moi mon gros gilet marron – encore un remplaçant insatisfaisant.

– D'accord. Et si tu suggérais à Jason de le dire lui-même à Serena ?

Je repousse en arrière les cheveux qui s'agitent devant mon visage.

Len me toise.

– Tu as déjà parlé avec Jason Lee?

Un soupçon germe dans ma tête.

– C'est parce que vous étiez coéquipiers, c'est ça? Les potes avant les putes?

Len semble offensé.

– D'abord, c'est toi qui as parlé de putes, pas moi. Ensuite, non. Simplement, je n'aime pas me mêler de ce qui ne me regarde pas.

Il donne un coup de pied dans un caillou.

– Tu ne penses pas que Serena mérite de savoir? j'insiste. Je culpabiliserais de ne rien lui dire, surtout maintenant qu'on est... amies, je crois. Et qu'elle organise une grève pour moi.

Len, en revanche, n'est la proie d'aucun dilemme.

– Elle mérite de savoir quoi, au juste? Qu'est-ce qu'on a vu, exactement?

– Tu plaisantes? Tu sais très bien ce qu'on a vu.

– Mais on ignore ce que ça signifie.

C'est mon tour de le toiser.

– Aucun garçon ne se penche comme ça vers une fille à moins qu'elle ne lui plaise, j'affirme avec autorité malgré ma totale absence d'expérience en la matière.

– C'est une simple hypothèse.

– C'est la vérité.

– Tu en es sûre?

Sans crier gare, Len fait quelques pas vers moi. Il se penche en avant, un bras tendu et une main posée sur le conteneur.

– Vraiment sûre? insiste-t-il avec un large sourire, comme si cette manœuvre allait me forcer à admettre que je pourrais me tromper au sujet de Jason.

Il semble très satisfait de lui, très content de sa petite provocation. Presque triomphant. Et j'admets que je retiens mon souffle trois bonnes secondes avant de réaliser ce qu'il vient de faire, et dont il n'a visiblement pas conscience. Alors, je me dresse sur la pointe des pieds et je l'embrasse.

Sa surprise évidente ne l'empêche pas de me rendre mon baiser avec un enthousiasme qui me déstabilise quelque peu. Bientôt, j'ai l'impression que l'ancienne Eliza est en train de se dissoudre, créature diaphane et liquide réduite à l'état de flaque tout au fond de moi. Quand la sensation de flottement devient trop forte, je me force à m'écarter de Len comme si je venais de prouver que j'avais raison et de remporter la discussion.

– Et toi ? je lance avant de lui passer devant.

Plus tard, longtemps après que Len m'a ramenée chez moi et qu'on s'est dit au revoir avec une gaieté étudiée, comme s'il ne s'était rien passé qui sorte de l'ordinaire, je suis allongée sur mon lit avec la lumière éteinte – il est plus d'une heure du matin… – quand je reçois un texto qui me fait frissonner d'excitation. Surtout lorsque j'imagine Len dans sa propre chambre, en train de taper dans le noir :

Tu avais raison.

Ces trois mots me remplissent toujours d'une énorme satisfaction, mais cette fois, venant de Len, ils bourdonnent dans ma tête tels des moustiques par temps chaud et humide. Pendant des heures, je me tourne et me retourne dans mon lit sans savoir comment réagir.

21

Le test de Bechdel, m'a appris Winona, consiste à déterminer si, dans une œuvre de fiction – un film, par exemple –, au moins deux femmes parlent entre elles d'autre chose que d'un homme. J'en ai déduit qu'il y avait quelque chose d'intrinsèquement antiféministe à se soucier d'abord des hommes. Une féministe doit avoir des espoirs, des rêves et des envies indépendants des désirs masculins. Une féministe ne doit pas avoir besoin d'un homme pour la compléter. En d'autres termes, une féministe ne doit pas passer le plus clair de son temps à penser à un garçon.

Le problème, c'est qu'en ce moment, je passe beaucoup de temps à penser à Len.

Je fais mes devoirs, j'aide papa à postuler à des offres d'emploi, je corrige les articles du *Clairon*, et pendant que je fais tout ça, je me repasse en boucle notre baiser et tous les autres échanges qu'on a eus depuis qu'on se connaît.

Le lundi juste après le match, c'est particulièrement affreux. Chaque fois que j'entre dans une pièce où Len pourrait se trouver – la salle de rédaction, ou la salle d'anglais en cinquième heure –, mon cœur accélère et je jette un regard détaché à la ronde, comme si je ne cherchais personne en particulier. Alors qu'évidemment, je le cherche, lui. Et chaque fois que je le vois, ça me frappe de nouveau : qu'est-ce qu'il est beau !

Mais je continue à faire ce que j'ai à faire, et à me comporter comme si tout était cool.

De son côté, Len pourrait donner un cours magistral de détachement. Hormis un coup d'œil curieux la première fois qu'on s'est croisés, il ne laisse transparaître aucune réaction. Il est tellement stoïque que parfois, j'ai l'impression d'avoir tout imaginé.

Puis je regarde mon téléphone et le texto auquel je n'ai toujours pas répondu.

Le lendemain matin, Len arrive au journal en même temps que Natalie, avant le début des cours. Ils ont dû se croiser sur le parking. C'est surtout elle qui parle.

– Tu lançais à combien avant ton opération ? demande-t-elle.

Elle a attaché ses cheveux en queue-de-cheval sur un côté. Ça lui va un peu trop bien.

– Dans les cent vingt, répond-il en posant son sac à dos dans son coin habituel.

Natalie écarquille les yeux.

– Kilomètres à l'heure ? C'est vachement rapide.

– Ce n'est pas trop mal, convient Len en riant.

Comme chaque jour, il s'assoit en tailleur sur le bureau et ouvre son ordinateur portable. Ce qui me tue, c'est qu'aujourd'hui, elle pose ses affaires et s'installe à côté de lui, et qu'il ne proteste pas.

– Il paraît que tu faisais plus de retraits sur des prises que n'importe qui d'autre dans l'équipe, lance Natalie qui, apparemment, est devenue une encyclopédie de statistiques sur le base-ball.

Len sourit.

– Qui t'a dit ça?

– Je l'ai lu dans *Le Clairon*. Comment tu es devenu si bon lanceur?

Il hausse les épaules.

– L'entraînement, sans doute. Qui sait?

– C'est peut-être parce que tu es très grand, suggère Natalie en posant le menton sur ses mains. Tu mesures combien exactement?

– Un mètre quatre-vingt-dix. Et toi?

– Un mètre soixante, s'esclaffe-t-elle comme si c'était la chose la plus drôle du monde.

Je suis à deux doigts de vomir dans ma bouche. Pourquoi elle se conduit comme une écervelée? Elle ne l'est pas du tout, c'est bien la seule chose chez elle qui rattrape tout le reste.

– Hé, Natalie!

Len et elle se tournent vers moi.

– Je peux voir ton premier jet, s'il te plaît?

– Pas de souci.

Mais mon interruption ne suffit pas à mettre un terme à ce brillant échange verbal, car elle se tourne de nouveau vers Len et ajoute :

– C'est dommage que tu ne joues plus. J'aurais bien aimé te voir.

– Un jour, peut-être, répond-il. Si je m'y remets.

Et elle semble tellement ravie que j'aboie :

– Quand tu veux, Natalie!

Plus tard, quand j'aperçois Len près de son casier, je ne peux m'empêcher de m'approcher de lui.

– Pourquoi tu n'arrêtes pas de dire à tout le monde que tu reprendras peut-être le base-ball si tu n'as pas l'intention de le faire? je demande sur un ton irrité.

Len est en train de fouiller parmi ses livres de cours. Il prend son temps pour répondre :

– En fait, tu veux savoir pourquoi j'ai dit ça à Natalie ?

Sa voix est glaciale.

– Par exemple, ouais.

– Peut-être que j'ai changé d'avis depuis qu'on en a parlé ensemble.

Il referme son casier d'un geste mesuré, puis m'adresse un sourire poli et s'éloigne à grandes enjambées.

Je lui emboîte le pas.

– Je ne sais pas comment tu fais pour la supporter, dis-je sur un ton geignard qui me consterne.

– Elle est sympa avec moi.

– Tu vois bien qu'elle te drague, non ? Elle fait ça avec tout le monde !

Len s'arrête et me fait face. Je manque trébucher sur lui.

– Je ne vois pas où est le mal. Elle sait ce qu'elle veut, et elle n'hésite pas à le montrer.

Il n'a pas l'air fâché, mais je sens bien que sa remarque me vise. Pendant que je cherche une réponse, il commence à se détourner.

– Mais elle te plaît ? je m'entends lancer malgré moi. Parce que, dans le cas contraire, tu ne devrais pas l'encourager.

Il me dévisage longuement.

– Tout n'est pas toujours noir et blanc, lâche-t-il. Tu es bien placée pour le savoir.

Et il s'éloigne sans rien ajouter.

Je le laisse partir. Je sais que je suis nulle, mais qu'est-ce que je peux faire d'autre ? Je devrais m'excuser, lui dire que ce baiser était une blague, que ça ne signifiait rien du tout et qu'il ne me plaît pas.

Mais je ne peux m'y résoudre, parce que je ne suis pas sûre que ce soit vrai.

M'en rendre compte me déstabilise. Je me sens déçue par moi-même. C'est si banal d'être attirée par un garçon comme Len ! Ça manque tellement d'imagination ! Il y a encore six mois, ce type appartenait à l'équipe de base-ball du lycée. Pourquoi je ne peux pas craquer pour quelqu'un comme James, qui a des opinions progressistes et dont l'ex-copine fume ?

Ma deuxième réaction, c'est de paniquer. Dans deux jours, je suis censée mener un débrayage pour protester contre le fait que Len va devenir le prochain rédacteur en chef du *Clairon*. Je ne suis pas censée avoir un crush pour lui. J'imagine Winona retrousser sa lèvre de dégoût. Ou Serena me jeter son dernier ouvrage féministe à la figure en glapissant : « Il te plaît ? Tu *kiffes* le patriarcat ? »

Si ça vient à se savoir, ça décrédibilisera tout ce que j'ai raconté sur le féminisme. Ce qui ne serait pas un problème si je n'avais pas entraîné autant de gens dans mon sillage : soixante-quatre personnes au dernier recensement de Serena. Ça n'a peut-être pas l'air énorme, mais ça représente six pour cent des élèves de Willoughby prêts à se lever et à sortir du lycée parce que je leur ai affirmé que ça signifierait quelque chose.

Je devrais peut-être annuler. Mais ce serait le pire renoncement de tous. Je vois ça d'ici : « Eliza a laissé tomber à cause d'un garçon. » Et pas n'importe lequel…

Je pousse un gros soupir. Pourquoi mes désirs sont si compliqués tout à coup ? Je veux toujours être rédactrice en chef du *Clairon*, et je veux rester féministe. Je veux aussi que les autres le soient. Mais je commence à attendre de Len quelque chose que je ne comprends pas tout à fait.

Je repense au soir du match de base-ball. Pourquoi je l'ai embrassé ? La première, en plus ! J'ai l'impression d'avoir subi une défaite, même si je sais bien que ça n'est pas le cas. Et oui, il m'a rendu mon baiser avec beaucoup d'enthousiasme, mais ça ne veut pas dire grand-chose de la part d'un garçon, non ? Est-ce qu'une féministe est censée avoir envie de ça ? Est-ce qu'elle ne devrait pas culpabiliser d'en avoir envie ?

Puis je me souviens du jour où toute cette histoire a commencé, quand Len s'est assis sur son bureau et a lu à voix haute ce que j'avais écrit sur lui, avec un détachement dont je réalise à présent qu'il était feint. Il a fait comme si mes mots ne le touchaient pas, mais c'était faux. C'est ça qui me tue.

Je me sens horrible.

22

– Il te faut du blanc, décrète Serena en fouillant un portant au fond de la boutique de l'Armée du Salut. C'est ce qui fera le plus grec.

Je la suis avec une brassée de robes qu'elle m'a déjà tendues pour que je les essaie.

– En fait, je la détrompe, dame Justice s'inspire d'une représentation datant du XVIe siècle de Justitia, la déesse romaine de la justice.

Serena a un geste désinvolte.

– Bah, les Romains avaient probablement piqué l'idée aux Grecs. Ils faisaient toujours ça, non ?

Pour mon costume, nous avons déjà la balance (prise sur une console dans le vestibule des Hwangbo) et l'épée (prêtée par Doug, qui s'est déguisé en roi Arthur pour Halloween l'an dernier). Il ne nous manque plus que la robe, et Serena s'est portée volontaire pour m'aider à la choisir.

Alors qu'elle me tend une nouvelle robe de bal ivoire, je m'abstiens de lui faire remarquer que des chercheurs ont récemment découvert que les statues grecques et romaines n'étaient pas blanches à la base – qu'il est très vraisemblable que le marbre ait été autrefois peint de couleurs vives.

Mlle Perez, ma prof d'histoire de l'an dernier, nous en a parlé, à Winona et à moi, un jour pluvieux où on mangeait notre déjeuner dans sa salle de classe. « L'idée du blanc pur en tant que paradigme de la perfection classique n'est qu'un mythe moderne », a-t-elle conclu.

Mais Serena semble y tenir, alors, je n'insiste pas. Et puis, je suis mobilisée par un problème plus délicat : ne pas trahir le fait que je me demande en permanence comment Len va réagir à cette manifestation. Elle doit avoir lieu dans deux jours, et plus on s'en approche, moins je la sens. Len fera comme si ça ne le touchait pas, mais je saurai que c'est faux. Il va m'adresser son sourire poli – quelle horreur –, et je ne reverrai plus jamais le vrai.

Est-ce que je devrais le prévenir ? Lui expliquer que ça n'est pas contre lui – même si ça l'est quand même un peu ?

Je prends soudain conscience que je ne veux pas lui faire de mal. Pire, je ne veux pas qu'il soit fâché contre moi. J'ai très peur qu'il me déteste.

– Va déjà essayer ça, dit Serena en me mettant une nouvelle robe dans les bras.

La cabine est juste assez grande pour moi et ma montagne de vêtements, que je dépose sur la chaise dans le coin. Quelqu'un a griffonné « ça te va trop bien » au stylo bille sur le mur.

J'enfile les trouvailles de Serena l'une après l'autre, et aucune ne la satisfait. La file d'attente s'allonge devant la cabine, mais au lieu d'en déduire qu'on doit se dépêcher pour ne pas bloquer tous ces braves gens, Serena les prend à témoin :

– Trop large au niveau de la poitrine, non ? demande-t-elle à une femme minuscule qui tient un jean bootcut.

– *Sí, sí*, répond celle-ci pendant que son mari planté près d'elle garde le silence.

J'essaie une autre robe.

– Les paillettes ne donnent pas aussi bien que je l'espérais.

– Carrément pas, acquiesce une fille qui porte une ample jupe longue avec des baskets.

Puis je passe une robe bustier toute simple avec une taille cintrée, et Serena pousse des couinements ravis.

– Oh, mon Dieu, c'est parfait !

Je tourne sur moi-même pour faire voler la jupe, mais personnellement, je ne vois pas ce que cette robe a de spécial.

– Tu la trouves si bien que ça ?

– C'est la bonne, affirme Serena.

Tous les gens qui attendent opinent avec empressement. Ils doivent être aussi soulagés que moi.

Pendant qu'on fait la queue à la caisse, Serena reçoit un appel.

– Salut, bébé, ronronne-t-elle en portant le téléphone à son oreille.

C'est Jason. Mon estomac se noue. J'avais complètement oublié cette histoire.

– Je suis au magasin de l'Armée du Salut, lui dit-elle. Avec *Eliza*.

Et elle glousse.

Mon tour arrive. Tout en payant la robe, je me demande ce que je vais dire à Serena une fois qu'elle aura raccroché. Soudain, l'odeur de désinfectant et de sueur rance me prend à la gorge. Même la monnaie que me rend la caissière me paraît crasseuse quand je la prends.

– Ouais, poursuit Serena au téléphone. D'accord. Je te rappelle plus tard.

Il y a une boîte à dons près de la porte. J'y laisse tomber les pièces pour m'en débarrasser. J'envisage de ne rien dire à Serena, parce que ce que j'ai vu n'était peut-être pas grave. Peut-être vaut-il mieux que je ne m'en mêle pas.

– Je t'aime, dit-elle avant de raccrocher, ce qui me fait frémir.

Puis elle se tourne vers moi.

– Tu es vraiment quelqu'un de bien, Eliza.

Ce n'est pas souvent qu'on me dit ça.

– Pourquoi ?

Serena s'arrête devant sa voiture et, du menton, désigne la boîte à dons à l'intérieur du magasin.

– Mon pasteur nous dit toujours de penser aux nécessiteux, mais je n'ai jamais de liquide sur moi.

C'est alors que je réalise que je ne peux pas me défiler.

On monte dans sa voiture, mais avant que Serena mette le contact, je l'arrête.

– Attends. J'ai un truc à te dire au sujet de Jason.

Elle me fixe en silence pendant que je lui raconte l'incident. Quand j'ai fini, la première chose qu'elle demande, c'est :

– Qui c'était, cette fille ?

Je secoue la tête.

– Je ne la connais pas.

Une élève de Hargis ?

– Aucune idée. Sans doute.

– Tu les as vus s'embrasser ?

L'espace d'une seconde, je crains que Serena s'enferme dans le déni si j'avoue que, techniquement, je les ai juste vus se tenir trop près l'un de l'autre.

– Non. Pas exactement.

– Qu'est-ce qu'ils faisaient ?

– C'est à Jason que tu devrais le demander.

Ce que je veux dire, c'est qu'elle devrait en discuter avec lui plus tard, en privé. Mais elle hoche calmement la tête et ressort son téléphone.

– Tu as raison, dit-elle avant de rappeler Jason.

J'espère qu'il n'est pas assez malin pour faire le rapprochement entre la mention de mon nom dans la conversation précédente et le fait que j'étais au match il y a quelques jours.

– Je suis au courant pour l'autre, lance Serena dès que Jason décroche.

Des sons incohérents s'échappent de son téléphone.

– Dis-moi la vérité, exige-t-elle. Je veux l'entendre de ta bouche.

Apparemment, Jason nie.

– Ne me prends pas pour une conne, réplique Serena, et ne t'avise surtout pas de me traiter de folle.

À partir de là, l'échange dégénère rapidement.

– Eliza n'a aucune raison de me mentir ! glapit-elle à un moment. Contrairement à toi et à ta pute !

Il faut vraiment que j'arrête d'accepter quand elle propose de m'emmener quelque part en voiture.

Quelques bordées de jurons plus tard, Jason doit finir par craquer, parce que des larmes se mettent à couler sur les joues de Serena.

– Ne m'adresse plus jamais la parole, crie-t-elle avant de raccrocher avec une expression méprisante.

Puis elle éclate en sanglots.

– C'est fini. Il a tout avoué.

Ne sachant pas quoi faire, je tends prudemment la main et la pose sur son épaule.

– Je suis désolée, Serena.

– C'est fini, répète-t-elle en boucle. C'est fini.

Je suis quelque peu surprise par la profondeur de son désespoir. Je ne savais pas qu'elle l'aimait autant.

– Je vais devoir aller au bal de promo seule, hoquette-t-elle, au bord de l'hystérie.

Parfois, j'oublie que Serena est une fille populaire avec des préoccupations de fille populaire.

– Bah. C'est dans une éternité. Et tu es Serena Hwangbo. Si tu veux un cavalier, tu en trouveras un.

– C'est dans *quatre semaines*, dit-elle en reniflant et en ouvrant le compartiment entre nos sièges.

Elle en sort une boîte de Kleenex et s'essuie les yeux.

– Ce n'est pas si terrible, non ? Moi aussi, je vais devoir y aller seule.

Personne ne m'a jamais invitée à aucun bal, et au train où vont les choses, il semble peu probable que ça arrive un jour.

Pour toute réponse, Serena souffle dans un mouchoir en papier. J'insiste :

– Hé, on est des féministes. Tu as déjà oublié ? On n'a pas besoin de cavaliers.

Elle me dévisage de ses yeux rougis. Mais elle doit utiliser du mascara waterproof, parce qu'il n'a pas du tout coulé.

– Ce n'est pas juste ça, avoue-t-elle d'une toute petite voix. Je...

J'espère qu'elle ne va pas dire quelque chose d'absurde du genre « je croyais que Jason était le bon ».

– J'ai peur d'être seule, lâche-t-elle gravement, en se penchant vers moi comme si c'était très important que je comprenne.

Et tout ce que je trouve à répondre, c'est :

– Oh.

– Avant d'arriver à Willoughby, j'étais transparente. Je suis allée au collège dans un autre district, alors, tu ne peux pas le savoir. Mais juste après la rentrée de troisième, un copain de mon frère m'a demandé de sortir avec lui. Matt Cho. Tu te souviens de lui ?

Qui aurait pu l'oublier ? Matt était en terminale à l'époque, alors, c'était juste énorme qu'il ait remarqué Serena. Et c'est vrai que c'est la première fois que j'ai entendu parler d'elle.

– Ça a tout changé. C'est comme ça que je suis entrée au

bureau des élèves, parce que Matt en faisait partie, explique-t-elle en clignant des yeux pour chasser ses larmes. Et depuis, j'ai toujours eu un copain. Je ne sais pas ce que c'est d'être au lycée et célibataire.

On reste assises un moment dans un silence à peine rompu par le froissement du sac en plastique qui contient ma robe, chaque fois que je me tortille sur mon siège.

– Tu dois me trouver nulle comme féministe, lâche Serena d'un ton lugubre.

– Non, pas du tout, je proteste très vite. Ce n'est pas parce que tu as toujours eu un copain que tu n'es pas capable de rester seule. Tu n'as jamais eu besoin d'un garçon dans ta vie, et tu n'en as toujours pas besoin maintenant. C'est grâce à toi que tant de gens portent un badge JE SUIS FÉMINISTE. Grâce à toi que la grève va avoir lieu. C'est toi qui as fait tout ça, pas Jason.

Elle semble quelque peu réconfortée.

– Tu as peut-être raison.

– Tu es une bonne féministe, Serena. En fait, ne plus sortir avec Jason sera sans doute positif sur ce point. Il n'avait pas l'air très préoccupé par le problème du sexisme.

– Non, en effet, acquiesce-t-elle.

– Voilà. (Et puisque je suis bien lancée, j'ajoute :) Maintenant, tu ne seras plus définie par ta relation avec lui, ou avec un autre garçon. Tu pourras être juste toi.

Son téléphone vibre. Elle le lève pour me montrer le selfie de Jason qui vient d'apparaître sur l'écran.

– C'est dur de ne pas décrocher, avoue-t-elle.

– Tu crois qu'il veut quoi ?

– Probablement qu'on se réconcilie.

– Et c'est aussi ce que tu veux ?

Serena fixe la photo, et un instant, je crains qu'elle se remette à pleurer. Mais elle se contente de secouer la tête.

– Non.

Elle laisse l'appel basculer sur la boîte vocale. Puis, comme je lui adresse un sourire encourageant, elle se penche vers moi et, à ma grande surprise, me serre dans ses bras en chuchotant :

– Merci, Eliza. Tu sais toujours quoi faire.

Je blêmis tant ça me semble exagéré. Je suis horrifiée d'y avoir cru un jour, et d'avoir perpétué ce mensonge. À présent, Serena s'accroche à mon cou, et tout ce que je peux faire, c'est lui tapoter le dos en essayant de ne pas m'étouffer.

23

– Eliza, lance Winona après que j'ai frappé Doug avec le micro-perche pour la cinquième fois cet après-midi, qu'est-ce qui t'arrive ?

– Hein ?

Je me retourne en entraînant le micro avec moi, et Sai doit s'accroupir pour éviter d'en prendre un coup dans la tête.

– Désolée, lui dis-je en essuyant ma paume en sueur sur mon jean.

Nous ne sommes plus qu'à vingt-quatre heures de la grève, et je commence à stresser sérieusement.

Winona tapote la perche métallique d'un air exaspéré.

– Tu sais que le micro n'est pas censé apparaître dans le cadre, hein ?

Nous avons enfin recommencé à tourner *Driveways*, qu'elle doit remettre dans une semaine pile, et nous sommes tous un peu nerveux. Winona veut que la scène rende bien, Doug et Sai en ont assez de recevoir des ordres, et je suis préoccupée par Len.

Je voudrais pouvoir en discuter avec Winona, mais je ne

parviens pas à m'y résoudre. Je n'ai peut-être pas envie de l'entendre répondre que l'ancienne Eliza n'aurait jamais laissé un garçon la perturber à ce point. Que dans les circonstances actuelles, embrasser Len était une très mauvaise idée pour tout un tas de raisons et que, franchement, elle ne me reconnaît plus. Winona n'hésiterait pas à me dire ces choses si elles étaient vraies, et je ne suis pas sûre que je pourrais les encaisser. Pas alors que je suis obsédée par ce baiser depuis des jours.

– Eliza ! Sérieusement ?

– Désolée !

Rouge comme une pivoine, je tends les bras pour que le micro n'effleure pas le haut du crâne de Doug.

La scène que nous tournons aujourd'hui est une réécriture du scénario original, le moment où le personnage de Doug est accusé d'avoir volé le chewing-gum. Celui de Winona n'est pas encore apparu, et les deux garçons sont seuls à l'image, avec ma voix hors champ – je suis l'employée qui les accuse. On campe au 7-Eleven pendant trois heures de pure torture, à enchaîner les prises, avant que Winona nous en laisse visionner une partie.

Au bout de vingt secondes, elle lance :

– Vous ne croyez pas que… ?

– Non, répondent les garçons à l'unisson.

– C'est très bien comme ça, ajoute Doug.

– Est-ce que Sai ne devrait pas avouer que c'est lui le voleur ? me demande Winona comme s'ils n'étaient pas là. Qu'est-ce que tu en penses ? Il a pris le chewing-gum, ou pas ?

Dans son dos, les deux garçons gesticulent désespérément pour que j'évite de l'encourager.

– *Mmmh*, je marmonne en regardant l'écran de la caméra. Ça aurait peut-être plus d'impact si ça restait ambigu.

– Et puis, Sai n'avouerait jamais, intervient Doug. Il continuerait à se taire même si j'allais avoir des ennuis.

– Pas du tout, proteste l'intéressé.

– D'accord. Déjà, ce n'est pas réellement de Sai que l'on parle, fait remarquer Winona en levant un doigt qu'elle braque ensuite sur l'ami de son frère. Ensuite, on doit toujours avouer quand on a fait quelque chose de mal. *Toujours*.

Je m'affaire avec le micro-perche pour masquer mon embarras.

Sai se renfrogne. Winona sort un paquet de chewing-gums de sa poche de derrière.

– On y retourne, dit-elle. Je veux tourner une autre version, où mon personnage apparaît et voit Sai voler.

Mais Doug lui arrache le paquet des mains.

– Non, dit-il fermement. On démissionne. On n'a plus de temps pour tes bêtises.

Winona le toise.

– Mes bêtises ? C'est de l'art ! On ne réalise pas de chef-d'œuvre en bâclant le boulot !

– On a déjà fait quatorze prises de cette scène !

– La faute à qui ?

La dispute est sur le point de dégénérer quand mon téléphone vibre pour signaler l'arrivée d'un message.

On peut parler ? Jason n'arrête pas de m'envoyer des textos… 😐

Depuis que j'ai été témoin de leur rupture, Serena me fournit des mises à jour en temps réel sur la décomposition de leur relation.

« Je ne veux pas que les gens croient que je fais une fixation là-dessus », se justifie-t-elle en m'infligeant justement sa fixation pendant des heures d'affilée.

– *Pff*, c'est Serena.

Sans réfléchir, je passe le micro à Doug pour répondre. Bien entendu, il saute sur la perche que je lui tends littéralement.

– Tu vois ? Même Eliza en a marre ! triomphe-t-il.

Je proteste :

– Une minute. Je n'ai pas dit que…

Mais une cascade de textos continue à faire vibrer mon téléphone, car apparemment mon silence est une invitation à en envoyer davantage.

Winona lève les mains au ciel.

– D'accord, on arrête là pour aujourd'hui.

Doug et Sai se mettent à danser de joie.

– Mais ce n'est pas fini, précise-t-elle d'un ton menaçant.

Tandis qu'on rebrousse chemin sur Palermo Avenue pour rentrer chez les Wilson, je m'efforce de suivre le rythme des textos de Serena.

– C'est encore à propos de Jason ? demande Winona avec une désapprobation palpable.

– Oui, j'avoue sur un ton mi-penaud, mi-défensif. Après tout, elle vient juste de rompre avec lui.

Winona donne des coups de pied dans un caillou pour le faire avancer devant elle sur le trottoir.

– Je ne comprends pas qu'elle se prenne autant la tête pour un truc aussi ridicule.

Je hausse les épaules pour signifier que je partage sa perplexité, mais mes joues s'enflamment comme si elle parlait de moi.

24

Le matin de la grève, je me réveille avec une douleur sourde dans le ventre. Alors que je mords distraitement dans une brioche vapeur à la pâte de lotus, maman entre dans la cuisine.

– Tu es malade ? s'inquiète-t-elle. Tu ressembles à un *behng māau*.

Un chat crevé, comme on dit en cantonais.

– Non.

J'enfourne précipitamment le reste de la brioche. Le seul moyen de convaincre ma mère que je vais bien, c'est de manger – si possible en grande quantité.

– Tu es sûre ? demande-t-elle en sortant du frigo le plat en métal qui contient le riz cuit et en remplissant un Tupperware. Tu n'as pas l'air dans ton assiette.

Je me fige, les joues pleines de pâte de lotus. C'est vrai que je ne me sens pas comme d'habitude.

Ça me fait penser à la fois où Mlle Beaumont, ma maîtresse de CP, a envoyé une lettre à mes parents pour leur dire qu'elle avait recommandé qu'on évalue mes capacités afin de savoir si je ne devrais pas suivre le programme destiné aux enfants précoces.

– Ça veut dire quoi, « précoces » ? a marmonné ma mère en tapant le mot dans la barre de recherche de son dictionnaire anglais-chinois électronique.

Kim était alors en CE2, et l'école n'avait jamais contacté mes parents à son sujet.

Les tests ont eu lieu dans une petite pièce sans fenêtre à côté du bureau de la directrice. La grosse dame blonde assise face à moi sentait le parfum bon marché, mais elle souriait tout le temps et me posait des tas de questions faciles. Alors, elle me plaisait. Mais vers la fin de notre entretien, elle m'a collée.

– Imagine que tu as dix bonbons et que tu veux les partager entre cinq amis. Combien de bonbons recevront-ils chacun ?

Zut. Je n'en avais pas la moindre idée. J'ai imaginé Kim et quatre de nos cousins autour de la table et commencé à leur distribuer des bonbons dans ma tête. Un pour Kim, un pour Tommy, un pour…

– Eliza ? Ce n'est pas grave si tu ne sais pas, a dit la dame.

– Deux, j'ai répondu. Ça fait deux bonbons chacun.

Après coup, quand j'ai raconté ça à Kim, elle a bien rigolé.

– C'était une division, andouille. Si tu ne sais pas faire les divisions, tu as triché pour trouver la bonne réponse.

– C'est quoi, une division ? j'ai demandé, perturbée.

– C'est le contraire d'une multiplication. Tu sais, les tables qu'il faut apprendre par cœur ?

Voyant que ça ne me disait rien, elle a eu un geste désinvolte.

– Je ne comprends pas comment ils peuvent te prendre pour une surdouée si tu ne sais même pas ce qu'est une division.

Et quand j'ai été acceptée dans le programme, mon ventre a recommencé à me faire mal. Kim avait déjà oublié ce qu'elle m'avait dit, mais pas moi.

– Eliza est si intelligente, s'est vantée maman à A Pòh au téléphone. On l'a mise dans une classe spéciale pour les enfants qui ont de bons résultats. Kim devrait travailler plus dur pour être prise aussi.

J'ai essayé de lui expliquer qu'il y avait une erreur.

– Quoi ? Bien sûr que non, a-t-elle répondu sans comprendre. Tu es très intelligente. Et puis, même s'ils s'étaient trompés, ce serait idiot de le leur dire. Ton père et moi, on ne sait rien du tout. On est des immigrés. Tu as besoin de toutes les chances qu'on te donnera !

Le lendemain, je suis quand même allée voir Mlle Beaumont.

– J'ai triché aux tests.

Elle m'a écoutée attentivement pendant que je lui expliquais, et à la fin, elle a souri.

– Merci de m'en avoir parlé, Eliza. Mais tu n'as rien fait de mal. Tu as bel et bien effectué une division, même si tu ne savais pas comment ça s'appelait. En réalité, c'est très bon signe que tu aies été capable de trouver une méthode pour résoudre le problème qu'on te posait.

Elle a gardé le silence un moment, puis a ajouté :

– Tu es douée. Mais ce qui te rend vraiment spéciale, c'est que tu fais toujours ce qui est juste.

Elle m'a tapoté le bras de sa main ridée, à la paume étonnamment douce.

– Tu as des principes. C'est très bien.

Je n'ai jamais oublié cet incident, parce que c'est le jour où j'ai appris en quoi consistaient les divisions et découvert ce que je préférais chez moi : j'avais des principes.

Mais où sont-ils passés ces derniers temps ? À la place, maintenant, j'ai des secrets. Tellement de secrets.

Dissimuler des choses à ma mère, ce n'est pas si grave. Tous les jeunes Asiatiques le font pour survivre. Mais à

Winona… À Serena et à tous ceux de nos camarades qu'elle a convertis au féminisme…

À Len.

Je ne lui ai pas parlé depuis quelques jours, et il me semble que ça fait une éternité. Quand personne ne me prête attention, je me surprends à l'observer depuis l'autre bout de la pièce. Hier, il est arrivé en cours d'anglais avec un boba presque fini, et la première chose que j'ai pensée, c'est : « Il est allé là-bas sans moi ? » Ce qui n'était pas raisonnable.

Il a bu une longue gorgée avant de s'asseoir, et même de loin, j'ai vu que le bout de sa paille était tout mâchouillé. Il ne restait plus de thé dans son gobelet, juste des glaçons et des perles de tapioca. Ça m'a rappelé notre conversation dans sa voiture avant le match de base-ball – l'après-midi où on a brièvement été amis. Et c'est la disparition de ce fil délicat entre nous qui me perturbe le plus. J'aurais dû apprécier son existence improbable avant qu'on le brise en compliquant tout avec un baiser.

Je fixe la table en contreplaqué devant moi, avalant ce qui doit être la pâte de lotus la plus épaisse et la plus sèche que j'ai jamais mangée. Même après avoir dégluti, il me semble qu'une grosse boule reste coincée dans ma gorge. Mais je ne pense pas que ce soit la faute de la brioche.

C'est alors que je décide de prévenir Len au sujet de la grève.

Au lycée, j'ai du mal à le trouver seul, et je réalise avec une déception perverse qu'il m'évite autant que l'inverse. Je finis par le coincer pendant la pause déjeuner, moins d'une heure avant le moment fatal, alors qu'on est seuls avec Johnny Cash dans la salle du *Clairon*.

– Si j'étais joueur, dit-il sans lever les yeux de son ordinateur, je parierais que tu me suis.

Je prends une grande inspiration.

– Il faut que je te parle.

Son regard reste rivé sur son écran, mais je vois bien qu'il ne lit pas.

– Tu connais les textos ? Je suis à peu près sûr que tu as mon numéro. Tu aurais juste pu m'en envoyer un.

Malgré moi, je rougis. J'ai envisagé de le faire, mais je ne voulais pas admettre que je l'avais ghosté. Avant ça, j'avais toujours pensé que je n'étais pas du tout le genre de personne capable d'en ignorer une autre. Je me trompais. Pour ne rien arranger, Len me le renvoie à la figure – mais sur le ton de la plaisanterie. Il est décidément très doué pour balancer des vannes l'air de rien, et j'en ai plus qu'assez.

Je m'approche de lui et m'empare de son ordinateur. Il lève un regard surpris vers moi.

– Écoute, je suis désolée, mais je ne comprends pas ce que tu me veux.

– Rien du tout.

Il hausse les épaules comme s'il était absurde de croire que ce que je fais puisse le toucher d'une quelconque façon. Et alors que j'essaie de m'excuser, ça me fout en rogne.

J'agite son ordinateur comme si je m'apprêtais à le lancer à l'autre bout de la pièce.

– Tu veux que je te dise quoi, Len ?

– Rien du tout, répète-t-il en lorgnant son outil de travail, mais sans se départir de son calme. Raconte ce que tu veux, ça m'est égal.

– Ne mens pas. Tu veux que je te dise que tu me plais.

Les mots sortent de ma bouche avant que je puisse les retenir :

– Tu veux que je te dise que maintenant, chaque fois que je bois un bubble tea, je ne peux pas m'empêcher de penser à ta façon ridicule de faire. Que j'ai dévoré trois cents pages de

La Vie mode d'emploi juste parce que tu me l'avais prêté. Que j'ai lu tout ce qui avait été écrit sur l'opération de Tommy John alors que je me fiche du base-ball – juste parce que je voulais savoir si toi, tu allais t'en remettre.

Ce n'est pas du tout ainsi que j'envisageais cette conversation, mais il est trop tard pour faire machine arrière. J'ai pété un plomb et Len me fixe. Pour une fois, il ne trouve rien de spirituel à répliquer. Je ferais mieux de limiter les dégâts.

– Mais c'est plus compliqué que ça, et c'est justement ce dont je voulais te parler.

Je suis si pressée d'en finir que je lui balance tout en vrac au sujet de la grève. Il m'écoute sans réagir, ce qui me perturbe et me soulage en même temps.

– Voilà, je voulais juste te prévenir.

Sans son ordinateur, Len n'a rien à faire avec ses mains. Alors, il se frotte les genoux en contemplant le bois du bureau sur lequel il est assis. Finalement, il m'adresse un petit sourire – son premier vrai sourire depuis le jour du match.

– Tu le veux tant que ça, ce poste de rédac chef ? demande-t-il.

Et je réponds que non, parce qu'à ce stade, c'est la vérité. Je suis partagée au sujet de beaucoup de choses en ce moment, mais si j'ai une certitude, c'est que cette grève et ce qu'elle symbolise sont importants. J'ai bien fait d'en parler à Len, mais je ne dois pas reculer.

– Non, je répète. C'est une question de principe.

Il se passe les mains sur le visage comme si je l'exaspérais. Puis il se frotte les yeux en gloussant.

– Avec toi, c'est toujours une question de principe, pas vrai ?

– C'est important d'en avoir.

Avant qu'il puisse répondre, James entre dans la pièce.

– Salut.

Il nous regarde tour à tour.

– Qu'est-ce qui se passe ici ?

James est au courant pour la grève parce que je lui en ai parlé, pensant que quelqu'un devrait écrire un article dessus. Il a eu l'air presque déçu qu'on ne lui ait pas demandé de contribuer à l'organisation, mais il a accepté de confier ce boulot à Olivia, qui de toute l'équipe des actualités est celle qui nourrit le moins d'hostilité envers moi (apparemment, c'est un exploit). Cassie se chargera des photos.

À présent, il me dévisage d'un air inquisiteur.

– Rien du tout, dis-je en rendant son ordinateur à Len. À plus.

J'ai perdu pas mal de temps avec lui, et je suis obligée de courir jusqu'aux vestiaires des filles où Serena et Winona m'attendent déjà. Comme toutes les autres personnes qui ont accepté de participer à la grève, elles se sont habillées en noir de la tête aux pieds et arborent un badge JE SUIS FÉMINISTE.

Bien entendu, moi, je serai en blanc.

– Qu'est-ce que tu fichais ? me demande Winona tandis que je sors ma robe de mon casier.

– Désolée. J'étais au *Clairon* et, euh, je n'ai pas vu le temps passer.

– Pas grave. Il nous reste encore un quart d'heure avant la fin de la pause déjeuner, dit Serena. Dépêche-toi de te changer !

Une fois que j'ai enfilé la robe, elle me fait asseoir sur un banc et entreprend de me peigner.

– Tu as besoin d'une bonne coupe, Eliza, commente-t-elle en étudiant les pointes de mes cheveux.

– Tu as le temps de m'en faire une ?

– Ha ha, très drôle.

Pour finir, elle décide de les tresser en couronne. Puis elle brandit un tube de rouge à lèvres.

J'ai un mouvement de recul.

– C'est quoi, ça ?

Perplexe, Serena se tourne vers Winona.

– Eliza ne se maquille pas, explique mon amie.

– Je te promets que ça rendra bien. Et puis, tu es habillée en dame Justice aujourd'hui, pas en Eliza Quan. Une petite touche de glamour ne te fera pas de mal.

– Pourquoi dame Justice ne pourrait pas porter un jean et un T-shirt ? dis-je d'un ton geignard. Je veux dire, si on lui laissait le choix.

– Bonne question, acquiesce Winona.

Serena passe le rouge sur mes lèvres d'un geste expert. Puis elle me prend par le bras et me traîne vers le miroir en pied.

– Peut-être qu'elle se plaisait en robe.

Mon reflet me surprend. Rien ne sort vraiment de l'ordinaire. La robe est minimaliste ; mes cheveux sont relevés, mais en une coiffure simple. Seul le rouge à lèvres orangé, d'une teinte très vive, me choque un peu. Mais en me regardant, je me sens très différente. Plus vieille, peut-être. Plus sûre de moi. J'ai l'air du genre de fille qui n'a peur de rien. Franchement, je suis stupéfaite.

– Pas mal, je commente.

– Superbe, confirme Serena.

Winona drape une étole noire autour de mon cou.

– Et voilà ton bandeau. Et ton épée et ta balance, dit-elle en me les tendant. Tu es prête ?

– Allons abattre le patriarcat !

Je brandis l'épée, et Serena et Winona font claquer leur paume dessus.

Le cinquième cours de la journée, le premier après la

pause déjeuner, file à toute allure. J'en passe la plus grande partie à éviter Len et à espérer que Mlle Boskovic ne remarquera pas la poignée de l'épée qui dépasse de mon sac à dos. Bientôt, la cloche de la sixième heure sonne, et je file en histoire, galvanisée par le lever de rideau imminent.

Alors que je déballe mes accessoires, mes camarades me jettent des coups d'œil interloqués, mais personne ne fait de commentaire hormis M. Schlesinger qui m'étudie quelques secondes.

– Dame Justice ? hasarde-t-il.

Et quand je hoche la tête, il semble satisfait d'avoir deviné.

Je tente de prêter attention à son cours, mais impossible. Je ne cesse de remuer mes jambes sous ma robe, nerveuse comme si j'avais bu trop de café. Winona, qui est assise devant moi, se retourne et me fait signe de me calmer. Apparemment, ma nervosité est contagieuse.

Enfin, à treize heures quarante-cinq très exactement, je noue l'étole autour de mes yeux et me lève, l'épée dans une main et la balance dans l'autre. Heureusement que je n'y vois rien, parce que j'entends M. Schlesinger s'interrompre au milieu d'une phrase, puis une vingtaine de bureaux craquer comme tout le monde se tourne vers moi.

– Eliza ? Je peux t'aider ? demande mon prof.

Winona se lève aussi. Conformément à notre plan, elle brandit une pancarte marquée « Grève contre la discrimination sexiste à Willoughby ». Et m'entraîne hors de la salle.

Je vis toute cette expérience essentiellement par le biais de mon ouïe. Le bruit de nos pas sur le carrelage. La porte qui s'ouvre. Le brouhaha de voix des élèves qui se demandent ce qu'on fait. Cela fait paraître la scène encore plus irréelle.

Une fois dans le couloir, je sens une main se poser sur mon autre bras – celle de Serena. Sa pancarte à elle dit « Eliza rédactrice en chef ! ». Du moins, c'est ce qui était prévu.

Mes deux amies me guident vers le centre de la cour et, malgré mon bandeau, je parviens à me hisser sur une des tables de pique-nique. Tous les autres participants doivent se tenir en demi-cercle face à moi avec des pancartes anti-sexisme et antipatriacat. Quelqu'un me prend la balance et me donne un mégaphone.

Le soleil de l'après-midi chauffe le sommet de mon crâne. Je n'ai jamais fait de discours en aveugle. Ça me désoriente et ça m'aiguillonne en même temps.

– Cette grève, dis-je en portant le mégaphone à ma bouche, c'est pour toutes les filles parmi vous qui se rendent compte que l'égalité des chances n'existe pas, ni à Willoughby, ni ailleurs.

Des vivats s'élèvent autour de moi et me submergent, un rugissement qui me paraît d'autant plus intense que je ne vois rien. Je jurerais qu'il y a une centaine de personnes, voire davantage. La dernière fois que je me suis tenue devant une foule de cette taille, c'était pour les élections du bureau des élèves en troisième, et ça ne s'est pas bien terminé. Mais aujourd'hui, je ne me sens pas minuscule du tout.

– Pour toutes les filles parmi vous qui ont entendu une fois de trop qu'elles n'avaient pas l'envergure pour diriger. Celles à qui on a dit qu'elles étaient trop agressives ou qu'elles ne savaient pas travailler en équipe parce qu'elles avaient eu le culot de l'ouvrir. Celles qui n'osent pas tenter de réaliser leurs plus grands rêves parce que chaque fois qu'elles ont essayé, on les a ignorées ou fait taire – et que, du coup, elles ne se sentent pas prêtes.

Je brandis mon épée en l'air.

– Je suis ici pour vous dire que vous êtes prêtes. Et moi aussi.

– Eliza rédactrice en chef! crie une fille dans le fond de la cour.

D'autres exclamations de soutien fusent autour de moi. Je vacille en me souvenant que des tas de gens doivent être en train de me filmer, et qu'ils mettront peut-être la vidéo en ligne. On s'y attendait, bien sûr, et Serena pense que c'est une bonne chose.

– Il faut contrebalancer tous les autres trucs que les gens ont racontés sur toi, a-t-elle raisonné.

Là, tout de suite, je trouve juste ça stressant. Mais comme ma mère aime à le dire en cantonais : «Si tes cheveux sont déjà mouillés, autant te faire un shampoing.» En d'autres termes, impossible de reculer. Je prends une grande inspiration pour m'encourager et brandis de nouveau mon épée, prête à poursuivre mon oraison.

Mais avant que je puisse prononcer un seul mot, une autre voix tonne :

– Bonjour, tout le monde. Vous voulez bien me suivre en salle de réunion ?

Je sens une onde de silence se propager autour de moi. Tremblante, je relève mon étole et vois le proviseur debout à l'entrée de la passerelle couverte. Lui aussi tient un mégaphone.

25

Planté face à nous entre une Mlle Greenberg abasourdie et un M. Powell inquiet, M. Guinn nous sourit.

– Merci pour votre coopération, commence-t-il. Je vous félicite pour votre activisme. Ça fait chaud au cœur de voir que tant d'entre vous sont prêts à s'engager pour de grands idéaux. Toutefois, je me dois de vous rappeler que votre manifestation a eu lieu durant les heures de cours, et qu'il y a des règles à respecter dans ce lycée.

Il nous explique que sécher et perturber les autres élèves comme nous l'avons fait en nous levant et en sortant au milieu d'un cours sont deux fautes passibles de renvoi temporaire.

– Mais je trouverais ça ironique de punir votre absence en vous forçant à manquer davantage de cours, pouffe-t-il.

Au lieu de ça, nous sommes tous collés pour cinq jours à partir d'aujourd'hui.

Un murmure parcourt la pièce. Des heures de colle, c'est mieux qu'un renvoi, mais pendant une semaine entière ? Ça fait beaucoup. Et tout ça pour quoi, pour que je devienne rédactrice en chef du *Clairon* ? Bien sûr, les participants veulent soutenir la cause du féminisme – ou juste s'attirer les bonnes grâces de Serena Hwangbo – mais au fond, ils sont tous là à cause de moi, à cause de mon article et de ce que j'ai dit sur Len. Pourtant, ils ignorent ce que je pense réellement de lui.

La nausée me submerge.

– Attendez.

Je me lève si brusquement que je manque renverser ma chaise.

Tout le monde me regarde.

– Oui, Eliza ? lance le proviseur.

– Je crois que la seule personne qui devrait être collée, c'est moi.

Autour de moi, les gens se remettent à murmurer. Cassie baisse son appareil photo et jette un coup d'œil impérieux à Olivia, qui s'interrompt au milieu de sa prise de notes. Winona secoue la tête en me faisant signe de me rasseoir, mais j'ai l'estomac noué, et je culpabilise de l'avoir entraînée là-dedans.

Sentant ma détresse, Serena se penche en avant.

– C'est bon, Eliza, chuchote-t-elle en décroisant ses jambes, on est solidaires.

C'est alors que je me souviens : pour être éligible au bureau des élèves, il faut n'avoir reçu aucune sanction disciplinaire durant toute l'année précédente. Si Serena est collée, elle ne pourra pas devenir présidente.

– Non, j'insiste. C'est moi qui ai commencé, et moi seule qui devrais être punie. Pour tous les autres, c'est leur première faute. J'en suis à la deuxième.

M. Guinn croise les bras sur sa poitrine.

– Eliza, puis-je te rappeler que c'est moi le proviseur et pas toi ?

– Désolée.

Je me rassois. Serena veut se lever pour protester, mais je l'arrête.

– C'est moi qui ai pris cette initiative, et c'était une erreur. J'aurais dû suivre votre conseil et trouver un moyen moins provocant d'exprimer mon opinion.

Je culpabilise tellement que c'est dur de ne pas en faire trop.

– S'il vous plaît, ne punissez pas les autres. Ils essayaient seulement de faire ce qu'ils croyaient juste. C'est moi qui me suis trompée, et j'aimerais en porter toute la responsabilité.

Le proviseur ne répond pas tout de suite, et dans le silence, Mlle Greenberg échange un coup d'œil avec M. Powell avant de se racler la gorge.

– Paul, commence-t-elle, je pense que tout le monde a bien retenu la leçon, et qu'on peut peut-être les laisser s'en tirer avec un avertissement.

– Je suis d'accord, acquiesce M. Powell. D'autant que ça ne serait pas une partie de plaisir pour l'enseignant qui superviserait les colles.

– Très bien, finit par lâcher M. Guinn. Vos arguments sont convaincants. Et il semble que la Justice soit accompagnée de la Clémence, dit-il avec un geste d'abord vers moi, puis vers Mlle Greenberg. Je vais donc me ranger à votre avis pour les participants à cette grève, Jill.

Nouveaux murmures, beaucoup moins inquiets cette fois.

– Quant à son instigatrice…, poursuit le proviseur. Eliza, merci de te présenter à mon bureau à la prochaine sonnerie. Tu pourras y attendre le début officiel de ta retenue.

Aujourd'hui, les colles ont lieu dans la salle de Mlle Perez. Elle me jette un regard compatissant lorsque j'arrive toujours déguisée en dame Justice. J'ai perdu mon épée et ma balance, mais porte toujours mon étole autour du cou.

– Tu te bats pour une bonne cause ? me demande-t-elle alors que je m'installe au premier rang et rabats les plis de ma robe sous ma chaise.

C'était ma place l'an dernier quand j'avais cours d'histoire avec elle. Le vieux projecteur dont elle se servait pour nous montrer des tableaux et des dessins de presse trône toujours au milieu de la pièce. Le programme du jour est toujours indiqué sur le tableau Velleda. Rien n'a changé, à part moi. Je me sens à mille kilomètres de là.

– J'essaie. Mais c'est dur. Je crois que je viens de jeter l'éponge.

– Tu l'as fait pour tes amis, réplique Mlle Perez. Ne sois pas trop dure avec toi-même.

Quelques autres élèves arrivent, et elle note leur présence. Une fois qu'on est tous assis, elle nous explique les règles : on a le droit de faire nos devoirs ou de lire, mais pas de parler ou d'utiliser nos téléphones.

– Et interdiction de faire la sieste, ajoute-t-elle en attendant que Bruce Kwok, qui a déjà posé la tête sur son bureau, se décide à se redresser.

Je tourne la tête vers la fenêtre. Les stores sont à moitié fermés, et je ne vois pas bien ce qui se passe dehors, mais je réussis à m'éblouir en me concentrant trop longtemps sur les rayures tracées par le soleil.

Mlle Perez s'approche de moi.

– Je me disais que ça t'intéresserait peut-être.

Elle me tend un livre de poche corné, intitulé *Les femmes dociles entrent rarement dans l'histoire*. Plutôt provocateur.

– Merci, dis-je en supposant qu'elle ne veut pas que je me sente trop découragée d'avoir été punie pour mon activisme.

Je décide de ne pas mentionner que je suis fatiguée d'essayer d'être le genre de femme qui entre dans l'histoire. En même temps, je ne veux pas qu'elle me prenne pour une ingrate. Alors, j'ouvre le livre et commence à lire.

C'est un essai écrit par une historienne du nom de Laurel Thatcher Ulrich. Très vite, je me rends compte que ce n'est pas ce à quoi je m'attendais.

Pour commencer, j'apprends que le slogan « Les femmes dociles entrent rarement dans l'histoire » est tiré d'un article universitaire sur les puritaines qui étaient justement très dociles. Le livre démontre que des pans entiers de l'histoire se perdent quand on n'accorde aucune attention aux femmes qui ne se battent pas nécessairement pour être entendues.

Malgré tout ce que j'ai lu sur le féminisme récemment, c'est la première fois que j'y réfléchis sous cet angle, et c'est une révélation. Après tout, les féministes sont souvent considérées comme des femmes qui bousculent l'ordre établi. Pourtant, une version réellement féministe de l'histoire ne devrait-elle pas également s'intéresser aux autres ?

Ça ne m'étonne pas de la part de Mlle Perez, qui de son propre aveu adore compliquer des choses.

« Ta problématique est un bon point de départ, disait-elle toujours lorsque j'étais dans sa classe, mais tu ne pourrais pas la compliquer un peu ? »

J'aurais dû me douter qu'elle ne me prêterait pas un livre « facile ».

– Eliza ?

Je lève les yeux. Mlle Wilder se tient derrière le bureau à côté de Mlle Perez.

– Tu peux venir ici, s'il te plaît ? demande cette dernière. Prends tes affaires.

Un instant, je commence à paniquer. Quoi encore ? Y a-t-il une salle de colle spéciale pour les élèves particulièrement insolents ? Est-ce que le secrétariat a appelé maman et l'a fait flipper ? Je croyais qu'on ne devait faire signer le bulletin de retenue que par un seul parent, et bien entendu, je prévoyais de demander ça à papa.

Mais quand je la rejoins, Mlle Perez m'adresse un grand sourire.

– Tu es libre, m'annonce-t-elle. D'après Mlle Wilder, M. Guinn a décidé qu'il n'était pas nécessaire de te punir en fin de compte.

Je les dévisage toutes les deux.

– Tu peux me donner don bulletin de retenue, ajoute Mlle Wilder. C'était juste un malentendu.

Abasourdie, je m'exécute.

– Je dois vous accompagner quelque part ?

Mlle Perez rit.

– Non, Eliza. Tu peux rentrer chez toi.

J'ai tant de mal à le croire que je suis quand même Mlle Wilder dans le couloir. Mais elle se tourne vers moi et me souhaite une bonne fin de journée avant de se diriger vers le bureau du proviseur.

J'émerge dans la cour. La lumière du soleil me fait cligner des yeux. C'était quoi, ça ?

– Enfin libre ?

Je fais volte-face. Len se tient derrière moi, son sac à dos à une épaule.

– Ça te va bien, dit-il en désignant ma robe du menton avec un large sourire.

Soudain, mon cœur s'emballe. Alors, je fais la première chose sensée qui me passe par la tête : je lui tourne le dos et m'éloigne précipitamment.

Il me rattrape en quelques enjambées.

– Comment ça va ? lance-t-il d'un ton nonchalant.

– Bien, je réponds sans le regarder ni ralentir.

– Ça a donné quoi, la grève ?

– Tu as démissionné ?

– Pas encore. Je réfléchis.

– Alors, rien pour le moment.

Je fais mine d'entrer dans les vestiaires des filles.

– Attends.

Len me touche le bras, et c'est comme s'il m'avait électrocutée.

– Ça ne t'intéresse pas de savoir pourquoi on t'a laissée partir en avance ?

Une lueur jaillit dans ma tête. Je le dévisage.

– Qu'est-ce que tu as fait ?

Len fixe les palmiers au-dessus de ma tête et choisit soigneusement ses mots.

– J'ai eu une petite discussion avec le proviseur.

– Quel genre de discussion ?

Son sourire se fait taquin.

– Je lui ai dit que tu m'avais prévenu pour la grève, et que pour toi c'était une question de principe, ce que je respecte. Et qu'on restait bons camarades comme il l'espérait.

Il me jette un coup d'œil en biais.

Le rouge me monte aux joues.

– Et ?

– Cela étant posé, je lui ai demandé de reconsidérer sa punition sous l'angle de la liberté d'expression.

Je suis toujours dubitative.

– Qu'est-ce qu'il a répondu ?

– Pour être franc, il l'a mieux pris que je ne le pensais. Il a surtout eu l'air amusé. Il m'a demandé si j'avais conscience de partager avec toi une tendance à critiquer ses décisions.

– Notre seul point commun.

– Apparemment. Bref, il a ensuite convenu que mes arguments étaient valides et que, comme tous les citoyens américains, les élèves de son lycée avaient droit à la liberté d'expression.

– Mais… ?

– Mais que l'administration se réservait le droit de punir toute perturbation au bon déroulement des cours.

– Est-ce que hurler dans un mégaphone debout sur une table de pique-nique constitue une perturbation ?

– Dans cette tenue ? C'est fort possible.

– Viens-en au but au lieu de blâmer les victimes, j'exige sévèrement.

– D'accord. J'ai mentionné que ma mère est avocate, et que tu lui avais parlé avant d'organiser la grève.

– Mais c'est faux !

– Techniquement, tu lui as parlé. Avant d'organiser la grève.

– Hein ?

– J'ai dit qu'elle connaissait bien le domaine de la liberté d'expression estudiantine, et qu'en gros, tu ne pouvais pas être davantage punie pour cette grève que pour une absence normale. (Len se frotte le menton.) Et puis, toi seule as été collée…

– Ce qui signifie que j'étais punie pour avoir organisé la grève et pas pour avoir manqué un cours.

– C'était aussi ma conclusion.

Je secoue la tête, incrédule.

– Tu n'étais pas obligé de faire ça, tu sais. J'aurais survécu à une retenue. Je n'avais pas besoin que tu me *sauves*, dis-je amèrement.

Un coin de sa bouche se relève en un demi-sourire.

– Oh, je sais. Mais pour une fois, avoue que c'est sympa de bénéficier du patriarcat.

Je préférerais que le patriarcat n'existe pas du tout. D'un autre côté, il n'a pas tort.

– Comment Guinn a réagi au fait que tu le menaçais plus ou moins d'une action en justice ?

– Il m'a demandé si ma mère m'envoyait souvent représenter ses clientes.

Je meurs.

– Oh, mon Dieu. Il a deviné que tu bluffais.

– Sans doute.

– Et qu'est-ce que tu as fait ensuite ?

– J'ai admis une chose dont il se doutait probablement déjà.

– C'est-à-dire ?

– Rien que tu ne saches déjà.

Je laisse filer cette réponse cryptique, essentiellement parce que je ne sais pas quoi faire d'autre.

– Et après ?

– Il a croisé les bras et m'a dévisagé comme s'il essayait de comprendre quelque chose. Au bout d'un long moment, il a dit qu'il nous laissait régler ça entre nous.

– Et c'est tout ?

– C'est tout.

Nous gardons le silence une minute. Puis Len sort ses clés de sa poche, les jette en l'air et les rattrape d'une seule main.

– Alors, qu'est-ce que tu en penses ? me demande-t-il avec un nouveau regard en biais. On essaie de régler ça ?

26

Et voilà, mes amis, comment dame Justice se retrouve à califourchon sur le patriarcat, après avoir éjecté d'un coup de genou vigoureux bien qu'involontaire le miniballon de basketball posé sur sa couette à carreaux. Le ballon roule sur la moquette tandis que des gloussements se font entendre, que des fronts s'entrechoquent et que nos deux protagonistes s'embrassent avec enthousiasme. Disons pendant un très bon moment.

... Qui dure jusqu'à ce que je sente la main de Len remonter le long de ma cuisse, relevant ma jupe sur ma hanche. Je me redresse brusquement. Aussitôt, Len ramène ses mains derrière sa tête et s'excuse en riant.

– Désolé. Désolé, je n'aurais pas dû.

Sa voix est un peu essoufflée.

– Ce n'est pas ça.

Pour être honnête, j'ai trouvé ça excitant, et je suis curieuse de savoir ce qu'il voulait faire exactement. Certes, ce ne serait pas très difficile de le découvrir, mais la pensée des conséquences me retient. Je m'adosse au mur et remonte mes genoux contre ma poitrine.

Len se redresse en appui sur les coudes.

– Ça va ?

– Ouais. C'est juste que… on ne devrait peut-être pas.

Il s'assoit complètement.

– Ah.

– J'ai failli faire renvoyer soixante personnes aujourd'hui à cause d'une grève organisée contre toi. Je ne peux pas les trahir en te laissant me peloter.

Il sourit.

– Les féministes ne peuvent pas embrasser un garçon ?

Je repousse ses jambes pour pouvoir étendre les miennes sans le toucher.

– Cette féministe-là ne devrait pas t'embrasser, toi. D'autant que je ne sais toujours pas si tu vas démissionner ou non.

Il lève le menton et me regarde entre ses cils, d'un air à la fois paresseux et plein de défi.

– Oui, je vais le faire.

Cette annonce si directe me désarme.

– C'est vrai ?

– Oui. Si c'est ce que tu veux. Je le dirai à M. Powell demain.

Je le dévisage, incrédule. Après tout ce qui s'est passé, je m'attendais à quelque chose de plus dramatique. Mais ça signifie que notre grève a atteint son objectif.

À moins que… Je me souviens de la suggestion de Winona de « montrer mes jambes à Len », et une fois de plus, je me demande si je n'ai pas cédé sans réfléchir.

– Tu acceptes pour qu'on puisse recommencer à s'embrasser une prochaine fois ?

– Si tu me le proposes…

Je me penche par-dessus ses genoux.

– Je suis sérieuse, Len. C'est pour ça, oui ou non ?

– Non, ce n'est pas pour ça.

– Alors, donne-moi la vraie raison.

Il se rallonge et fixe son regard sur le plafond. Et même si je passe mon temps à le provoquer, je prends soudain conscience que lui non plus ne sait peut-être pas trop ce qu'il fait.

– Je voulais t'en parler, commence-t-il en cherchant à tâtons le haut de la tête de lit.

Bizarrement, sa nervosité me fait fondre, et je me détends.

– N'aie pas peur, je plaisante gentiment. Je sais déjà que je te plais.

Cela me vaut un sourire qui plisse ses yeux de cette manière désormais familière. Puis il garde le silence un moment. Je suis sur le point de lui demander ce qui ne va pas quand il lance :

– Tu sais, je me souviens de t'avoir rencontrée à la présentation des clubs, quand je me suis inscrit au journal.

– Ah bon ?

– Oui. Je t'ai trouvée mignonne, mais pas commode.

Touché.

– Tu avais raison.

Je bascule en avant pour attraper l'oreiller sous la couette, et lui en donne un bon coup.

– Et tu t'es inscrit quand même au lieu d'écouter ton instinct – ce qui nous aurait rendu service à tous les deux.

Len étire ses bras, puis les croise sur sa poitrine avec un large sourire.

– J'ai pensé que je pourrais faire la différence en devenant rédac chef. Tu sais, apporter un peu de douceur dans la gestion du *Clairon*.

– Je vais t'en donner, moi, de la douceur ! dis-je en le frappant de plus belle avec son oreiller.

Il tente d'esquiver en se laissant glisser par terre, mais j'ai le cerveau dans du coton, et toutes mes perceptions sont décuplées. Sans que je comprenne comment, on recommence à s'embrasser.

Cette fois, on va jusqu'à déboutonner son jean. Et à ce moment, c'est Len qui décide que ça suffit.

– Attends, dit-il en saisissant ma main. Si on ne... Il vaut mieux que je m'arrête là.

Un peu déçue, je bats en retraite à l'autre bout du lit.

– Tu veux que je m'en aille ?

Il se frotte le visage d'une main.

– Non. Enfin, ça vaudrait sans doute mieux, mais... Continuons à parler un petit moment.

– D'accord. De quoi ?

– De ce que tu veux. Pose-moi une question.

– C'est quoi, le plus loin que tu sois allé avec une fille ?

Il rit et siffle doucement comme si je l'avais pris en traître.

– Les balles molles, c'est pas ton genre, pas vrai ?

– Je suis juste curieuse.

– D'accord. Un peu plus loin que ça. Une fois.

– Avec qui ?

– Katie Gibson.

Je ne connais personne de ce nom à Willoughby.

– La... sœur d'Adam ?

– Sa cousine. À une fête l'été dernier.

– Et depuis ?

– Le désert.

– Donc, tu n'as jamais été jusqu'au bout ?

– Non, et toi ?

Sa réponse me déstabilise comme une balle courbe, du genre qui prouve ce dont un lanceur est réellement capable, m'a expliqué Len pendant le match contre Hargis.

– Non plus, j'avoue. La dernière fois que j'ai embrassé un garçon, j'étais encore à l'école chinoise.

– Il s'appelait comment ?

– Bertram Wu.

– Bertram ? répète Len en prenant une voix de tête comme s'il était enrhumé.

Il rit tout seul.

– Tout à fait, *Leonard,* je réponds sur le même ton snobinard.

– Décidément, tu les collectionnes.

Je lui donne une bourrade, mais il redouble d'hilarité, et je ne tarde pas à rire aussi.

– Qu'est devenu Bertram ? demande Len une fois qu'il s'est calmé.

– Ses parents sont rentrés à Singapour, et ça a été la fin de notre histoire.

– Tu étais amoureuse de Bertram ?

– Probablement pas. Et tu n'es pas obligé de répéter son nom, surtout sur ce ton.

– D'accord, d'accord, capitule Len malgré la lueur amusée qui persiste au fond de ses yeux.

Puis il redevient grave pour demander :

– Tu as déjà été amoureuse ?

Je ne réponds pas tout de suite.

– Je ne sais pas trop, finis-je par lâcher. Et toi ?

– Peut-être.

Il tend une main pour prendre la mienne et, du bout du doigt, suit le tracé des lignes de ma paume. Ça semble le calmer, mais ça me fait l'effet contraire. Je me dégage.

– Tu crois que c'est possible de se marier, d'avoir des enfants et de devenir vieux sans jamais avoir été amoureux une seule fois dans sa vie ?

– Je pense que ça doit arriver plus souvent de tomber amoureux, et puis d'arrêter d'aimer l'autre.

– Je ne crois pas que mes parents aient été amoureux un jour. Ma mère a épousé mon père pour venir en Amérique.

– C'est elle qui t'a dit ça?

– Oui, elle le répète tout le temps.

Je raconte toute l'histoire à Len.

D'après ma mère, mon père n'est pas doué pour écrire des lettres. À l'époque, il vivait déjà à Los Angeles, les États-Unis lui ayant accordé l'asile tout de suite après sa fuite du Vietnam. Ma mère, elle, avait atterri en Chine. Quand sa tante lui a dit qu'une de ses amies en Amérique avait rencontré un garçon sino-vietnamien dans son cours d'anglais pour adultes, elles ont convenu de les présenter l'un à l'autre.

Au début, mon père lui a envoyé quelques missives brèves et empruntées, auxquelles elle a répondu en joignant une photo. Puis elle n'a plus rien reçu. A Gūng, A Pòh et diverses autres tantes et grand-tantes ont paniqué : maman était censée devenir le premier maillon de leur chaîne d'immigration vers un pays doré. Quel pouvait être le problème? C'était la plus jolie fille de la famille! Si elle ne plaisait pas à ce garçon, que pouvaient-ils faire?

Enfin, quelques mois plus tard, une lettre est arrivée. « Désolé de n'avoir pas écrit depuis si longtemps, mais c'était la saison du basketball. »

Len est plié de rire.

– Je la replacerai.

– Bref, voilà comment mes parents se sont rencontrés.

– Si ça peut te consoler, les miens se sont mariés à cause de moi. J'étais un accident.

– Sérieux?

– Ouais. Ils étaient encore jeunes. Mon père faisait son doctorat à Columbia, et ma mère était sur le point de commencer l'école de droit. Mais ma famille paternelle est très catholique. Alors, pas question d'avorter. Ma mère tient beaucoup à ce que je donne un sens à sa capitulation face au conservatisme en soutenant le droit des femmes à disposer de leur corps.

C'est à mon tour de rire.

– Elle t'a dit ça comme ça ?

– Tout à fait. Comme tu peux le voir, ce n'est pas non plus une histoire très romantique.

– Mais tes parents sont toujours ensemble.

– Ouais.

– Et je suppose que les miens aussi.

Len me reprend la main, et cette fois, je serre la sienne entre mes doigts.

Puis mon téléphone sonne.

– Zut. Quand on parle du loup… Ça doit être ma mère.

Je décroche, et même si elle n'a pas dû m'attendre plus de deux minutes sur le parking du lycée, maman semble au bord de la panique.

– Eliza ! Tu es où ?

– Désolée. J'avais une séance de travail de groupe après les cours. Tu peux venir me chercher chez un camarade ?

– Pourquoi tu ne m'as pas prévenue ?

– J'ai oublié. Pardon.

– C'est où ?

– Au même endroit que la dernière fois.

Après avoir raccroché, je me dépêche de rassembler mes affaires. L'agitation de ma mère a déteint sur moi. Puis je me souviens que je porte toujours la robe de dame Justice.

– Je peux me changer quelque part ?

– Ici, c'est bien.

Voyant mon regard, Len rit et ajoute :

– Sinon, la salle de bains est au bout du couloir.

Après avoir fermé la porte derrière moi, je retire hâtivement la robe et la roule en boule pour la fourrer dans mon sac à dos. Puis j'aperçois mon reflet dans le miroir, et je réalise que je porte toujours le rouge à lèvres qui, à ma grande surprise, a résisté à notre séance de, euh, travail de groupe. « Merci, Serena », je songe en m'aspergeant le visage d'eau froide.

Par ailleurs, mes cheveux sont toujours tressés en couronne, ce qui est assez innocent en soi, sauf que je ne suis pas du tout le genre de fille à se faire coiffer par ses copines pendant la récré. Et je n'ai pas besoin de donner à ma mère de nouvelles raisons de m'interroger.

Je retire les épingles tout en rebroussant chemin vers la chambre de Len. Allongé sur son lit, celui-ci lit l'essai que m'a prêté Mlle Perez.

– Tu as déjà un livre en cours, je lui rappelle.

– Le tien a l'air plus intéressant.

Mais il fait semblant de lire. Je m'assois sur le bord du lit pour défaire ma tresse avec mes doigts – sans cérémonie, même si je sens qu'il m'observe.

– Tes cheveux sont jolis un peu ondulés, commente-t-il quand j'ai fini.

Le rouge me monte aux joues. Je n'ai pas l'habitude que les garçons me fassent des compliments – Len moins que n'importe quel autre. Et j'avoue que ça me procure une euphorie que j'ai immédiatement peur de perdre, comme une truffe en chocolat qu'on ne peut savourer que pendant qu'elle fond. C'est donc *ça*, le regard masculin, je réalise. Merveilleux et horrible à la fois.

Je me lève d'un bond en remontant mes cheveux en chignon.

– Bien vu, dis-je à Len. Si même toi, tu l'as remarqué, ça n'échappera sûrement pas à ma mère.

En bas, je lutte pour enfiler mes baskets sans m'asseoir, poser mes livres ou ôter mon sac à dos, ce qui m'oblige à sauter sur un pied tout en me contorsionnant. Len me soulage de mes livres pour me faciliter la tâche.

– Alors…, commence-t-il en s'appuyant contre la balustrade de l'escalier, on fait quoi, maintenant ?

Je fais exprès de ne pas le regarder.

– Je n'en sais rien, dis-je en récupérant mes livres. Tu en penses quoi ?

Il étudie le carrelage à nos pieds.

– Tu as raison. Même si je démissionne, on devrait peut-être… laisser les choses se tasser.

La raison a dû m'abandonner, parce que même s'il dit exactement ce que je pense, ce n'est pas du tout ce que je voulais entendre.

– D'accord, j'acquiesce en déglutissant. Merci encore d'avoir fait sauter ma retenue. J'ai une dette envers toi.

– Ne t'en fais pas pour ça.

Maintenant que j'ai remis mes chaussures, je ne sais pas comment prendre congé. Je tends la main à Len.

– Bon. Le cessez-le-feu n'aura pas duré, mais c'était sympa.

Il a un sourire en coin.

– On se revoit à la prochaine bataille, alors, dit-il en faisant mine de saisir ma main pour la serrer.

Au lieu de ça, il m'attire vers lui et m'embrasse.

Quand mon téléphone vibre, annonçant l'arrivée de ma mère, je n'ai pas le temps de poser une autre question.

– À plus, je me contente de lâcher en m'écartant de Len.

– À plus, répond-il pendant que je m'enfuis.

27

Rien de tel qu'un trajet en voiture avec votre mère pour jeter un seau d'eau froide sur les élans que vous pensiez ne pas pouvoir réprimer quelques minutes plus tôt, alors que vous embrassiez fiévreusement un garçon. Ce n'est pas nécessairement une solution que je recommanderais, mais elle est très efficace.

– C'était qui ? demande maman quand je monte en voiture.

Elle s'est garée dans l'allée des DiMartile et, à en juger par son regard pénétrant, elle a très bien vu Len pendant qu'il refermait la porte.

– Len. Il est dans mon groupe pour un projet d'anglais.

Par chance, même si je lui ai déjà parlé de lui, je suis quasiment certaine qu'elle ne s'en souvient pas. Mais histoire de créer une diversion supplémentaire, j'ajoute :

– Avec cette fille coréenne qui s'appelle Serena Hwangbo.

– Celle qui est toujours aux réunions parents-profs ? demande maman – car l'une des attributions des membres du bureau des élèves, c'est d'assister les profs lors de ces événements.

– Ouais.

– Elle est où ?

Maman semble se douter de quelque chose. Elle prétend avoir un sixième sens pour tout ce qui nous arrive, à Kim et à moi, et il tend à se manifester dans les moments qui nous arrangent le moins. Jamais quand on répète qu'on n'a pas fait exprès de laisser le tiroir de la cuisine ouvert juste pour l'énerver alors qu'elle nous a demandé de penser à le fermer au moins un million de fois.

– Oh, elle est déjà rentrée. Elle n'habite pas loin.

– C'est un quartier de riches, fait remarquer maman en observant les maisons pendant qu'on enfile Holyoke Lane vers l'avenue qui nous ramènera chez nous.

– Je suppose. (Puis, parce que c'est le genre de truc qui intéresse ma mère, j'ajoute:) Il y a beaucoup de Coréens dans le coin.

– Le garçon chez qui tu étais, il est coréen aussi ?

– Non, il est moitié blanc et moitié japonais.

– Ah, voilà pourquoi il est aussi grand. Mais il a de petits yeux pour un Blanc.

Comme je ne réponds pas, maman me jette un coup d'œil.

– Et donc, il te plaît ? demande-t-elle d'un ton qui se veut détaché.

Sérieusement ? C'est écrit sur mon front, ou quoi ? Comment elle a deviné ? Est-ce que tout le monde va le voir ?

Je décide de mentir.

– Non.

– Tant mieux, acquiesce maman, même si je vois bien qu'elle ne me croit pas. Ton père et moi, on préfère que tu n'aies pas de petit ami pour le moment. Tu dois te concentrer sur tes études pour aller dans une bonne fac.

– Je sais.

– Et tu devrais faire attention quand tu es seule avec un

garçon. Certains essaieront de profiter de toi. On ne peut jamais savoir à l'avance. Tu vois ce que je veux dire ?

Oh, mon Dieu. Ça me rappelle la fois où elle m'a demandé si je savais comment on fait les bébés, et où j'ai dû me dépêcher de répondre par l'affirmative avant qu'elle se lance dans de grandes explications.

– Oui, maman.

– C'est dur quand on est jolie. Des tas de garçons te courront après, mais tu peux juste les ignorer. Rien ne t'oblige à sortir avec le premier qui te le demande. Tu peux faire la difficile, c'est même conseillé. Il y aura toujours d'autres garçons intéressés. Tu dois pouvoir te respecter.

J'imagine que ce petit discours se veut encourageant, même si je n'en vois pas trop l'utilité. Jusqu'ici, ma prétendue beauté a causé zéro problème. Mais je suis atterrée de voir que, dans l'univers de maman, Len et moi sommes devenus les personnages d'une fable sordide : le garçon dangereux et la fille vertueuse. Cette histoire ne laisse aucune place à ce que je ressens réellement. Telle que ma mère la conçoit, la vertu n'est pas une échelle graduée mais un interrupteur. Au premier faux mouvement, elle disparaît.

Je repense à ma conversation avec Len et décide de poser une question risquée :

– Quand tu avais mon âge, il y avait un garçon qui te plaisait ?

Ma mère semble horrifiée.

– Sûrement pas. J'étais dans un camp de détention à Hong Kong. Je voulais juste aller en Amérique. Pourquoi j'aurais regardé les garçons ?

Avant de se résoudre à la cour épistolaire de papa, maman et mon grand-père ont tenté d'atteindre l'Amérique via Hong Kong, qui servait de port de premier refuge pendant et après la guerre du Vietnam. Malheureusement, on leur avait déjà accordé l'asile à Nanning, de sorte que les autorités n'ont pas apprécié qu'ils se fassent passer pour des réfugiés ayant besoin de s'installer ailleurs. Maman et A Gūng ont été détenus une année entière en tant qu'immigrants illégaux, puis déportés et ramenés en Chine. Quelques années plus tard, maman acceptait d'épouser papa.

Je sais tout cela parce qu'on en parle souvent à la maison, parfois de manière désinvolte, juste en passant, et parfois durant des conversations de ce type qui, volontairement ou non, coupent court à toutes mes tentatives de découvrir si maman et moi avons quoi que ce soit en commun. Elle déteste quand j'essaie de comprendre.

– Ta sœur et toi, vous ne pouvez pas comparer votre vie à la mienne. C'est trop différent. Vous avez beaucoup de chance.

Je tente de m'imaginer à la place de maman, rencontrant Len dans un camp de réfugiés alors que mon vœu le plus cher est de me rendre en Amérique et que je ne peux pas me permettre de me laisser détourner de mon objectif. En fait, je n'arrive pas à me représenter Len dans ce genre d'endroit, où il n'y aurait probablement même pas eu d'équipe de base-ball. Est-ce qu'il m'aurait plu ? Est-ce que j'aurais renoncé à quitter le pays à cause de lui ? Est-ce que mes sentiments auraient forcément gâché ma vie ? D'une certaine façon, maman a raison. C'est difficile de savoir.

– Beaucoup d'hommes se conduisaient mal au camp, reprend ma mère. L'un d'eux a même mis une fille enceinte. Il me tournait aussi autour, mais j'étais trop maligne. Un jour, comme il ne me lâchait pas, je suis entrée en courant dans le baraquement d'un ami de notre famille, et je me suis cachée là jusqu'à ce qu'A Gūng vienne me chercher.

C'est la première fois que j'entends cette histoire, et je suis choquée par le détachement avec lequel elle la raconte.

Elle se voit comme une fille rusée plutôt que comme une potentielle victime de viol, et elle accepte l'idée fallacieuse qu'on peut échapper à un crime en ayant la bonne réaction au bon moment.

– C'est affreux.

Je revois maman sur les photos sépia de sa jeunesse, quand elle avait un visage rond encadré par deux grosses nattes. Elle ressemblait à Kim, mais ses yeux étaient toujours écarquillés, et elle ne souriait jamais. Elle faisait toujours la moue, comme si elle se méfiait de l'objectif.

– Oui, je sais. Quand tu es une fille, tu dois être prudente pour qu'il ne t'arrive rien. (Maman me jette un regard entendu et, en guise de morale de l'histoire, ajoute :) Ne fais pas de bêtises.

Je réalise qu'elle met tout sur le même plan. Ou qu'elle croit que tout mettre sur le même plan est le seul moyen de se protéger. Ça me rappelle sa façon d'insister pour que je prenne un Tylenol Rhume entier dès l'apparition du moindre symptôme.

– Il faut combattre les germes très tôt, s'obstine-t-elle à dire malgré le nombre de fois où Kim et moi lui avons expliqué que ce médicament n'est pas un antibiotique et que, de toute façon, les rhumes sont une maladie virale et non bactérienne.

C'est assez facile de faire la sourde oreille à ses recommandations médicales erronées. Mais j'avoue que sa position par rapport au sexe fait vaciller mes propres convictions. D'autant que la seule contre-autorité dont je dispose (à savoir la culture américaine) semble très partagée sur le sujet. En embrassant Len, ai-je audacieusement revendiqué mes désirs ou honteusement perdu tout respect de moi-même ? Suis-je condamnée à le payer cher ?

Perturbée, je sors mon téléphone et fais défiler le million

de notifications qui s'est accumulé pendant que je jouais à la roulette avec mon estime de moi. J'ai reçu un tas de messages de Winona.

Tu ne t'ennuies pas trop ?

Je ne sais pas comment tu as fait, mais tout le monde ne parle que de ça !

Attends, tu es où ?

Et d'autres de Serena.

SÉRIEUSEMENT ?

MEUF TU ES INCROYABLE

Et géniale, aussi.

Tu as vu ce qui a été publié ?

Où tu es ?

ELIZA, P***, OÙ TU ES ? TEL OU TEXTO.

Elles ont raison : sur les réseaux sociaux, tout Willoughby ne parle que de notre grève. Dans la grande majorité, les commentaires sont positifs.

@jennyphan03 : ouah, vous avez vu @elizquan se battre contre la discrimination sexiste et pour la liberté d'expression ? quelle reine #objectif

@fleur1618 : Teeeeeellement inspirée par @elizquan là tout de suite !!!!

@sayitagainsam : Alors, il démissionne quand, @lendimartile ? #ElizaRedactriceEnChef

Une migraine qui empire de seconde en seconde m'oblige à interrompre ma lecture. Je ferme les yeux pour empêcher le monde de tourner.

28

Je suis allongée à plat ventre sur mon lit, les jambes dans le vide, les doigts au-dessus du clavier de mon téléphone. Je commence à avoir des crampes parce que je n'ai pas bougé depuis au moins une demi-heure, mais le temps semble avoir suspendu son vol tandis que je tape, efface et retape en cherchant ce que je pourrais bien dire à Len.

Que s'est-il passé exactement aujourd'hui ? C'est complètement fou. Je regarde le dernier texto qu'il m'a envoyé il y a plusieurs jours.

Tu avais raison.

Et comme quand on s'embrassait, mon estomac fait la culbute. Mon cœur bat à tout rompre ; on dirait qu'il veut s'échapper de ma cage thoracique pour se jeter sur Len. Je roule sur le dos, mais le malaise s'attarde dans mon corps telle une démangeaison trop profonde pour que je puisse me gratter.

Soudain, trois petits points apparaissent sur l'écran de mon téléphone. Je me redresse vivement.

Je croyais qu'on devait laisser les choses se tasser.

Je souris aussi largement que si on venait d'élire une majorité de femmes au Congrès.

C'est toi qui as dit ça.

Sa réponse arrive très vite.

Non, ça ne me ressemble pas du tout.

Je ricane.

Pas faux. Tu n'avais pas l'air de vouloir t'arrêter en si bon chemin.

Les trois points s'attardent un long moment avant qu'un seul petit mot s'inscrive sur l'écran de mon téléphone.

Exact.

Nouvelle culbute de mon estomac – une grosse, qui propage en moi une vague de chaleur aussi étrange que perturbante. Le problème, ce n'est pas que je ne me suis jamais imaginée en train d'embrasser un garçon, c'est que je n'ai jamais imaginé ce qui se passerait ensuite.

Et maintenant, je ne sais pas ce qui m'arrive, mais je ne peux penser à rien d'autre qu'à ce qui pourrait se passer ensuite.

– Eliza ! appelle ma mère depuis la cuisine. Kim ! On mange !

Je parviens à m'arracher à mon téléphone pour me traîner jusqu'à la table familiale, mais je n'ai qu'une envie : avaler mon dîner aussi vite que possible pour retourner à ma conversation avec Len. Kim, qui est entrée et ressortie de notre chambre tout à l'heure, me jette un regard soupçonneux, mais elle ne dit rien.

– Tu n'as pas encore reçu de réponse ? demande maman à papa alors qu'il enfourne du riz à toute vitesse.

Quand il repose son bol, celui-ci est déjà à moitié vide. Maman dit que s'il mange aussi vite, c'est parce qu'il a six frères et que, quand il était petit, c'était ça ou ne plus rien avoir à se mettre sous la dent.

Papa secoue la tête.

– *Aiyah*, dit ma mère sur un ton de reproche. Ce qu'il te faut, c'est un contact. C'est toujours plus facile quand tu connais quelqu'un sur place. (Elle mâche pensivement.) Et ces amis que tu vois à chaque réunion du lycée de Jūng Wàh ? Il n'y en a pas un qui pourrait t'aider à trouver du travail ?

En guise de réponse, papa se sert une montagne de *ong choy* sauté. Maman soupire.

– Je devrais peut-être appeler Siu jē.

Après le dîner, pendant que Kim et moi finissons la vaisselle, j'entends maman téléphoner dans sa chambre.

– *Wái, néih hóu,* Siu jē, pépie-t-elle d'une voix guillerette que je ne lui ai pas entendue depuis des semaines. Comment ça va ?

Je regagne ma propre chambre et ouvre mon manuel d'algèbre sur mon bureau. En réalité, je ne fais rien d'autre qu'envoyer des textos à Len. Absorbée par notre conversation à propos de tout et de rien, c'est à peine si je remarque que la nuit tombe. Bientôt, seul l'écran de mon téléphone éclaire mon visage.

On parle de la tempura de légumes que son père a tenté de faire pour le dîner.

Len : Honnêtement, ils étaient tout spongieux. Pas du tout croustillants.

Moi : Haha, tu les as mangés quand même ?

Len : Oui, mais ma mère a refusé.

Du nouveau karaoké de notre voisin :

Moi : On l'entend chanter des ballades vietnamiennes tristes à travers le mur du salon.

Len : Il chante bien ?

Moi : Pas vraiment. Kim pète les plombs parce que ça l'empêche d'étudier. Évidemment, moi, je n'essaie même pas…

Len : Ah bon ? Tu es distraite par quelqu'un, peut-être ?

De Joan Didion, dont les livres traînaient justement chez lui (quelle surprise), attendant juste qu'il s'y intéresse.

Len : Je comprends pourquoi tu aimes ses livres. Son écriture est d'une précision presque douloureuse. Elle te force à contempler la vérité toute nue, et tu ne peux pas détourner le regard.

Moi : Exactement. C'est sans chichis et ça va droit à l'essentiel.

Len : J'ai peut-être un type de femme, en fin de compte.

De son groupe préféré :

Len : Ils sont originaires d'une ville côtière à environ une demiheure d'ici. C'est Luis qui me les a fait découvrir.

Moi : Attends, Luis a bon goût en musique?

Len : Ne dis pas de mal de mon pote Luis! Son copain joue dans un vrai groupe, alors il s'y connaît.

Moi : D'accord. C'est quel genre de musique?

Len : Imagine des surfeurs drogués qui bosseraient au noir dans un groupe de doo-wop, mais avec des paroles qui te touchent en plein cœur.

Le fait que la personne à qui je parle soit la plus éloquente de nous deux est si nouveau pour moi que ça me donne le vertige. Je mets mon casque, m'adosse à ma chaise et écoute tous les titres que Len m'envoie, cherchant des morceaux de lui dans les notes de chaque chanson.

Moi : J'avoue, c'est pas mal.

Len : Et ils déchirent carrément en concert. On pourrait aller les voir ensemble, si tu veux.

Avant que je puisse décider s'il vient de me proposer un rencard, et le cas échéant, ce que je devrais répondre, maman m'appelle depuis le salon :

– Eliza! Tu pourrais envoyer le CV de papa à mon amie Siu?

Le ton de sa voix me convainc que je ferais mieux d'interrompre ma conversation avec Len.

Je reviens tout de suite, ma mère veut que j'aide mon père dans sa recherche d'emploi.

J'attrape mon ordinateur et envoie le mail si vite que j'en

oublie presque d'attacher la pièce jointe. Puis la réponse de Len apparaît avec un *ping!* léger, qui est désormais pour moi le son de la joie, sous forme de notification en haut de mon écran.

Ah oui, ça en est où?

Mon brouillard d'euphorie se dissipe quelque peu. J'hésite avant de taper :

Je ne sais pas trop. Nulle part, je crois. Ma mère est sur les nerfs.

Pour la première fois de la soirée, je remarque les chuchotements de mes parents au bout du couloir. Mes épaules s'affaissent.

Moi aussi, j'avoue que je m'inquiète.

Les trois petits points me réconfortent étrangement.

Je peux faire quelque chose?

Quelle question idiote! Que pourrait-il bien faire? Pourtant, ses mots m'enveloppent tel un câlin dont j'avais besoin sans en avoir conscience. Parce qu'il me semble que si je lui demandais quelque chose, il lâcherait tout pour le faire.

Je suis tellement préoccupée que je mets un moment à réagir lorsque Kim apparaît sur le seuil de notre chambre. Très vite, je referme mon ordinateur.

Elle se met au lit et cale son dos contre son oreiller, les genoux repliés sous son vieil édredon à imprimé rose Hello Kitty. Un surligneur à la main, elle fait semblant de lire un article, mais je sais qu'elle tente de deviner à qui j'étais en train de parler.

Je ferais peut-être bien d'arrêter là. Je reprends mon téléphone.

Non, c'est bon. Mais il faut vraiment que je fasse mes devoirs d'algèbre.

La réponse ultrarapide de Len n'est pas du tout celle que j'attendais.

Moi aussi. Tu veux qu'on compare nos résultats ?

Jamais je n'aurais cru que cette question m'exciterait autant, mais c'est parce que personne ne me l'a jamais posée dans un contexte où elle signifie : « Attends, ne t'en va pas ! Je veux continuer à te parler. »

Avec un immense sourire, je réponds :

Si tu veux.

– Tu as l'air de bonne humeur, commente Kim derrière ses photocopies.

Et je l'ignore, mais elle sait la vérité.

Une heure plus tard, je suis encore de meilleure humeur, parce que je viens de réaliser qu'il y a au moins une chose pour laquelle Len DiMartile n'est pas doué du tout : calculer des dérivées.

Tu es vraiment nul, je le taquine après qu'il m'a donné trois mauvaises réponses d'affilée. On dirait que j'ai enfin découvert ton point faible.

Oh, tu en as trouvé plus d'un, réplique-t-il, ce qui me plaît autant que ça m'embarrasse.

Une chose est sûre : je regrette beaucoup que Kim soit là.

29

Le lendemain au lycée, obéissant à un accord tacite, Len et moi faisons semblant de nous éviter. C'est le plus raisonnable parce que, franchement, je ne sais toujours pas quoi penser de tout ça. Je ne saurais même pas définir en quoi consiste ce « ça ». Alors, on ne se regarde pas, on s'adresse à peine la parole pendant les cours qu'on a en commun, et on ne s'approche jamais suffisamment l'un de l'autre pour se toucher.

Ce que personne ne peut savoir, c'est qu'en revanche, on passe notre temps à échanger des textos. Hier soir, on a continué longtemps après avoir fini nos devoirs, et ça se voit sur son teint un peu plus pâle que d'habitude, aux cernes légers qui soulignent ses yeux. Mais parfois, quand personne ne nous observe, il m'adresse un sourire furtif qui illumine tout son visage. Et moi aussi, je suis tout excitée malgré le risque ou peut-être à cause du risque qu'on se fasse prendre.

Pendant la pause déjeuner, quand on se retrouve dans la salle du *Clairon*, je lui donne un article à corriger, puis il discute un moment avec Tim.

– Alors, DiMartile, lance ce dernier, tu comptes démissionner ou pas ?

Je mets mon casque et fais mine de me concentrer sur l'écran de mon ordinateur, mais je sens Tim jeter un coup d'œil dans ma direction.

Len est assis sur un comptoir d'un côté de la salle, les pieds posés sur une chaise qu'il fait basculer en arrière et laisse retomber sur la moquette avec un bruit mat.

– Je réfléchis.

M. Powell est absent aujourd'hui, il accompagne les terminales pour leur sortie annuelle au musée Villa Getty – une sortie à laquelle James participe. Aussi, Len ne peut pas les informer de sa décision, et on pense tous les deux qu'ils devraient être les premiers au courant. Alors, pour le moment, il la joue cool quand quelqu'un d'autre lui pose la question.

Tim baisse la voix.

– Sérieusement, mec, tu ferais ça ? Tu as été élu à la loyale. Ne te laisse pas marcher dessus comme ça !

Len éclate de rire.

– Eliza est bien plus qualifiée que moi, et tu le sais.

– Même moi, je suis plus qualifié que toi. Ce n'est pas le problème.

– Tu aurais peut-être dû te présenter, O'Callahan. Tu as laissé passer ta chance !

Tim croise les bras et pouffe.

– Peut-être bien.

Puis ils embrayent sur les performances des Dodgers cette saison, et je cesse de les écouter.

Mon téléphone vibre dans ma poche.

Tu veux passer à la maison tout à l'heure ?

Je me planque sous mon bureau pour répondre.

Moi : Pour faire quoi ?

Len : De l'algèbre, évidemment.

Il ne me regarde pas, mais il sourit à son téléphone. Je ne

sais pas comment décrire ce sentiment : c'est comme porter un pull qui gratte et qui, en même temps, vous réchauffe de l'intérieur.

Sans vouloir être méchante, faire de l'algèbre avec toi, ça ne me rapporte pas grand-chose.

Il pince les lèvres pour ne pas rire et tape une réponse avant de remettre son téléphone dans sa poche.

On n'a qu'à faire autre chose, alors.

À l'autre bout de la pièce, il saute à bas du comptoir.

– Je vais chercher à manger.

– Ouais, moi aussi, acquiesce Tim en hissant son sac à dos sur son épaule. À plus, Eliza, lâche-t-il en passant près de moi.

Len, qui le suit de près, se contente de lever la main en un salut encore plus indifférent.

– *Bye.*

Je les regarde sortir, et soudain, la salle de rédaction me paraît bien vide.

Mon Dieu, mais qu'est-ce qui m'arrive ?

Mon téléphone vibre de nouveau, et je m'en saisis comme si je n'avais pas eu de nouvelles de Len depuis des jours.

On fera ce que tu voudras.

C'est alors que Cassie débarque, un appareil autour du cou comme d'habitude. Elle était sortie prendre des photos ce matin avant le début des cours, et je ne l'ai pas vue depuis hier après-midi. Je remarque qu'elle porte toujours son badge JE SUIS FÉMINISTE.

– Salut, Eliza ! lance-t-elle avec un immense sourire. Je suis vraiment contente de te trouver là. Je voulais te montrer les photos de la manif.

Elle se laisse tomber devant un ordinateur, le blouson de travers, des livres s'échappant de ses bras et son sac à déjeuner se renversant par terre. En revanche, elle ôte prudemment la bandoulière de l'appareil et le pose avec autant de précautions que si c'était un bébé.

– Je dois récupérer celles que j'ai prises ce matin, explique-t-elle en le connectant à l'ordinateur. Mais celles de la grève sont déjà sur le disque dur.

Je tire une chaise près d'elle pendant qu'elle ouvre le dossier.

– Ouah ! je souffle en voyant les images défiler à l'écran. Elles sont vraiment super, Cassie.

Et c'est vrai. Il y a des plans d'ensemble de nous tous massés dans la cour, souriant, criant et brandissant des pancartes tandis que les profs nous jettent des coups d'œil curieux par les portes ouvertes. Il y a aussi des portraits de moi, marchant à l'aveuglette entre Winona et Serena, grimpant sur la table et levant mon épée.

Jamais je n'ai eu l'air aussi impressionnante de toute ma vie.

– C'était *tellement* cool, se pâme Cassie. J'étais fière de participer. C'est sans doute le truc le plus excitant que j'aie photographié pour *Le Clairon*.

– Et tu as fait du très bon travail.

Elle semble flattée par mon compliment sincère mais secoue la tête.

– Bah, j'ai juste pris des photos. C'est toi qui as fait le vrai boulot.

Mon déjeuner commence à tourner dans mon estomac.

– Ce n'était pas grand-chose.

– Tu plaisantes ?

D'un grand geste incrédule, Cassie désigne son écran d'ordinateur sur lequel s'affiche un gros plan de moi. Ma couronne de cheveux brille au soleil.

– Tu t'es battue pour ce en quoi tu crois. Peu de gens sont assez courageux pour ça.

De plus en plus mal à l'aise, je m'agite sur ma chaise.

– Je ne sais pas trop. J'ai quand même fini par céder.

– Pas du tout ! Tu as tenu tête à M. Guinn ! Tu as refusé de le laisser punir les autres manifestants pour la seule raison qu'ils voulaient faire entendre leur voix. Tu es une héroïne de la lutte contre le patriarcat !

Je réussis à ne pas vomir sur son clavier, mais tout juste.

Hébétée, je me lève et marmonne que je dois passer prendre quelque chose dans mon casier avant la reprise des cours. Puis je rassemble hâtivement mes affaires et agite la main pour dire au revoir à Cassie avant de filer.

Alors que je traverse la cour à grands pas, je reprends brutalement conscience de la réalité : le bitume inégal sous mes pieds, le soleil qui cogne sur mon crâne, le brouhaha de l'heure du déjeuner. Je me suis donné beaucoup de mal pour ignorer certaines questions, mais elles reviennent à la charge. Que se passera-t-il si Len démissionne et qu'on découvre que nous nous sommes embrassés ? Et s'il ne démissionne pas ? Est-ce qu'on continuera à se voir en cachette ?

Est-ce que c'est juste physique entre nous ? Je ne pense pas, mais je n'ai aucune certitude. La dernière fois qu'un garçon m'a plu, on n'a pas eu le temps de faire grand-chose ensemble. Je n'ai jamais vraiment eu de petit ami.

Est-ce que je veux sortir avec Len pour de bon ? Cette perspective me noue les tripes d'au moins trois façons différentes.

Je sors mon téléphone et relis son dernier texto : On fera ce que tu voudras. Bien entendu, j'en ai des palpitations. Mais c'est facile pour Len de dire ça, de se montrer galant et compréhensif. Si la vérité vient à se savoir, ce n'est pas *son* identité qui sera réduite à quelques baisers avec la mauvaise personne. C'est moi qui ai besoin que notre relation reste secrète, parce que c'est *ma* réputation qui est en jeu.

Alors, je tape un message et appuie sur « Envoi » avant de pouvoir changer d'avis.

Merci, mais je préfère pas.

Len répond presque instantanément :

Ah bon ? Pourquoi ?

Il fait exprès de ne pas comprendre, ou quoi ?

Parce que ça ne ferait que compliquer les choses.

Et que je n'ai vraiment pas besoin de ça.

30

Malheureusement, j'ai oublié que notre groupe de *Macbeth* est censé se réunir de nouveau cet après-midi, étant donné que nous devons nous produire lundi. Apparemment, Len ne s'en souvenait pas non plus. C'est Ryan – oui, je sais… – qui me le rappelle pendant le cours d'anglais.

– On va chez Len, tout à l'heure ? demande-t-il en s'arrêtant près de mon pupitre.

Je fais un bond d'au moins vingt centimètres. Puis je percute et rougis.

– Oh. On n'est peut-être pas obligés, si ? On connaît tous notre texte.

– C'est toi qui as dit qu'on avait besoin de répéter encore. Tu as même précisé : « Surtout toi, Ryan. »

– D'accord, désolée. Je n'aurais pas dû. Tu te débrouilles bien.

Évidemment, il a du mal à me croire.

– Eliza pense qu'on n'a plus besoin de répéter, dit-il à Len qui passe près de lui.

– C'est très surprenant de sa part, commente celui-ci.

– C'est ce que je me disais aussi.

Consultée, Serena soulève un problème plus crucial :

– Il faut encore qu'on se décide pour les costumes, non ? Si on veut les points supplémentaires…

Et zut.

– On n'a qu'à faire ça dans la cour, je suggère. On n'est pas obligés d'aller quelque part.

– Et surtout pas chez moi, ajoute Len.

– Chez n'importe qui, je rectifie en lui jetant un regard d'avertissement qu'il feint de ne pas voir.

Par chance, Serena a déjà replongé le nez dans son téléphone.

– Si vous voulez, répond-elle distraitement. Peu importe.

Après les cours, on s'installe tous les quatre à la table de pique-nique sous le gros chêne. Len porte une casquette de base-ball de Willoughby, ce qui me surprend, parce que c'est bien la première fois depuis qu'il a rejoint la rédaction du *Clairon*. Ses cheveux ont poussé, et ils recommencent à être un peu longs.

Il s'assoit à côté de moi d'un air très naturel, et mon cœur s'emballe. Pourquoi il me colle ? Il n'a jamais répondu à mon dernier texto. Il trouve peut-être ça amusant de me torturer.

Je m'écarte et donne une pichenette dans la visière de sa casquette.

– C'est nouveau, ça.

– Len et moi, on a une idée de costume, annonce Ryan en sortant sa propre casquette de son sac à dos et en la vissant à l'envers sur sa tête. (Il croise les bras, bombe le torse et donne un coup de coude à Len.) Montre-leur.

Docilement, Len fait pivoter son couvre-chef et adopte la même pose d'un air à peine honteux, mais avec un sourire qui plisse le coin de ses yeux. Il est ridicule, et aussi très mignon.

Serena éclate de rire.

– Je ne comprends pas, dis-je, les sourcils froncés pour garder un minimum de dignité. Vous êtes… des *bros* ?

– Exactement ! jubile Ryan. C'est génial, non ? Zéro effort !

– Pas question.

Je commence à me lever. Len m'attrape par le coude.

– Attends. Laisse-le vous expliquer.

Je me dégage mais me rassois, assez près de lui pour que ma hanche effleure presque la sienne. Je fais comme si je n'avais rien remarqué.

– D'accord, j'écoute.

– Donc, j'étais en train de chercher un résumé de *Macbeth* sur YouTube…

– Ryan, tu n'as pas lu la pièce ?

– Des morceaux seulement.

– Quels morceaux ?

– … Mes répliques.

Je me jette sur lui en manquant renverser Len au passage.

– Tu es sérieux ?

– Hé, du moment qu'il connaît son texte, qu'est-ce que ça peut faire ? intervient Len en me tirant en arrière. Laisse-le parler.

– Merci, mec, dit Ryan en lui adressant un signe de tête.

Je lève les yeux au ciel.

– Bref, comme je le disais, j'ai regardé des tas de vidéos, et dans l'une d'elles, Macbeth était un étudiant, un type cool et populaire qui voulait devenir président de sa fraternité universitaire…

– Tu veux dire que cette idée idiote n'est même pas de toi ? je coupe.

– Pourquoi il faut toujours que tu critiques tout ? s'énerve Ryan.

– Parce que ce n'est pas un costume si tu te déguises en toi !

Len se penche en avant et, l'espace d'une seconde, nos épaules se touchent – juste assez pour que j'oublie si c'est la bêtise de Ryan ou autre chose qui m'a mise dans cet état.

– Techniquement, pour toi, ce serait un costume, me chuchote-t-il presque à l'oreille.

Il se redresse en souriant.

– Pour toi aussi, Serena.

Contrairement à moi, Serena prend toute l'affaire avec beaucoup de flegme. Elle tend une main pour s'emparer de la casquette de Len et la pose sur ma tête avec un sourire narquois.

– Voyons ça, dit-elle en ajustant la visière. Eliza, fais-moi une tête de *bro*.

Je proteste :

– C'est débile !

Mais je ne peux pas m'empêcher d'avancer le menton et de hocher la tête d'un air bovin. Serena s'écroule de rire, et bien malgré moi, je glousse un peu.

– On dirait que tu as fait ça toute ta vie, me taquine-t-elle.

Len rit aussi, mais bizarrement, il ne fait pas de commentaire, et son regard s'attarde sur moi d'une façon gênante.

D'un geste brusque, j'arrache sa casquette et la laisse tomber sur la table.

– Ça veut dire que mon idée est adoptée ? lance Ryan, plein d'espoir.

Je me lève et fais quelques pas sur la pelouse en tentant de me ressaisir.

– Seulement jusqu'à ce qu'on trouve quelque chose de mieux, dis-je d'un ton sec. Et maintenant, commençons à répéter.

Après qu'on a joué nos scènes plusieurs fois, les garçons décident d'aller se chercher un truc à grignoter, et je suis presque soulagée de les voir s'éloigner en direction des distributeurs. Je pousse un soupir de soulagement. Puis Serena demande :

– Alors, il se passe quoi entre toi et Len ?

Je m'étrangle. Au loin, Ryan met des pièces dans le distributeur pendant que Len attend derrière lui.

– Pardon ? dis-je en les fixant, incapable de regarder Serena.

– Je sens bien qu'il y a quelque chose, me taquine-t-elle. Tu ne serais quand même pas en train de craquer pour lui ?

– Non, je réponds très vite, sur la défensive. Sûrement pas.

Serena se marre jusqu'à ce qu'elle me dévisage et laisse échapper un petit « oh », comme si elle venait de découvrir quelque chose.

Je panique.

– Quoi ?

L'air grave, elle se penche vers moi comme si elle était mon avocate et qu'il fallait que je lui dise la vérité. Elle m'étudie un long moment, la tête inclinée sur le côté et les yeux plissés.

– Ne me dis pas que vous vous êtes embrassés ?

Les dernières syllabes grimpent dans les aigus de l'incrédulité, et j'ai envie de mourir. Je tente de faire le vide dans mon esprit, mais ce traître se repasse immédiatement la scène d'hier après-midi dans la chambre de Len.

Serena lâche un juron et se couvre la bouche.

– Vous vous êtes embrassés.

Elle rit presque, mais impossible de dire si ça l'amuse ou si ça la consterne.

– Pas du tout, je proteste avec l'énergie du désespoir.

Elle me toise d'un air extrêmement sceptique. Je capitule en me préparant à une explosion.

– Ce n'est arrivé qu'une seule fois.

Mais elle réussit à se contenter d'un « ouah », et s'évente

de la main comme si elle imaginait un cercle de l'enfer réservé aux féministes qui fricotent avec l'ennemi.

– Je suis désolée. Sincèrement. C'était une très mauvaise idée.

Serena secoue la tête.

– Tu peux le dire. Avec tous les garçons qu'il y a dans ce lycée, il a fallu que ce soit lui !

Je laisse mon front tomber sur la table.

– Je sais. Je suis désolée, je répète.

Je me demande si ne jamais me redresser ferait disparaître le guêpier dans lequel je me suis fourrée.

Puis Serena me surprend en lançant :

– Bah, ce n'est pas si grave.

Je relève la tête et cligne des yeux derrière les mèches de mes cheveux qui sont tombées devant.

– Hein ?

Serena hausse les épaules.

– Je comprends. Il est mignon et sportif. Il ferait de l'effet à n'importe quelle fille.

On jette un coup d'œil à Len. Il étire ses bras en l'air de sorte que son sweat-shirt se soulève dans son dos, entraînant son T-shirt avec. Je contre :

– Il n'est plus vraiment sportif.

Serena lance sa casquette de base-ball devant moi.

– Ah bon ?

Je frémis.

– C'est drôle, j'ai toujours pensé que ton genre, ce serait plutôt les intellos genre James Jin, ajoute-t-elle sur un ton de regret. Mais je suppose que c'est dur de résister à un joueur de base-ball.

J'ouvre la bouche pour protester que Len est beaucoup plus qu'un simple joueur de base-ball, puis la referme parce que je ne suis pas certaine de vouloir l'admettre tout haut.

Serena fait tourner son bracelet autour de son poignet en réfléchissant.

– J'imagine que tu n'en as parlé à personne d'autre?

Cela me rappelle que Winona fait désormais partie des autres, et je me sens encore plus nulle.

– Pas encore.

– Très bien, ne change rien. (Serena pousse un long soupir blasé.) Si ça avait été n'importe quel autre garçon...

– Je sais, dis-je en me frottant les tempes.

Elle me dévisage d'un regard pénétrant.

– Le lycée est complètement divisé. Cette histoire va plus loin que Len et toi, maintenant. Alors, quoi qu'il se passe entre vous... mets-y fin, dit-elle sur un ton funeste.

Je suis glacée, à la fois par sa certitude et par mon incapacité à y répondre.

– Tu es une fille, reprend-elle en voyant que je ne réponds pas. Si ça vient à se savoir, Len recevra des tapes dans le dos et toi, tu te feras laminer. Tu n'y survivras pas.

Les garçons rebroussent chemin vers notre table.

– Vous avez pris quoi? je lance tandis qu'ils s'approchent, parce que je ne sais absolument pas quoi dire d'autre.

– Des raisins secs, répond Ryan, la bouche pleine.

Len me montre son sachet de fruits secs mélangés et me le tend. Je m'apprête à plonger la main dedans quand Serena me retient.

– Alors, Eliza, roucoule-t-elle en passant un bras autour de mes épaules, tu viens à cette soirée avec moi demain, pas vrai?

Je la dévisage, perplexe.

– Quelle...?

– Ça sera une bonne occasion de rencontrer des garçons, enchaîne-t-elle très vite.

– C'est quoi le problème avec les garçons que vous connaissez déjà? demande Ryan, les sourcils froncés.

Serena lui sourit gentiment.

– Quelle soirée ? demande Len sur un ton désinvolte en jetant des noix dans sa bouche.

Serena se contente de hausser coquettement les épaules, mais Ryan répond à sa place :

– Il n'y a que Nate Gordon qui en organise une demain.

– Ah, lâche Len comme si tout cela était très instructif.

Plus tard, pendant que j'attends maman sur le parking du lycée, j'envoie un texto à Len :

Serena est au courant. Elle a deviné toute seule.

Len : C'est vrai ? Comment ?

Moi : Comment ça, comment ? C'était écrit sur ta figure !

Len : Moi ? Je n'ai pas arrêté de prendre le parti de Ryan contre toi !

Moi : Elle a deviné quand même, et elle n'est pas ravie.

Len s'accorde quelques secondes pour réfléchir et composer une réponse plus sérieuse.

Je suis vraiment désolé. Ça va aller pour toi ?

Je tente de murer la partie de moi qui veut que Len fasse demi-tour et vienne me prendre dans ses bras. J'aimerais tant poser mon visage contre sa poitrine jusqu'à ce que je me sente mieux… Ce serait très facile de le lui demander, et je suis certaine qu'il accourrait. Sauf que c'est exactement ce qu'il ne faut *pas* faire.

Serena a promis de garder le secret. Mais je lui ai plus ou moins dit que c'était juste une fois en passant.

Une nouvelle pause, puis Len répond :

Techniquement, c'est vrai que ça n'est arrivé qu'une fois.

Au pire, une fois et demie.

Je m'appuie contre un des plots de béton et me mords la lèvre, puis me force à taper :

On devrait probablement en rester là, comme convenu.

Pour le reste aussi.

Les trois points apparaissent, disparaissent, réapparaissent et continuent à clignoter un moment avant que Len appuie sur « Envoi ».

Quel reste ?

Soudain, la chaleur me semble insupportable.

Je ne sais pas. Tout. Les textos.

Il ne répond pas avant plusieurs minutes, et ma peau se met à me picoter sur tout le corps, comme si j'avais un début de coup de soleil.

D'accord. Alors à plus.

Mon cœur s'arrête. C'est tout ? Je déglutis péniblement.

Je n'ai jamais pleuré pour un garçon, mais aujourd'hui, il me semble que je comprends pourquoi ça arrive à certaines filles.

Toutefois, Len n'en a pas fini avec moi. Son message suivant me fait éclater de rire – d'exaspération ou de soulagement ? Allez savoir.

On se voit demain chez Nate Gordon.

31

Environ vingt minutes après que j'ai dit à Serena que j'irais à la soirée avec elle, Winona m'envoie un texto.

Serena essaie de me convaincre de l'accompagner à une fête demain. Elle prétend que tu y vas.

Zut. Quelque part, c'est logique que Serena propose aussi à Winona d'y aller, mais elle ne se doute pas de la bataille qui l'attend.

Moi : Je suppose que oui.

Winona : Mais pourquoi ???

N'ayant pas de bonne réponse, je tente de m'en tenir aux faits.

Moi : Elle n'arrêtait pas de me harceler, et c'est dur de lui dire non. Tu sais comment elle est.

Winona : Oui. Justement.

De fait, Serena ne cesse de me bombarder de messages. D'ailleurs, un autre arrive à cet instant :

On va bien se marrer !!!! Je te jure que tu oublieras Len.

Les dernières nouvelles que j'ai eues de lui, c'était en début d'après-midi, quand je lui ai demandé s'il allait vraiment à la soirée de Nate Gordon et qu'il m'a répondu par un unique émoji : 🙊

C'est plutôt bien, non? On laisse les choses se tasser, comme Serena nous l'a conseillé. Comme je le souhaitais. Du coup, ce n'est presque pas grave si je n'ai toujours pas raconté à Winona ce qui s'est passé entre nous deux.

Sauf que si, c'est grave. Et plus j'attendrai, plus ça empirera. Alors, je me lance.

Au fait, j'ai embrassé Len. Ouais, celui dont on a fait le symbole du patriarcat. Mais c'était juste comme ça. Ça ne veut rien dire.

J'appuie frénétiquement sur la touche retour en arrière, comme si je craignais que mon téléphone envoie le message de son propre chef. Je me doutais depuis le début que j'aurais du mal à avouer ce que j'ai fait à Winona, et maintenant, c'est trop tard. Comparée à sa réaction, Serena aura l'air ravie.

Moi : Serena n'est pas aussi pénible qu'elle en a l'air.

Winona : Toi aussi, tu t'es laissé embobiner par le charme Hwangbo.

Cinq minutes passent, puis :

Putain, Eliza, elle ne me lâchait pas! J'ai dû dire oui pour ne pas devenir folle.

Histoire de la distraire, je me porte volontaire pour passer toute la journée de dimanche à tourner *Driveways* – désormais, il reste moins d'une semaine avant la date limite de remise. Dans le chaos de ces derniers jours, je n'y ai pas pensé une seule fois, et en en prenant conscience, je sens la culpabilité qui m'étouffe s'épaissir encore dans ma poitrine.

Mais sur ce point, au moins, je peux me racheter. Après demain soir, une fois que toute cette histoire absurde avec Len sera derrière moi, je repasserai en mode productrice pour qu'on puisse terminer ce film et décrocher un prix. Le Festival national des jeunes réalisateurs sera frappé par le génie de Winona Wilson, j'en fais le serment.

Le samedi, papa et maman se disputent très fort. Ou plus exactement, maman crie et papa reste assis à la table de la cuisine, à fulminer en silence. Ils s'engueulent généralement en vietnamien, avec quelques exclamations en cantonais, et cette fois ne fait pas exception à la règle.

– Pourquoi c'est toujours moi qui dois tout faire dans cette famille, *há* ? se lamente maman.

Depuis le canapé, je jette un regard plein d'appréhension à Kim qui est assise à son bureau du salon, en train d'étudier. La lumière fluorescente du plafonnier est trop forte pour un milieu d'après-midi.

– C'est pour ton travail, poursuit maman. Tu devrais chercher toi-même. Pourquoi c'est à moi de passer tous ces coups de fil ? Tu crois que ça me plaît de demander de l'aide aux gens ? Tu crois que ça ne me gêne pas ?

Papa ne répond toujours pas. Kim et moi commençons à ramasser nos affaires pour nous replier discrètement dans notre chambre, mais nous sommes prises dans le maelstrom.

– Bien sûr que non ! s'écrie maman. Je déteste ça. Mais je le fais pour elles, dit-elle en nous désignant par-dessus la cuisinière. Pour tes filles, précise-t-elle comme s'il avait oublié qui nous sommes.

– Si je retournais travailler dans un restaurant, je pourrais commencer demain, lance enfin papa sur un ton irrité.

– Pour être encore tout le temps absent de la maison ? Eliza a presque fini le lycée, et Kim est déjà en fac. Quand est-ce que tu comptes passer du temps avec elles ?

– Certaines choses sont inévitables. C'est le destin.

Maman lâche un ricanement méprisant qui me tord le ventre.

– Sûrement, oui. Je ne sais pas ce que je t'ai fait dans une vie antérieure pour mériter cette malédiction.

Elle dit souvent ce genre de choses quand elle est en colère, y compris à Kim et à moi. Parfois, elle se met dans un tel état qu'elle jette toutes les grenades émotionnelles à sa portée, et je ne peux que l'observer avec un détachement horrifié, comme si elle faisait un spectacle de mime derrière une vitre.

– Si tu étais différent, je n'aurais pas à m'inquiéter de quoi que ce soit, reprend maman. Ni de l'argent, ni de te trouver un travail. J'aurais dû épouser un homme capable de prendre soin de moi !

Je suis Kim dans le couloir. Elle pose un doigt sur ses lèvres et ouvre la porte de notre chambre. Nous entrons sur la pointe des pieds et refermons derrière nous. Ça me rappelle quand on était petites et qu'on se cachait ensemble dans la penderie pour attendre la fin de l'orage au milieu des jupes longues et des jambes de pantalon. On ne fait plus ça depuis longtemps.

Je roule sur mon lit en poussant un grognement dégoûté.

– Je n'arrive pas à croire qu'elle lui ait dit ça.

– Elle ne le pensait pas, répond Kim automatiquement en s'asseyant au bord de son matelas.

– Je n'en suis pas si sûre.

– Elle ne va pas quitter papa, si c'est ce que tu crains. Elle peut le menacer, mais elle ne le fera pas.

– Je sais. Mais ce n'est pas de ça que je parle. Elle a l'air de regretter que papa ne prenne pas soin d'elle. Moi, je ne voudrais pas qu'un homme prenne soin de moi.

– Tu as toujours eu quelqu'un pour prendre soin de toi, réplique Kim. Alors, c'est facile de dire ça.

– Mais quand je serai adulte, je me débrouillerai seule.

– C'est plus dur que tu ne l'imagines. Tu verras.

Ce qu'elle peut m'énerver, par moments ! Toujours à faire semblant d'être plus mûre que moi, alors qu'elle n'a que deux ans de plus. Ce n'est pas comme si elle avait des tonnes d'expérience : elle aussi, elle vit toujours à la maison. J'ai envie de lui dire que je ne suis pas comme elle, que je ne crains pas la difficulté. Mais elle a déjà mis son casque, alors je me replonge dans la lecture de *La Vie mode d'emploi*.

Après le dîner, je dis à maman que je vais chez Winona. Elle est toujours tellement préoccupée par sa dispute avec papa qu'elle ne me pose aucune question, ce qui me donne le courage de réclamer la permission de rentrer plus tard que d'habitude.

– Je peux rester jusqu'à minuit ? On a beaucoup de travail à faire sur son film.

– D'accord, si tu veux.

– Tu as entendu ? je demande à Kim, car j'aurai besoin qu'elle me soutienne si maman oublie qu'elle a accepté. Minuit.

Ma sœur lève les yeux au ciel.

– Ouais, ouais.

Mais plus tard, alors que je suis en train de tresser mes cheveux humides dans la salle de bains, elle vient s'adosser au chambranle de la porte ouverte et croise mon regard dans le miroir.

– Eliza, tu as un copain ?

Je me fige. Maman n'était peut-être pas si distraite, en fin de compte.

– C'est maman qui t'envoie me demander ça ?

– Non.

– Alors, ne parle pas si fort.

Je termine ma tresse et l'attache avec un élastique.

– Tu as un copain, oui ou non ? insiste Kim, émoustillée comme si quelqu'un venait de poser une énorme coupe de glace devant elle.

– Non.

– Mais il y a un garçon.

– Qu'est-ce que ça veut dire ?

– L'autre soir, tu as discuté avec quelqu'un par texto jusque très tard. Tu crois que je n'avais pas remarqué ?

– Je me suis couchée à onze heures hier.

– D'accord, mais aujourd'hui, tu prends la peine de te coiffer, dit-elle avec un geste vers mes tresses.

Je déteste qu'elle ait raison. Les autres filles, elle y compris, sont tout le temps en train de faire des trucs avec leurs cheveux. Mais moi pas ; du coup, je me sens un peu empruntée. Quand vous avez la même apparence tous les jours et que les gens sont habitués à vous voir comme ça, le moindre changement vous donne l'impression que tout le monde va vous regarder – et pas pour une bonne raison. Une fille sérieuse qui se respecte veut être remarquée pour son intelligence et pas pour son physique, pas vrai ?

Kim pince les lèvres et sourit d'un air entendu. Puis elle ouvre un tiroir et me tend une bombe métallique bleue.

– Pulvérise ça sur tes cheveux, me conseille-t-elle. Sinon, les ondulations ne tiendront pas.

– Je ne veux pas que mes cheveux soient ondulés. (C'est un mensonge, et je me dépêche de changer de sujet.) Je peux emprunter ta voiture ce soir ?

– Seulement si tu admets qu'il y a un garçon.

– Je vais à une soirée.

Parfois, le seul moyen d'avouer une vérité, c'est d'en dire une autre.

– Sérieusement ? s'exclame Kim.

– Oui. Alors, pour la voiture ?

– D'accord, dit-elle en croisant les bras sur sa poitrine. Et le garçon, il sera à cette soirée ? demande-t-elle avec un large sourire.

– Kim !

Elle m'adresse une moue affectueuse avant de se détourner.

– Je suis contente que tu comprennes enfin que ce n'est pas un crime de te soucier de ton apparence. C'est tout.

Je me regarde de nouveau dans le miroir et décide de garder mes tresses. Pas la peine de m'embêter à me faire des ondulations juste pour un garçon. Je décide également de ne pas faire d'effort vestimentaire : le même jean que d'habitude et mon gilet de remplacement du jour, ça ira très bien. Avec un top blanc un tout petit peu trop court.

Mais à la dernière minute, avant de partir, je fouille dans le tiroir de Kim et empoche un tube de rouge à lèvres.

Nate habite tout près de Palermo, à moins d'un kilomètre de chez les Wilson. Alors, on décide d'y aller à pied.

– J'aurais préféré regarder un film, grommelle Winona tandis qu'on marche dans les rues désertes.

Le ciel est encore bleu à l'horizon, mais les lampadaires sont déjà allumés.

– On regardera un film après. On va juste faire coucou à Serena, c'est promis.

Je ne suis évidemment jamais allée chez Nate, mais dès qu'on tourne dans sa rue, je devine laquelle des maisons est la sienne. D'abord à cause de la musique dont les basses profondes martèlent l'air nocturne, mais aussi à cause des voix qui se mélangent, ponctuées de cris et de rires. Les stores qui donnent sur l'avant sont tirés, mais de la lumière s'échappe par une fenêtre de derrière, et à travers les rideaux translucides, on voit des gens massés autour d'une table, en train de rire aux éclats.

Quand nous sonnons à la porte, le maître des lieux vient nous ouvrir en personne. Il n'a pas du tout l'air de trouver ça bizarre qu'on vienne chez lui, malgré le fait qu'aucune de nous deux ne lui a jamais adressé la parole depuis trois ans qu'on fréquente le même lycée.

– Eliza Quan ! s'écrie-t-il en s'écartant pour nous laisser entrer. La féministe !

Il met une gaieté démesurée dans ce mot ; ou bien il est bourré, ou bien il a plus d'humour que je ne le pensais.

Serena arrive en courant et nous serre fort dans ses bras. Elle sent le shampoing de fille populaire.

– Coucouuuuu ! Je suis si contente que vous soyez venues ! (Elle recule et me dévisage.) Oh, mon Dieu, Eliza ! On dirait que je t'ai convertie au rouge à lèvres.

Je deviens encore plus écarlate que ma bouche, mais Serena passe un bras sous le mien et l'autre sous celui de Winona.

– J'adore, décrète-t-elle.

Et je me dis que, peut-être, ce n'est pas si affreux qu'on vous remarque pour votre apparence.

En nous dirigeant vers la cuisine, nous croisons Esther et Heppy, ce qui nous vaut une nouvelle tournée d'exclamations aiguës et d'embrassades. Winona semble déjà au bout de sa vie.

– Vous buvez quelque chose ? demande Serena en désignant l'îlot central couvert de bouteilles d'alcool.

Je secoue la tête, mais à ma grande surprise, Winona répond « volontiers ». Quand je la dévisage, elle hausse les épaules.

– Pourquoi pas ?

Serena verse un centimètre de vodka dans un gobelet en plastique rouge et achève de le remplir avec du jus d'orange. Puis elle le donne à Winona avant d'en prendre un autre sur la pile et de me le tendre.

– Il faut trinquer, nous ordonne-t-elle.

Je me sers du jus d'orange, et nous levons nos gobelets.

– Au féminisme ! claironne Serena.

Le jus est tiède et laisse un arrière-goût aigre dans ma bouche.

– C'est meilleur avec de la vodka ? je demande à Winona.

Elle me présente son gobelet et l'incline devant ma bouche. Je bois une toute petite gorgée. Cette fois, c'est amer et ça brûle. Je ne suis pas impressionnée.

– Hé, Hwangbo, lance Dylan depuis la table de la cuisine, tu viens dans mon équipe ?

Serena lui adresse un sourire charmeur qu'elle a dû répéter un million de fois.

– Si tu veux, lâche-t-elle sur le ton magnanime d'une grande dame, mais j'amène Eliza et Winona.

Je tente de lui expliquer qu'il vaudrait mieux que je m'abstienne parce que je suis nulle aux jeux à boire et que je préfère ne pas consommer d'alcool.

– Peu importe, dit-elle en posant la brique de jus d'orange devant moi, tu n'as qu'à utiliser ça.

Et parce que c'est elle, personne n'y trouve rien à redire.

– D'accord. Vous connaissez les règles du *flip cup* ? lance Dylan.

Winona et moi secouons la tête, et il nous explique. Deux équipes se mettent chacune en ligne d'un côté de la table. Le premier de la file vide son gobelet, le pose sur le bord de la table et lui donne une chiquenaude pour tenter de le retourner. Il recommence jusqu'à ce qu'il y arrive. Puis le deuxième fait pareil. La première équipe dont tous les membres ont réussi remporte la partie.

L'arbitre est un garçon blanc que je ne connais pas. Il va peut-être à Hargis.

– À vos marques. Prêts… partez !

Dylan passe le premier. En vrai professionnel, il vide sa bière cul sec et, d'une pichenette experte, retourne son gobelet.

Serena vient ensuite, et rate très élégamment. Dylan saute sur place en se marrant.

– Tu me tues, Hwangbo !

Elle finit par y arriver au septième essai, et pousse un glapissement de triomphe comme son gobelet s'immobilise à l'envers. Dylan lève les deux mains, et elle se dresse sur la pointe des pieds pour les claquer.

Vient ensuite le tour de Winona, qui semble aussi stoïque que d'habitude. Notre équipe a pris un peu de retard à cause de Serena, mais cela ne trouble pas mon amie, qui réussit au troisième essai.

– Wouhouuuu ! se réjouit Serena en applaudissant.

C'est à moi, maintenant. Un peu nerveuse, je me dépêche d'avaler le jus d'orange dégueu et pose mon gobelet. « Concentre-toi. Visualise le gobelet se posant à l'envers après une culbute impeccable. » Je lui donne une pichenette par-dessous, et miraculeusement, j'y arrive du premier coup.

– Bravo ! s'écrie Dylan, ravi.

Grâce à moi, nous avons rattrapé l'autre équipe. Tony Mercado me succède, et il réussit en deux essais. On a gagné. On se réjouit tous bruyamment, Winona y compris. Dylan tape dans nos mains à tous.

– Qui aurait cru que des féministes seraient si bonnes à ce jeu ? lance-t-il avec un large sourire.

Dans l'excitation de la partie, personne n'a remarqué que l'équipe de base-ball de Willoughby s'était jointe à notre public. Parmi elle : Jason Lee, l'air maussade, mais aussi un ex-lanceur de haute taille.

Len est appuyé nonchalamment contre le frigo, une main dans sa poche et l'autre tenant un gobelet. Il porte sa chemise en flanelle verte comme les aiguilles de pin, qui va si bien avec le brun foncé de ses cheveux. J'ai envie de me glisser sous son bras et de me serrer contre lui, comme Smokey quand on s'accroupit pour la caresser. Mais je n'en fais rien, d'une part parce que je ne suis pas un chien et d'autre part parce que… bon sang, qu'est-ce qui m'arrive?

Par chance, tout le monde est trop fasciné par Serena et Jason pour me prêter la moindre attention. Du moins, tout le monde hormis Len, qui lève son gobelet en me regardant. Ce n'est pas grand-chose, mais ça me réchauffe la poitrine autant que la vodka-orange de Winona.

La musique est toujours très forte. Autour de nous, les gens rient, discutent et se bousculent, mais dans notre petit coin de cuisine, personne ne dit rien. Tout le monde attend de voir ce qui va se passer.

– Salut, les gars, lance courageusement Dylan, même si on sent bien qu'il n'est pas trop sûr de lui.

Serena n'a pas besoin de son aide.

– Et si on allait voir ailleurs? suggère-t-elle en passant ses bras sous le mien et sous celui de Winona pour nous entraîner vers le jardin de derrière.

Une heure et quelques gobelets d'alcool plus tard, Winona et Serena sont les meilleures amies du monde.

– Tu es tellement brillante, roucoule Serena.

Nous sommes assises toutes les trois sur un canapé en rotin, moi au milieu. Je serre un coussin contre ma poitrine.

– Toi aussi, Eliza, ajoute Serena en posant un bras sur le mien. Évidemment. C'est chouette que toute cette histoire nous ait rapprochées, non?

Winona se penche par-dessus moi.

– Je ne vais pas te mentir, Serena. J'ai longtemps pensé que tu étais beaucoup trop obsédée par les garçons et par ton apparence pour être une féministe sérieuse. Mais tu t'es défoncée pour le débrayage, alors, j'admets que tu n'es pas *si* nulle.

– Écoutez-la, s'esclaffe Serena.

Winona se joint à elle, et bientôt, toutes deux rient aux larmes. Les choses doivent paraître plus drôles quand on a bu.

– Pourquoi on n'a pas fait ça plus tôt ? se lamente Serena. Je vous adore, et j'adore le féminisme.

C'est alors qu'Esther se précipite vers nous. Un peu rouge, elle s'accroupit devant Serena et chuchote :

– Elle est là.

Serena se redresse.

– Qui ça ?

On tourne toutes la tête dans la direction qu'Esther indique du menton, et je réalise de qui elle parle. C'est la fille du match de base-ball, la… celle qui était avec Jason.

– La pute ?

Serena m'agrippe le bras, et le mot se plante dans ma peau en même temps que ses ongles.

Esther nous informe qu'elle s'appelle Vicki Wang, et qu'elle est en première à Hargis. Elle se tient avec un groupe de garçons dans le flot de lumière qui s'échappe par la porte du patio. De ma place, je peux voir qu'elle a un visage lunaire et qu'elle est petite avec des épaules larges de nageuse. Ses oreilles dépassent de ses cheveux dont elle tortille une mèche autour de deux doigts.

– Elle fait vulgaire, commente Esther.

Difficile de ne pas la comparer à Serena, aussi élégante que Grace Kelly dans une combinaison blanche qui dénude ses épaules. Elle se tient bien droite et immobile, le menton levé. De tout son être irradie un jugement glacial. Je trouve ça déprimant que Jason ait pu la tromper avec cette… fille.

– Elle l'est, lâche Serena. Sinon, elle ne serait pas sortie avec le petit ami d'une autre.

– Ma cousine dit que c'est une traînée, nous confie Esther.

Nous regardons Vicki s'appuyer contre un garçon qui n'est même pas Jason, en riant si fort que nous l'entendons d'ici. Elle porte un top en velours à fines bretelles qui, malgré ses boutons, peine à contenir sa poitrine.

Serena lève le nez.

– Elle est en train de se ridiculiser. Franchement, elle devrait se respecter un peu plus.

Quelque chose dans cette phrase et dans la façon dont elle me tord le ventre me rappelle ma conversation avec maman.

– On ne devrait peut-être pas être aussi dures avec elle, je lance soudain.

Les trois autres tournent la tête vers moi.

– Ça ne te ressemble pas de dire ça, fait remarquer Winona, dont les lunettes ont glissé jusqu'au bout de son nez.

Je m'enfonce dans les coussins.

– Je pense juste que c'est mal de traiter une fille de traînée.

– Ce n'est pas mal si c'est la vérité, réplique Serena. Toi, par exemple, je ne pense pas que tu en sois une juste parce que tu…

Elle s'interrompt avant de révéler mon secret, et je me fige. Puis elle fait exprès de loucher un peu, comme si elle était plus soûle qu'en réalité.

– Je veux dire, si tu embrassais un garçon, je ne te considérerais pas comme une traînée.

– Oui, tu es tout le contraire d'une traînée, renchérit Esther.

Je recommence à respirer normalement. Pourtant, je me sens mal à l'aise en reportant mon attention sur Vicki. Je sais que c'est Jason qui a commis une faute, mais quelque chose chez elle me dérange. Sa façon de laisser sa bretelle de soutien-gorge glisser le long de son bras. De parler avec ces garçons d'une voix chantante, avec tant d'animation que ses cheveux collent à son front luisant de sueur. Elle veut leur plaire, et elle ne s'en cache pas. On le voit tous, les garçons y compris. Et je pense qu'on voit aussi quelque chose d'autre : nous, nous sommes ici, de l'autre côté d'une ligne invisible, parce que nous sommes différentes. Nous ne sommes pas comme elle.

Pourtant... Moi aussi, j'ai embrassé le garçon qu'il ne fallait pas. Ce n'est pas la même chose parce qu'il ne sortait avec personne d'autre, mais... ça me place de quel côté de la ligne ?

Soudain, je réalise que nous établissons ces distinctions parce que nous espérons qu'elles nous protégeront d'une manière ou d'une autre. De la même façon que je me distanciais autrefois de Serena, aujourd'hui, nous voulons nous distancier de Vicki. En réalité, nous avons beau multiplier les lignes autour de nous, le jugement que nous craignons nous atteint quand même.

– Je vais me chercher un verre d'eau, dis-je en me levant soudain.

En retournant à l'intérieur, je passe près de Vicki et du groupe de garçons. Je décide que si nos regards se croisent, je lui sourirai.

Mais elle ne me prête aucune attention.

32

En approchant de la cuisine, j'aperçois une silhouette familière qui examine les bouteilles sur l'îlot central. Il est plus grand que je ne m'y attendais, mais pas tout à fait autant que Len. Je le reconnais aux cheveux roux qui dépassent sous sa casquette de base-ball. C'est McIntyre, le lanceur de Hargis.

Il s'écarte tandis que je me dirige vers le frigo et tends mon gobelet sous le distributeur d'eau.

– Tu as raison, c'est une meilleure idée, dit-il en contournant l'îlot pour attendre son tour à côté de moi.

De près, je vois qu'il a des yeux brun clair de la même couleur que ses taches de rousseur. Je ne révèle pas que je l'ai reconnu. Une fois mon gobelet plein, je lui souris gentiment et désigne le frigo.

– Il est à tout à toi.

– Tu vas à Willoughby ?

J'étais sur le point de m'éloigner, mais je m'arrête.

– Oui. (Puis, comme il semble attendre autre chose, j'ajoute:) Je m'appelle Eliza.

Il me tend la main.

– Et moi...

– McIntyre ! s'exclame Len, qui s'est approché par-derrière, en lui donnant une grande claque dans le dos. Comment ça va, mon pote ?

McIntyre rit.

– Hé, mais c'est Len DiMartile ! Tu connais ce mec ? demande-t-il en se tournant vers moi. C'est une légende.

Je jette un regard indifférent à Len.

– Je ne savais pas.

– C'est trop vieux. Elle n'a commencé à assister aux matchs qu'après que j'ai arrêté, explique Len.

– Ah bon ?

McIntyre semble deviner qu'il y a quelque chose entre nous. J'ajoute :

– J'étais au dernier. C'était mon premier.

– Tu as super bien lancé ce jour-là, dit Len à McIntyre. Surtout avec ce vent.

– Ne m'en parle pas, quelle plaie !

Ils discutent du match pendant quelques minutes, puis McIntyre s'enquiert du rétablissement de Len, qui fait un geste vague.

– Bah, tu sais, ça s'améliore.

– Ça doit être dur, compatit-il.

Et on voit bien qu'il s'imagine à la place de Len. Quelque chose passe sur son visage : de la pitié, de la culpabilité ? Rien de méchant, mais ça ne plaît pas à Len.

– C'était cool de te voir, dit celui-ci pour couper court. Bonne chance pour le reste de la saison.

– Merci. J'espère que tu pourras rejouer bientôt. Eliza, ravi d'avoir fait ta connaissance. On se reverra peut-être au prochain match contre Willoughby.

Nous le regardons s'éloigner. Je commente :

– Il a l'air sympa.

Len boit dans son gobelet.

– Je ne savais pas que ton genre, c'était les lanceurs.

– Je ne savais pas que j'étais le genre des lanceurs.

J'attends qu'il enchaîne avec une répartie spirituelle, mais il se contente de pouffer. Et je réalise à quel point son rire est grave et généreux, avec en plus un soupçon de fantaisie maladroite.

Prise d'un brusque accès de timidité, je me dresse sur la pointe des pieds comme pour regarder dans son gobelet.

– Qu'est-ce que tu bois ?

Len me le tend et son geste me paraît étrangement intime, comme si on partageait souvent nos verres. Comme si on était amis – ou plus que ça… – depuis un moment.

Je prends une grosse gorgée pour dissimuler mon visage.

– Attends… C'est du soda au gingembre ?

Il ricane.

– Tu t'attendais à quoi ?

– Je ne sais pas. Un truc plus viril. De la bière ?

– Je suis venu en voiture, et je ne savais pas combien de temps je resterais, dit-il en me surveillant du coin de l'œil.

– C'est très responsable de ta part.

Il se frotte à l'arrière du crâne et baisse les yeux vers ses chaussures, puis les remonte très lentement vers moi – un regard pareil à un adagio.

– Tu veux qu'on aille dehors ?

« Oui ! » Mon cœur gambade déjà vers la porte. « Dehors, et n'importe où si tu me le demandes comme ça. » Mais je me contente d'enfoncer mes mains dans les poches de mon jean.

– Et si quelqu'un nous voit ?

Len pose son gobelet sur le comptoir et sourit.

– Il te suffira de ne rien faire de répréhensible.

Le jardin de devant est désert. On s'assoit sur les marches du porche. Aucun de nous deux ne dit rien pendant un moment. Il fait complètement nuit, à présent, et la lumière des lampadaires est assez douce pour que je puisse distinguer les étoiles dans le ciel.

J'aime bien la fraîcheur piquante des nuits dans le désert, qui enveloppe le bitume et le stuc comme si le soleil n'avait jamais existé. Derrière nous pulsent les bruits étouffés de la fête. Mais ici, sur ces marches banales, au bord de cette pelouse quelconque, j'ai trouvé une poche de tranquillité. Ou du moins, Len et moi l'avons trouvée ensemble.

Il s'adosse au mur de la maison. Nous sommes assez près pour nous toucher, mais nous n'en faisons rien. J'étends mes jambes, rapprochant mes chaussures de sa hanche.

– Je voulais te dire… J'ai écouté d'autres morceaux du groupe que Luis et toi, vous aimez bien.

– Ah bon ? Et tu en as pensé quoi ?

– En fait, je suis partagée.

Ma réponse semble l'amuser.

– Comment ça ?

– La voix du chanteur touche un point sensible. Elle est à la fois irritante et apaisante.

– Ouais. Comme si on l'avait trempée dans l'alcool d'une goutte de sirop pour la toux.

Le caractère unique de cette image, balancée de façon si désinvolte, me fait sursauter comme si Len venait de me prendre la main. J'ai même un mouvement de recul, et mes mains battent en retraite à l'intérieur de mes manches.

– Tu as le sens de la formule, dis-je sur un ton à mi-chemin entre taquinerie et admiration.

Mais je suis sincère.

Len hausse les épaules.

– J'ai toujours aimé sa voix, j'ai passé beaucoup de temps à me demander comment je la décrirais.

Ajouté au geste avec lequel il arrache une feuille au rosier près de son épaule, quelque chose dans cette révélation me donne envie de l'embrasser. Je voudrais un baiser qui fasse disparaître le reste du monde, comme la dernière fois, puis je voudrais que Len me le décrive et fasse de ce souvenir une poésie que j'enfouirais dans un petit coin de mon cœur.

– Bref, dis-je en m'arrachant à ma rêverie, à côté de ça, je trouve certaines de leurs meilleures chansons assez... misogynes.

– Développe, lance Len en balayant du regard les maisons identiques qui s'alignent dans la rue.

– Par exemple, celle sur la femme tellement horrible que son mec veut se suicider en sautant dans un lac. Il y a un passage qui dit que tout ce qu'elle a pour elle, c'est sa beauté, et qu'elle la gaspille.

Len rit doucement.

– Je vois ce que tu veux dire, acquiesce-t-il en me jetant la feuille. Mais la perspective varie d'un morceau à l'autre. Chacun raconte une histoire différente. Ils ne partagent donc pas nécessairement le point de vue de leurs personnages. Du moins, j'espère.

– Possible, mais c'est parfois difficile de dire ce qu'ils pensent d'un personnage, et ce qu'ils veulent que leur public en pense.

D'un geste impulsif, je tends la main et tire sur l'extrémité d'un de ses lacets, mais pas assez fort pour le dénouer.

– Et je me demande si ce n'est pas un problème. Mais la musique me plaît quand même. Je n'arrête pas de les écouter depuis que tu me les as fait découvrir, j'avoue en le regardant du coin de l'œil.

Len se penche en avant, les bras pendant au-dessus de ses genoux. Si je voulais, je pourrais écarter cette boucle de cheveux qui tombe sur son front. S'il le voulait, il pourrait m'attirer contre lui. Et, l'espace d'une seconde, il me semble que l'un de nous deux va se décider à faire quelque chose.

Len ramasse un gravier et le jette sur la pelouse.

– Je crois que c'est permis d'aimer des choses problématiques tant qu'on les voit telles qu'elles sont vraiment. Ce qui semble être une de tes spécialités, dit-il avec un sourire malicieux.

Je ne comprends pas comment je ne me suis pas encore liquéfiée.

Puis Len me surprend en sortant son téléphone et en le déverrouillant.

– Tiens. Je t'ai fait écouter des chansons misogynes. À ton tour. Choisis la musique que tu aimes.

Il me passe son téléphone. Je jette un regard à la ronde.

– Maintenant ? Ici ?

– Pourquoi pas ?

La nuit est si calme autour de nous ! Je n'entends presque plus les bruits de la fête.

– D'accord.

Je réfléchis un moment au nom que je veux taper dans la barre de recherche et finis par opter pour mon groupe préféré.

Voilà comment nous nous retrouvons penchés l'un vers l'autre au-dessus de l'écran de son téléphone tandis qu'un minuscule haut-parleur hurle un hymne punk-rock féminin.

– C'est génial, dit Len avec un grand sourire.

Dans ce morceau, la chanteuse envoie se faire foutre tous les gens qui la prennent de haut parce que c'est une fille. La vidéo la montre tour à tour en présidente des États-Unis, en sorcière brûlée vive et en suffragette. Elle s'énerve un bon coup, mais on sent aussi qu'elle s'amuse. Je suis toujours pleine d'énergie après avoir écouté cette chanson, et cette fois, en plus, la tête me tourne de l'avoir partagée avec Len.

– La chanteuse, la guitariste et la bassiste sont toutes des filles de notre âge, j'explique. Et tellement cool ! Surtout la chanteuse. Trop sexy.

– C'est vrai.

– J'aimerais bien être comme elle.

– Moi, je trouve que tu lui ressembles.

Surprise, je me tourne vers Len, et c'est alors qu'il m'embrasse. Même si j'ai attendu ce moment toute la soirée, je n'y suis pas préparée. C'est tellement bon ! Je me sens partir à la dérive, et ça ne me dérange pas du tout, au contraire.

Puis il s'écarte brusquement de moi.

– C'est bon, il n'y a personne.

Je crois qu'il s'est souvenu de ce que j'ai dit tout à l'heure, mais maintenant que j'agrippe sa chemise en flanelle, je m'en fiche complètement.

– Non, ce n'est pas bon, dit-il sur un ton si funeste que je me fige.

Sa mine torturée me fait penser à un petit garçon de cinq ans qui n'a pas encore appris à dissimuler ses sentiments.

– Qu'y a-t-il, Len ?

Il détourne les yeux.

– C'est moi qui ai publié ton article.

Son aveu sorti de nulle part m'atteint comme une gifle. Mon cerveau d'ordinaire si fiable refuse de l'assimiler. Je proteste :

– Mais je croyais que c'était Natalie. Tu lui as dit de le faire ?

– Non. C'est moi qui ai appuyé sur le bouton pour qu'il paraisse à la une du *Clairon*.

Une autre gifle, sur l'autre joue.

Je me redresse, la gorge serrée par l'incrédulité. Il y a dix secondes, toute cette histoire d'article me semblait très loin, et à présent, je me revois dans la salle de rédaction, au bord de la nausée. Sauf que cette fois, c'est pire, parce que je sais que c'est *Len* qui a révélé mes pensées les plus intimes à tout le lycée. Len qui m'a exposée à des humiliations et à des attaques que j'ai dû encaisser sans son aide.

Mais le pire, c'est qu'il ne m'en a rien dit. C'est comme s'il m'avait menti pendant tout ce temps. Len, le garçon qui m'a fait tomber amoureuse, avait piétiné ma confiance et mon sentiment de sécurité avant même que je consente à m'approcher du trou.

En l'espace d'une seconde, tout vire au sordide : les échos de la fête, les marches du porche, le baiser qu'on vient d'échanger.

– Pourquoi tu ne m'as rien dit ?

Il ferme les yeux.

– Je suis désolé, Eliza. Je ne voulais pas que ça arrive.

Et je me sens encore plus mal.

– Tu aurais pu m'en parler.

Ma voix est calme, mais quelque chose de brûlant et de coléreux enfle en moi.

– J'ai failli le faire avant que…

Len soupire, et je devine la fin de sa phrase : « avant qu'on s'embrasse ». Involontairement, je nous revois ce fameux après-midi, sa main sous ma jupe, ma main sous son T-shirt et, pour la première fois de ma vie, j'ai l'impression de m'être fait avoir par un garçon. Je ne pensais pas que ça arriverait un jour.

Je me force à maîtriser le tremblement qui voudrait poindre dans ma voix.

– Pourquoi tu as fait ça ? Je te laminais dans cet article. Pourquoi tu as voulu que les gens lisent des horreurs pareilles sur toi ?

Len ne répond pas tout de suite, se contentant de renverser la tête en arrière et d'étudier l'avant-toit.

– Je trouvais que tu avais raison. C'est de ça que je parlais tout à l'heure, quand je disais que tu vois les choses telles qu'elles sont.

Je garde le silence, attendant qu'il continue. Il prend une grande inspiration.

– Ce que tu as écrit dans cet article… Tout était vrai. Il me semblait que tu étais la seule à voir à travers ma façade. La seule à voir… le vrai moi.

Son regard croise le mien, et malgré moi, je frissonne. Sa voix ne contient aucune trace de la désinvolture sarcastique avec laquelle, d'ordinaire, il enveloppe ses mots comme dans du papier bulle. Il semble vulnérable, à nu comme peu de gens doivent l'avoir vu. Et bizarrement, à cause de ça, je me sens tenue de le protéger. Voire honorée qu'il se montre ainsi à moi. J'ai envie de prendre son beau visage entre mes mains, de caresser ses cheveux en disant : « Tu as raison, je suis la seule qui te vois vraiment. »

C'est alors que je réalise : je n'ai rien de spécial. Comme tous les autres, je me suis juste laissé embobiner par ses belles paroles. Il ne s'en tirera pas aussi facilement.

– Non, dis-je d'un ton décidé. Je n'ai rien vu du tout. Je te prenais pour un sportif débile qui profitait de ses privilèges. Je me trompais. Tu n'es pas débile du tout. Tu es bien pire que ça.

Je me lève. Len en fait autant, ce qui m'oblige à renverser la tête en arrière pour cracher :

– Je savais déjà que tu étais lâche, mais je ne pensais pas que tu laisserais ta lâcheté blesser quelqu'un d'autre.

Il frémit.

– Tu es injuste. Je ne voulais pas te faire de mal.

– Je me fiche de tes intentions. La seule chose qui m'intéresse, c'est le résultat. De mon point de vue, tu n'as pas fait ce qu'il fallait, alors que c'était très simple. Et si tu es incapable de faire le bon choix, tu n'es rien.

Je secoue la tête.

Len passe ses doigts écartés dans ses cheveux et tire dessus comme pour les arracher.

– Tu sais bien que ce n'est pas aussi facile. Surtout avec toi. Comment tu aurais réagi si je te l'avais dit plus tôt ?

– Je ne t'aurais plus jamais adressé la parole.

– C'est ça que tu voudrais ? Qu'on n'ait jamais été amis ?

– Oui.

– Tu es sincère ?

Sa voix se brise sur la dernière syllabe, et j'éprouve un pincement au cœur. Mais je ne flanche pas.

– Je pense toujours ce que je dis. Contrairement à toi.

Len garde le silence un long moment. Quand il reprend la parole, sa voix a changé.

– C'est vrai, tu as des principes.

Son visage s'est fermé, et je commence à regretter mon intransigeance. Il croise les bras sur sa poitrine.

– D'accord, Eliza. Je suis un lâche et un menteur. Je ne corresponds pas à ton idéal, et tu le savais déjà avant ce soir. Alors, pourquoi tu m'as accompagné dehors ?

Je ne parviens pas à émettre le moindre son.

– Est-ce que tes copines féministes, celles qui t'ont aidée à organiser la grève, savent ce que tu es en train de faire ?

Je me tourne vers la porte, mais Len s'interpose.

– Tu te crois si vertueuse, Eliza. Quand est-ce que tu vas admettre que même toi, tu ne peux pas respecter constamment tous tes principes ? Que parfois, tu as envie de les envoyer promener ?

Je le bouscule pour passer. J'en ai assez de lui. Je veux rejoindre Winona et qu'on quitte cette fichue soirée. Je tente d'ouvrir la moustiquaire d'un geste décidé, mais elle reste coincée dans l'encadrement et je dois me battre quelques instants avec la poignée avant qu'elle cède.

– Eliza, attends !

La voix de Len a de nouveau changé. Il me semble que je pourrais la briser en mille morceaux si je le voulais. Mais il n'a pas assez d'importance pour moi, et je l'abandonne sous le porche.

33

À l'intérieur, la fête bat toujours son plein. Mais à présent, l'odeur de sueur et de bière mélangées me donne envie de vomir.

Je suis sur le point de foncer vers le jardin de derrière quand un couple enlacé me barre le chemin. Je réussis tout juste à éviter une collision. Je proteste :

– Hé, faites gaffe !

Puis je reconnais la fille.

– Natalie ?

En entendant son nom, elle se retourne.

– Elizaaaaa ! couine-t-elle comme si elle était ravie de me voir.

C'est le premier indice que quelque chose cloche.

– Tout va bien ? je demande.

Je ne connais pas le garçon pâle aux cheveux filasse qui est avec elle et ne semble pas avoir remarqué qu'elle parle à quelqu'un.

– Ouais. Super, répond Natalie en gloussant tandis que le type l'entraîne vers l'escalier tout en l'embrassant dans le cou. Austin, arrête !

Puis elle hoquette, trébuche et tombe à genoux.

Cette situation me dérange, mais je ne sais pas trop comment réagir. Oui, Natalie est soûle, mais au point de ne pas pouvoir décider si elle veut accompagner Austin à l'étage? Est-ce qu'elle m'en voudrait si je l'empêchais de monter? Je n'en ai pas la moindre idée. Après tout, nous ne sommes pas amies.

– Alors, euh… D'où tu connais Austin? je demande, cherchant à gagner du temps et à obtenir des informations.

Natalie fronce les sourcils.

– Hein? marmonne-t-elle, les yeux rivés sur le sol.

De plus en plus inquiète, je me penche pour voir son visage.

– Natalie?

Une poubelle en plastique, lisse et ronde comme une coquille d'œuf, apparaît entre nous juste à temps pour qu'elle vomisse dedans. Je me retourne pour voir qui a eu cet excellent réflexe. C'est Len.

– J'ai assisté à assez de soirées base-ball pour reconnaître les signes, explique-t-il sobrement.

Austin, lui-même pas mal bourré, hésite derrière nous. Je m'agenouille près de Natalie en aboyant :

– Je crois qu'elle n'ira plus nulle part ce soir.

Et il s'éclipse enfin.

Natalie tousse. Apparemment, elle arrive au bout du contenu de son estomac. Je commente :

– Elle a une sale tête.

– Elle se sentira mieux après, affirme Len.

Je frissonne de dégoût comme Natalie s'essuie la bouche sur sa manche. Ses baskets blanches montantes pointant dans deux directions différentes, elle se vautre sur la poubelle et continue à rendre son dîner. Elle me paraît toute petite, soudain.

Je cherche ses amis du regard. Elle a dû venir avec d'autres gens, non ? Alors, où sont-ils ? Je ne sais pas prendre soin d'une personne ivre. Surtout si c'est quelqu'un que je ne peux pas blairer.

– Quelqu'un devrait la ramener chez elle, dis-je en repoussant prudemment ses cheveux en arrière.

Mais j'ai laissé ma voiture chez Winona, et tous les autres fêtards semblent avoir beaucoup trop bu pour prendre le volant.

À une exception près.

– Je vais le faire, propose Len. À condition que tu m'accompagnes. Sinon, ses parents vont se faire des idées.

Il soutient mon regard tandis que je le dévisage, d'un air à la fois suppliant et plein de défi. Je voudrais refuser, le planter là et le laisser se débrouiller avec elle. Après tout, ils ont l'air de bien se connaître.

Puis je baisse les yeux vers Natalie, qui a pris une teinte verdâtre au-dessus de sa poubelle remplie de vomi.

– Tu habites où ?

Malgré son état lamentable, elle parvient à donner son adresse, que je tape sur mon téléphone.

– C'est à cinq minutes d'ici en voiture.

– Je te déposerai chez toi après, offre Len.

J'essaie de trouver Winona, mais je ne la vois nulle part, et Natalie est sur le point de s'endormir dans les bras de Len.

– Non, c'est bon, dis-je parce que je ne veux pas partir sans mon amie. Tu n'auras qu'à me ramener ici après.

J'envoie un texto rapide à Winona.

Je raccompagne Natalie chez elle. C'est une longue histoire. Je reviens tout de suite.

Sur la banquette arrière, Natalie a baissé la vitre pour faire entrer l'air nocturne. Elle laisse pendre son bras dehors et soupire.

– On va où ?

– Chez toi, je réponds depuis le siège passager.

– C'est Len qui conduit ?

– Ouais.

Elle baisse la voix.

– Il est si gentil.

Je ne tourne pas la tête vers lui.

– *Mmh mmh.*

– Il me plaisait vachement.

– *Mmh mmh.*

– Mais ce n'était pas réciproque.

Malgré moi, je suis intriguée.

– Comment tu le sais ?

– Parce qu'il me l'a dit.

De nouveau, Natalie soupire.

Je jette un coup d'œil à Len, qui regarde droit devant lui.

À mon grand soulagement, les lumières sont toujours allumées chez Natalie – un autre chef-d'œuvre de l'architecture typique de Palermo. Soutenant notre camarade entre nous, Len et moi longeons une allée familière jusqu'à la porte d'entrée.

– Tu as tes clés ? je demande.

Natalie est en train de fouiller dans son minuscule sac à main quand la porte s'ouvre sur ses mères. L'une d'elles redresse ses lunettes tandis que l'autre noue la ceinture de sa robe de chambre. Toutes deux ont l'air très inquiètes.

– Ne vous en faites pas, lance Natalie en clignant des yeux à travers les brumes d'alcool. Je vais bien.

Pendant le trajet de retour, Len et moi ne décrochons pas un mot. Mais après s'être garé devant chez Nate, il coupe le moteur.

– Eliza…

Je veux descendre, mais la portière est verrouillée.

– Il faut que j'y aille, dis-je en tirant sur la poignée.

– On peut parler ?

– Non.

Avec un soupir, Len déverrouille ma portière et je jaillis de la voiture. Je suis surprise de voir Winona debout sous le porche. Dieu merci. Je m'élance vers elle, puis ralentis à la vue de son expression mécontente.

– Qu'est-ce qui t'a pris, Eliza ? me demande-t-elle en grimaçant, le regard fixé sur un point au-dessus de mon épaule.

Je me retourne. Len vient de descendre de sa voiture.

– Pourquoi tu t'énerves ? Je l'ai aidé à ramener Natalie chez elle. Je t'ai envoyé un texto…

– Je n'ai plus de batterie. Mais Esther m'a montré.

Je ne comprends plus rien.

– Esther ?

Winona brandit un téléphone à la coque en forme de koala.

– Oh, mon Dieu, dis-je en le lui arrachant des mains.

Quelqu'un a mis en ligne une photo de Len et moi prise il y a une heure. Nous sommes assis sur ces marches, très visiblement en train de nous embrasser.

Dessous, les commentaires s'accumulent déjà.

@fiverjlg : Sérieux ? @elizquan et @lendimartile ?

@cooliobeans23 : Elle ferait vraiment n'importe quoi pour ce poste de rédactrice en chef. 😏

@xlive328 : On s'incline tous devant @lendimartile, qui emballe pour le patriarcat ce soir !!

– Oh, mon Dieu, je répète, incapable de dire quoi que ce soit d'autre.

Len s'approche derrière moi.

– C'est quoi, le problème ?

Il me prend le téléphone avant que je le lâche et découvre la photo compromettante.

– Putain de merde ! jure-t-il. Qui… ?

C'est alors que Serena jaillit de la maison, Dylan sur ses talons.

– Eliza, je croyais que tu ne devais surtout pas remettre ça ! lance-t-elle sévèrement.

Winona nous dévisage tour à tour.

– Elle savait ? s'écrie-t-elle, l'incrédulité faisant monter sa voix dans les aigus. Tu lui as dit ?

– Non… Non. Je suis désolée…

Je tente de m'expliquer, mais tout est embrouillé dans ma tête, comme si c'était moi et non tous les autres qui avais bu toute la soirée.

Winona se détourne et rentre dans la maison en bousculant Serena et Dylan au passage. Je l'appelle, mais elle ne s'arrête pas.

– Tu vois ? lâche Serena sur un ton presque désolé. Et ce n'est que le début.

Je sens Len me poser une main sur l'épaule, mais je me dégage brusquement.

– Ne me touche pas, dis-je avant de m'enfuir à toutes jambes.

34

Je cours jusque chez les Wilson et monte dans la voiture de Kim. Je transpire, mais la nuit est fraîche, et mon corps ne sait pas comment réagir. Mon esprit non plus, d'ailleurs. Je claque la portière et enfouis mon visage dans mes mains.

Qu'est-ce qui m'arrive ?

Malgré mon appréhension, je consulte mon téléphone. Les commentaires continuent d'affluer, et je dois m'obliger à arrêter de les faire défiler. J'ai reçu plusieurs textos de Len, que je n'ouvre pas, et un autre de Kim, qui me prévient que je ferais mieux de rentrer parce qu'elle ne va pas pouvoir me couvrir beaucoup plus longtemps.

Je démarre et me mets en route, parce que c'est la chose la plus logique à faire. J'arrive chez moi en un seul morceau. À mon grand soulagement, le silence règne à l'intérieur quand je déverrouille et pousse la porte d'entrée.

Assise à son bureau dans le salon, Kim fait pivoter sa chaise vers moi.

– Papa et maman sont allés se coucher, dit-elle à voix basse.

Puis elle me dévisage.

– Qu'est-ce qui t'est arrivé ?

J'ôte mes chaussures comme un zombi.

– Je n'ai pas envie d'en parler.

Et avant qu'elle puisse ajouter quoi que ce soit, je passe en trombe devant elle.

Après m'être brossé les dents, je me frotte le visage avec un gant de toilette jusqu'à ce que ma peau soit rose vif. Quand je défais mes tresses, mes cheveux sont super ondulés. Dégoûtée, je me détourne du miroir.

Je me couche sans allumer la lumière. Ma hanche heurte quelque chose. Je tâte l'objet rectangulaire dans le noir et me souviens : c'est *La Vie mode d'emploi*. Quel titre ridicule et trompeur ! Aussi ridicule et trompeur que Len lui-même. C'est le manuel d'instructions le plus nul que j'aie jamais lu.

Toutes ces heures passées à m'enfiler des descriptions et des anecdotes interminables… Je pensais qu'elles me révéleraient quelque chose de profond sur Len. Ou au moins sur la vie. Au lieu de ça, arrivée à la page 350, je suis toujours aussi perplexe et frustrée. La seule chose aussi futile que ce bouquin, c'est la quête de son personnage principal. Et dire que je trouvais ça intéressant à la base !

Je jette le livre par terre, me tourne vers le mur et me roule en boule sous mes couvertures. Je me sens si mal ! Être féministe, c'était censé me faire appartenir à une sororité. Mais j'ai tout gâché, y compris la seule amitié sur laquelle je pouvais déjà compter bien avant de découvrir le féminisme.

Et tout ça pour quoi ?

Un garçon.

Chaque fois que j'y pense, ça me fout en rogne. Je ne me remets pas de son aveu. C'est lui qui a mis mon article en ligne. C'était lui depuis le début ! Dire que je ne m'en suis jamais doutée… Ça me donne la nausée. Je n'arrive pas à croire que j'ai embrassé ce connard. Je n'arrive pas à croire qu'il me plaisait.

Mes yeux me brûlent. Alors, je réalise que le pire de tout, c'est qu'il me plaît encore. Et merde. Ce qu'il n'a pas manqué de me jeter à la figure : « Alors, pourquoi tu m'as accompagné dehors ? » Ce crétin arrogant.

Je tente de faire taire sa voix dans ma tête et de m'endormir. Au lieu de ça, j'enfouis mon visage dans mon oreiller et laisse enfin couler mes larmes.

35

Quand j'arrive dans la salle de rédaction le lundi matin, Tim O'Callahan se lève pour m'applaudir lentement.

– Bien joué, Eliza ! Quelle magnifique leçon de féminisme !

Virant à l'écarlate, j'ouvre la bouche pour répliquer, mais James me prend de vitesse.

– Fous-lui la paix, O'Callahan, ordonne-t-il.

Assis dans son coin habituel, Len se raidit, mais Tim se contente de ricaner.

Je me dirige vers ma place en évitant de croiser le regard de quiconque, espérant que les minutes vont s'évaporer à toute vitesse jusqu'à la première sonnerie. Mais dès que je pose mon sac à dos, Aarav lance :

– C'est vrai que vous l'avez fait dans sa caisse ?

Silence autour de nous. Natalie et Olivia échangent un coup d'œil affligé. Len se laisse glisser à terre avec un air orageux, comme s'il allait lui en coller une.

Je lui épargne cette peine.

– Et toi, Aarav, c'est quand la dernière fois que tu l'as fait ?

Surpris, il bredouille :

– Qu'est-ce que… ?

– Oh, tu n'as pas envie d'en parler. Bizarre. Tu veux dire que ça ne me regarde pas ?

Je balaie la salle d'un regard dur, et personne n'émet le moindre son.

– Vos premiers jets, s'il vous plaît.

La journée ne fait qu'empirer. En EPS, je m'approche de Winona pendant qu'on court nos deux kilomètres du lundi, mais elle allonge la foulée et me distance rapidement. Hier, je suis allée chez elle pour m'excuser, mais c'est Doug qui m'a ouvert la porte.

– Désolé, Eliza. Winona m'a dit de te dire qu'elle n'aura plus besoin de ton aide.

Voyant ma tête, il a ajouté :

– Tu veux rester pour jouer à la Xbox avec Sai et moi ?

– Non, Doug, on doit tourner quand même ! a hurlé Winona, quelque part à l'intérieur de la maison.

Son frère a haussé les épaules et répété :

– Désolé.

– Tu peux lui dire que moi aussi, je suis désolée ?

Il a acquiescé, et je suis rentrée chez moi. Depuis, Winona n'a pas répondu à un seul de mes textos ou de mes appels.

À présent, je sens les gens me suivre du regard tandis que je traverse la cour, ricanant entre eux et répétant sans doute toutes les horreurs qu'ils ont déjà écrites en ligne.

« Tiens, voilà la sale hypocrite. Celle qui a foutu le bordel parce qu'un garçon avait été élu rédacteur en chef à sa place, et qui s'est empressée de sortir en douce avec lui. Je vous parie que c'était ça son but depuis le début, qu'elle se fichait bien du féminisme. On vous avait prévenus, non ? Comment elle a pu mentir à ses amies comme ça ? Après tout le mal qu'elles se sont donné pour l'aider ? C'est à cause de filles comme elle que les féministes ont mauvaise réputation.

Elle voulait juste attirer l'attention. C'est tout à fait le genre de fille qui couche pour réussir. »

Tout le monde me déteste. Ceux qui se moquaient de mon féminisme sont soulagés, ceux qui pensent que j'ai trahi la cause sont indignés, mais tous s'accordent sur un point : je suis minable.

Et tout au fond de leur mépris se tapit un sentiment plus hideux encore, que je découvre en le voyant tagué sur mon casier sous le FÉMINAZIE à demi effacé : SALE PUTE !!!!!

Je suis en train d'envisager de le laisser là jusqu'à la fin de l'année scolaire quand Natalie s'approche derrière moi.

– Salut, Eliza.

– Quoi ? j'aboie sans la regarder.

– Je voulais juste te remercier de m'avoir aidée l'autre soir.

– Oh.

Len m'a dit que c'était toi qui lui avais demandé de me raccompagner chez moi.

Comme d'habitude, il dit la vérité, mais pas tout à fait.

– De rien.

Natalie lorgne le nouveau graffiti sur mon casier.

– Désolée pour tout ce qui t'arrive. Et pour le reste aussi.

– C'est bon.

– Moi, je ne te prends pas pour une pute.

Elle me sourit, et je lui souris en retour.

– Merci.

C'est drôle. Pendant longtemps, j'ai supposé que c'était Natalie qui avait publié mon article, et je la prenais vraiment pour une connasse. Mais à présent, je ne suis plus certaine qu'elle méritait que je la juge ainsi. Peut-être qu'aucune de nous ne mérite d'être jugée.

Arrive la cinquième heure que je redoutais tant.

Dès le début du cours, Winona s'absorbe dans une

conversation avec Eddie Miller, qui est assis devant elle. Elle ne peut pas le blairer, c'est donc très mauvais signe qu'elle préfère lui parler plutôt qu'à moi.

Serena m'ignore aussi. Chargée de rendre les devoirs notés, elle passe dans les rangs en distribuant les copies. Elle pose la mienne sur mon bureau sans un mot. Elle n'a pas besoin de dire quoi que ce soit : tout le lycée sait déjà qu'elle ne veut plus rien avoir à faire avec moi. Et je ne peux pas l'en blâmer. Pour une fille qui veut devenir la prochaine présidente du bureau des élèves, je ne suis plus qu'un boulet électoral.

Quant à Len, il a renoncé à s'excuser. Il a tenté de m'intercepter ce matin alors que je sortais de la salle de rédaction, mais je suis passée devant lui comme s'il n'était qu'un grain de poussière dans mon univers.

En revanche, Ryan me parle toujours. Hélas.

– Du coup, ça veut dire que tu n'es plus féministe ?

Je l'envoie balader.

À ce stade, je voudrais juste me fondre dans le décor pour que personne ne fasse plus jamais attention à moi. Est-ce que ce serait si grave de devenir insignifiante ? De ne me battre pour aucune cause ? Je ne crois pas. Je ne crois plus.

Malheureusement, c'est aujourd'hui que notre groupe de *Macbeth* est censé jouer ses scènes, et grâce à notre casting d'enfer, toute la classe semble beaucoup plus intéressée que d'habitude. Quand Mlle Boskovic nous appelle au tableau, nos camarades se redressent sur leur chaise et tendent l'oreille pour ne rien manquer du carnage.

Ils sont déçus de découvrir que Len et moi n'avons aucune scène en commun – Banquo et Lady Macbeth ne se croisent que plus tard dans la pièce –, mais leur soif de sang est satisfaite quand Serena et moi jouons l'échange macabre entre Macbeth et son épouse après le meurtre de Duncan.

Serena titube à travers la salle en récitant son texte, coiffée d'une casquette de base-ball parce que le fiasco de ce week-end m'a empêchée de trouver une autre idée de costume. Son Macbeth version *bro* est plein de remords, les doigts recourbés telles des griffes qu'elle tient éloignées de son corps comme si elle refusait d'admettre que ces mains coupables lui appartiennent. En la regardant, on pourrait croire que Macbeth était un mec bien qui a juste eu la mauvaise idée d'écouter sa femme.

Forcément, une Lady Macbeth jouée par moi ne marque guère de points auprès de ce public. Et le fait que, au cours de cette scène, elle 1/ dépose des armes sur le lieu du crime pour faire accuser quelqu'un d'autre parce que son époux ne peut s'y résoudre, 2/ le traite de chochotte parce qu'il a des remords, 3/ semble penser que se nettoyer les mains fera disparaître leur culpabilité, n'aide pas beaucoup.

– « Un peu d'eau va nous laver de cette action, affirme-t-elle en bonne psychopathe. Comme c'est donc aisé ! »

Par contraste, à la fin de la scène, Macbeth exprime ses regrets d'avoir tué Duncan.

– « Je n'irai plus. J'ai peur de penser à ce que j'ai fait. Regarder cela encore ! Je n'ose pas ! »

Lorsque nous saluons, Mlle Boskovic applaudit vigoureusement.

– J'avoue n'avoir pas très bien compris la signification des casquettes, ce qui n'enlève rien à votre interprétation très inspirée !

Puis elle ouvre la discussion à toute la classe.

Sarah Park lève la main.

– Je crois que cette scène sert à établir l'idée que Lady Macbeth est la véritable méchante de la pièce. Elle paraît vraiment froide et calculatrice alors que Macbeth culpabilise.

Les autres murmurent et hochent la tête.

– Un argument intéressant, approuve Mlle Boskovic. D'autres points de vue ?

Au lieu de ça, tout le monde décide de continuer à charger Lady Macbeth.

– Tout ce qu'elle veut, c'est le pouvoir, affirme Greg Landau. Au point qu'elle pousse son mari à commettre un crime.

– Ouais. Lui, au moins, il se demande si ça en vaut la peine, ajoute Veronica Patel. Il aurait peut-être renoncé si sa femme n'avait pas continué à le harceler.

Nouveaux hochements de tête. Oui, Lady Macbeth est un monstre. Tout le monde est d'accord sur ce point.

Puis Serena lève la main et Mlle Boskovic lui donne la parole.

– Moi, je trouve que *Macbeth* est une pièce extrêmement sexiste, déclare-t-elle.

C'est aussi inattendu qu'audacieux. Un murmure surpris parcourt la salle.

– Pourquoi ? demande Mlle Boskovic.

– Pour toutes les raisons que les autres ont citées, répond Serena. Lady Macbeth est le personnage féminin principal, mais elle n'a aucune moralité, ce qui n'est pas cool, parce qu'elle renverse les normes de genre en étant également forte et ambitieuse. Elle est punie pour s'être approprié des caractéristiques traditionnellement masculines.

Nos camarades semblent réfléchir. Abby Chan lève la main.

– On ne devrait peut-être pas étudier une œuvre qui peint les femmes sous un jour aussi négatif, suggère-t-elle.

À présent, tout le monde est intrigué. Shakespeare, cet écrivain qu'on nous ressert chaque année en cours d'anglais, était-il vraiment un gros misogyne ?

Je vois Winona lever discrètement les yeux au ciel, et ça me pousse à lancer :

– Je ne suis pas sûre d'être d'accord.

J'ai parlé sans lever la main, et mes camarades se tournent tous vers moi.

– Je trouve ça un peu simpliste de dire que la pièce est sexiste pour la seule raison que Lady Macbeth est diabolique.

– Développe, s'il te plaît, demande Mlle Boskovic.

– Macbeth aussi est en proie à une ambition dévorante. Pourquoi l'exonérer de tous les torts ? C'est lui qui assassine Duncan.

Mes pensées s'ordonnent avec une clarté grandissante tandis que je poursuis :

– On pourrait aussi faire valoir que l'ambition de Lady Macbeth n'est pas égoïste. Elle veut que son mari soit roi parce qu'elle le soutient en tant qu'épouse. Et elle aussi finit par culpabiliser quand elle devient folle.

– Hé, ne me gâche pas la suite ! proteste Ryan.

– Ce que je veux dire, c'est que la pièce ne dépeint pas nécessairement Lady Macbeth comme pire que son mari.

Je promène un regard à la ronde.

– La manière dont on voit ça en dit peut-être plus long sur nous que sur les personnages.

La cloche sonne, et Mlle Boskovic met fin à la discussion.

– On reprendra demain !

De l'autre côté de la salle, Serena a l'air pensive.

36

D'un point de vue social, contredire publiquement Serena Hwangbo n'était sans doute pas la meilleure chose à faire dans ma position. D'un autre côté, quelle importance ? Je suis déjà au plus bas. Chaque heure qui passe embellit le récit de ce que Len et moi avons soi-disant fait à la soirée de Nate Gordon. On pourrait presque croire que j'ai passé un très bon moment.

Autrefois, je pensais que les gens ne m'aimaient pas parce que j'étais trop dure. Un vrai tyran. Une garce. Et quelque part, je m'en enorgueillissais. C'est pour ça que je n'ai jamais hésité à distribuer des étiquettes aux autres. Être une garce me permettait de faire ce que je voulais sans me soucier de ce que les gens pensaient de moi. Je trouvais ça puissant. Mais je suis en train de changer d'avis, parce que c'est un terme qui charrie surtout beaucoup de haine. Un peu comme « pute ». Peu importe qui le dit et dans quelles circonstances.

Aujourd'hui, tout le monde me déteste, et personne ne se prive de me le faire sentir.

Après les cours, je me traîne jusqu'à la salle de rédaction. Par chance, il n'y a personne à part James, qui est en train d'effacer le tableau Velleda. Tant mieux, je serai tranquille un petit moment.

– Tu tiens le coup ? me demande-t-il en s'interrompant tandis que je passe près de lui.

– Bof.

– Comment ça va avec Winona ?

– Mal.

– Elle ne veut toujours pas accepter tes excuses ?

Je m'affale sur ma chaise et pose le menton sur mon bureau.

– Non.

James se remet à effacer.

– Et Len ?

Je laisse ma tête rouler sur le côté sans répondre.

– Tu ne veux pas accepter ses excuses non plus ?

Je me redresse brusquement.

– Il t'en a parlé ?

James se retourne.

– Qui, Len ? Non. Mais c'est évident. Il suffit de voir comment il te regarde.

Oh, mon Dieu. Je presse mon nez et mon front sur le bureau pour que James ne me voie pas rougir. J'aimais mieux avant, quand on ne discutait pas de ma vie amoureuse. Quand Len était juste un sportif que je me fichais de connaître. Quand je n'attendais rien de lui et réciproquement.

D'un autre côté, même si ma situation actuelle craint un max, je ne suis pas sûre que je voudrais revenir en arrière. Je repense à la question que Len m'a posée l'autre soir.

« C'est ça que tu voudrais ? Qu'on n'ait jamais été amis ? »

– Publier mon article, c'était dégueulasse de sa part, dis-je, le nez écrasé sur le bois verni.

– En effet.

Je relève la tête.

– Il m'a dit qu'il allait démissionner.

James hausse légèrement les épaules.

– Il ne m'en a pas parlé.

C'était sans doute un autre mensonge. Quelle surprise…

Je plonge la main dans mon sac à dos et en sors un premier jet d'Olivia. Son sujet ? Le peu de « classiques » signés par des femmes – et notamment des femmes de couleur – présents à la bibliothèque du lycée. C'est elle qui m'en a soumis l'idée la semaine dernière. C'est le genre de papier basé sur des données quantifiables et objectives que j'aurais aimé écrire moi-même si je n'étais pas dans une situation aussi désastreuse.

– J'ai été inspirée par toutes tes actions féministes, m'a dit Olivia. Il m'a semblé que cet article tomberait à pic.

Si j'étais du genre démonstratif, j'aurais pu la serrer dans mes bras.

Je suis en train d'écrire un long commentaire dans la marge quand j'entends la porte de la salle s'ouvrir dans mon dos.

– Euh, Eliza. C'est pour toi, lance James.

Mon estomac se noue, parce que je crois que c'est Len. En réalité, il s'agit de quelqu'un d'encore plus inattendu : Serena. Elle porte mon vieux gilet gris plié sur son bras.

– Salut, dit-elle.

Je suis trop surprise pour répondre autre chose que :

– Salut.

Elle s'approche de moi.

– Il était dans la boîte des objets trouvés du vestiaire des filles, explique-t-elle en me tendant mon gilet. J'ai pensé que tu voudrais le récupérer.

Alors que je le prends, elle ne peut s'empêcher d'ajouter :

– Même s'il ne te va pas très bien. Sans vouloir te vexer. C'est le genre de chose que je me sens tenue de te dire en tant qu'amie.

– D'accord.

Je ne peux m'empêcher de rire, elle est tellement sérieuse !

– Du moins, si on est bien amies, ajoute-t-elle sur un ton interrogateur.

Je tripote le gilet qui sent les chaussettes sales, les manuels de cours oubliés et Dieu seul sait quoi d'autre. L'époque où je le portais tous les jours me semble si lointaine…

– Ça dépend. Tu es venue pour me dire que tu m'avais prévenue ?

Elle m'adresse une version atténuée de son sourire éblouissant.

– Non, bien sûr que non. (Puis elle redevient sérieuse.) Tous les trucs que les gens disent… Ça passera, tu sais.

Je hausse les épaules comme si ce n'était pas un gros problème.

– Peut-être. Je survivrai.

Elle hoche la tête.

– Je sais, mais je suis désolée de n'avoir pas été une meilleure amie.

Là, elle a réussi à me surprendre. La dernière chose à laquelle je m'attendais, c'était à recevoir des excuses de la part de Serena Hwangbo.

– C'est bon, je marmonne en dépliant et en repliant les manches de mon gilet. Moi, je suis désolée d'avoir embrassé le symbole du patriarcat.

C'est au tour de Serena de rire.

– Il va démissionner, au moins ?

– Je ne sais pas. Il avait dit que oui, mais il ne l'a pas fait. Je ne sais pas trop combien d'autres branlettes ça va prendre.

L'espace d'une seconde, elle paraît choquée. Puis un large sourire éclaire son visage.

– Tu es vraiment affreuse, lâche-t-elle en se marrant.

Et même si la situation craint toujours, c'est agréable de découvrir que tel n'est pas le cas de Serena.

37

Papa décroche un boulot dans un fast-food chinois appelé Les Baguettes d'or. Cette fois, il préparera du poulet à l'orange et du *lo mein* plutôt que du homard vapeur et de la soupe de vessie de poisson. Les clients sont plus jeunes, blancs et latinos plutôt que chinois ou vietnamiens, et ils commandent beaucoup en ligne pour emporter ou pour se faire livrer. Papa dit que le plus dur, ce sera sans doute de comprendre les commandes qui s'afficheront sur l'ordinateur, parce que ce sera entièrement en anglais.

Comme je ne suis jamais allée aux Baguettes d'or, j'effectue une recherche en ligne. Les avis sur Yelp sont médiocres, et je me demande si ça changera une fois que papa travaillera là-bas depuis un moment. Je l'espère. J'utilise souvent Yelp, mais ça me fait bizarre de penser qu'on puisse y critiquer la cuisine de mon père.

Le mardi soir, pendant que maman est en train de préparer le dîner, éminçant de l'ail avec le gros hachoir de boucher, je m'approche et me perche sur un des tabourets de bar. Elle n'a pas encore allumé le feu, et le seul bruit est celui du couvercle du cuiseur à riz tressaillant sous la poussée de la vapeur. Comme papa a commencé son nouveau travail hier, maman s'est remise à cuisiner seule pour nous. Je réalise que quand elle se plaint qu'il n'est pas assez souvent à la maison pour passer du temps avec Kim et moi, ça l'inclut aussi.

– Un petit coup de main, maman ?

Elle me jette un coup d'œil et continue à émincer.

– Tu as fini tes devoirs ?

– Non.

– Alors, va les faire. Je m'en sortirai toute seule.

– J'ai juste besoin d'une pause.

– Le lycée, c'est dur, mais tu en tireras les bénéfices plus tard. *Sīn fú hauh tìhm.*

C'est l'une de ses maximes préférées. « L'amertume d'abord, la douceur ensuite. »

– Oui, je sais.

– Si tu travailles dur, tu n'auras pas besoin d'être employée comme tes parents. Tu pourras devenir la *lóuh báan.*

La patronne.

– Tu crois que je devrais avoir ma propre entreprise quand je serai adulte ?

Je ne plaisante qu'à moitié. Je sais déjà ce qu'elle va répondre.

– Si tu as le sens des affaires, tu peux gagner beaucoup d'argent de cette façon. (Elle me dévisage un moment.) Mais je ne crois pas que ce soit pour toi. Tu es trop honnête. Comme ton père.

Hum. Si j'étais *vraiment* honnête, je ne serais pas dans ce pétrin.

– Et toi ?

– Ça demande trop de courage. Je n'en suis pas capable.

Maman entreprend de nettoyer les épinards. Elle remue les feuilles dans l'eau d'une main experte avant de les transférer dans une essoreuse à salade en plastique rose. Chaque fois que j'ai tenté de le faire à sa place, elle a critiqué le « manque d'énergie » de mes gestes.

– Tu crois que le nouveau boulot de papa lui plaît ?

Maman secoue la tête.

– Pourquoi ça devrait lui plaire ? Le travail, c'est le travail. Et pour une raison qui me dépasse, ton père a décidé de rester coincé dans la restauration. Il paraît que la pire peur d'un homme, c'est de choisir le mauvais métier. La pire peur d'une femme, c'est de choisir le mauvais homme.

Je fronce le nez.

– Ce n'est plus vrai de nos jours.

– Si. Si tu épouses la mauvaise personne, tu es condamnée à souffrir toute ta vie.

– Mais les femmes aussi travaillent, maintenant. Elles ne sont plus dépendantes de leur mari.

– Bien sûr qu'une femme doit travailler, ne serait-ce qu'à temps partiel. Je n'arrête pas de te le répéter : si tu gagnes ton propre argent, tu as ton mot à dire sur la gestion de la famille. Si tu te reposes sur le salaire de ton mari, un jour ou l'autre, ça te retombera dessus.

Je décide de ne pas lui faire remarquer qu'une femme peut aussi rester célibataire, de crainte qu'elle se lance dans un nouveau discours.

– Je voulais juste dire que, de nos jours, une femme peut être celle qui gagne le plus dans un couple.

– Ça n'arrive pas souvent.

– Mais c'est possible.

– Il faut être courageuse et rusée. Ce n'est pas facile.

– J'essaierai peut-être.

– Non.

Sa réaction catégorique me surprend.

– Pourquoi ? Tu dis toujours que je suis très intelligente.

– La question n'est pas là, affirme maman en versant de

l'huile végétale dans la poêle. En tant que femme, tu dois choisir un métier pas trop exigeant. Tu verras, élever des enfants, c'est beaucoup de travail. Tu ne peux pas faire les deux en même temps.

– Si c'est moi qui gagne le plus, c'est peut-être mon mari qui s'occupera des enfants.

– Non, les femmes sont davantage faites pour ça. Tu vois ton père ? C'est un homme. Sa mission, c'est de gagner de quoi payer les factures. Il vous aime, mais c'est moi qui m'occupe de vous.

Je me souviens de ce qu'elle a dit le soir de la fameuse dispute. « Pourquoi c'est toujours moi qui dois tout faire dans cette famille ? »

– Je ne pense pas que ce soit obligé.

– Bien sûr que si. Tu dis toi-même qu'à travail égal, les femmes sont moins payées que les hommes, pas vrai ? Donc, c'est logique que ce soit l'homme qui gagne plus d'argent.

Je suis surprise de constater qu'elle écoute ce que je lui raconte.

– Oui, mais j'ai également dit que je voulais changer ça.

– Ça risque de prendre du temps, Eliza, soupire maman d'un ton las. La vie est déjà assez dure. Ne te la complique pas davantage.

Elle lève une main pour allumer la hotte, puis met l'ail dans le wok, et notre conversation s'évapore dans le grésillement de l'huile.

Au salon, où Kim est assise à son bureau, je m'allonge sur le canapé et pose un coude sur l'accoudoir.

– Tu crois que maman est féministe ?

Le stylo de ma sœur s'immobilise au-dessus de sa feuille.

– Houla, non.

– C'est bizarre parce que, parfois, j'ai l'impression que oui, et parfois, j'ai l'impression que non.

– C'est comme ça pour la plupart des gens, non?

Apparemment, Kim est la plus clairvoyante de nous deux depuis le début.

– Tu crois qu'elle aurait fait quoi de sa vie si elle ne nous avait pas eues?

– Et si elle n'avait pas été obligée d'émigrer?

– Ouais.

– Une fois, elle a dit qu'elle aurait aimé devenir ingénieure électricienne.

Je n'en avais pas la moindre idée. J'ai toujours eu l'impression que plus jeune, maman ne se souciait de rien d'autre que d'avoir de bonnes notes, parce que c'était «la seule chose qui comptait».

Je pose mon menton dans ma paume.

– Je me demande si elle regrette de ne pas l'avoir fait.

– Probablement.

Kim se frotte les yeux sous ses lunettes. Elle ne les porte que le soir, même si elles lui vont bien et que ça ne serait pas honteux de se montrer avec pendant la journée.

Je jette un coup d'œil à maman qui fait sauter les épinards dans le wok en le secouant de temps en temps.

– Parfois, soupire Kim, je me dis que je devrais devenir ingénieure puisqu'elle n'en a pas eu l'opportunité.

– Tu pourrais encore.

Elle reporte son attention sur les notes étalées devant elle.

– Non, je ne suis pas assez intelligente, dit-elle sans aucune trace d'émotion, comme si c'était juste un fait indéniable.

Je la fixe. D'où vient ce manque de confiance en ses capacités intellectuelles? Qui lui a fourré cette idée dans la tête?

Mais je le sais bien. Je l'ai entendu des millions de fois dans la bouche de maman, dans la mienne, dans celle de tous les gens qu'on connaît, et même dans la sienne. De nous deux, c'est Kim qui a reçu la beauté et moi l'intelligence.

Je prends soudain conscience que depuis quelque temps, ma sœur étudie plus dur que d'habitude. Sur son bureau s'empilent des livres de classe, dont un manuel de chimie et un autre d'algèbre. Est-ce que ce serait vraiment beaucoup plus dur de devenir ingénieure, si elle faisait un effort ?

Je réplique :

– Bien sûr que tu es assez intelligente.

Kim penche la tête sur le côté.

– Dis donc, ça doit bien marcher avec ce garçon, me taquine-t-elle.

Je rougis. Elle ne peut pas savoir que c'est tout le contraire.

– Je suis sérieuse, Kim.

Elle attrape une mèche de ses cheveux et en lisse les pointes.

– Ça ne me dérange pas, Eliza. La biologie me convient très bien. Je veux juste réussir le concours de l'école de pharmacie.

– Mais ingénieure électricienne, ce serait encore plus cool, d'autant que c'est l'un des secteurs où les femmes sont le moins bien représentées. Si ça t'intéressait…

– Pas vraiment, tranche-t-elle, mais gentiment.

– À table ! appelle maman en versant les épinards dans un plat en métal.

– Je ne suis pas comme toi, Eliza, ajoute ma sœur tandis que je la suis vers la cuisine. Je n'éprouve pas le besoin de faire de grandes choses de ma vie.

Et elle ouvre le tiroir pour en sortir trois paires de baguettes.

Je me demande : « Mais, et si c'était possible ? »

38

Le lendemain à l'heure du déjeuner, Serena m'envoie un texto pour m'inviter à sa table, mais je décline sa proposition. Même si j'apprécie son soutien public, il vaudrait sans doute mieux pour moi que je continue à me faire oublier. Alors, je m'installe dans un coin derrière le studio d'arts plastiques. C'est très calme, et personne ne me voit déballer mon sandwich assise toute seule sur le bitume.

Je soulève la tranche de pain du dessus et soupire. Trop de dinde, comme d'habitude.

Les portes du studio s'ouvrent, et instinctivement, je me recroqueville sur moi-même, bien que planquée de l'autre côté du bâtiment.

– J'ai entendu dire qu'elle l'avait sucé à la soirée de Nate Gordon, lance une voix de garçon. Sur les marches de l'entrée.

Ils parlent de moi. Je devrais ramper sous le préfabriqué pour m'y cacher avec les araignées.

– Sérieusement, Jared ? s'exclame une fille.

– Quoi ? C'est ce que tout le monde raconte !

Je n'en doute pas un seul instant.

– Je ne pensais pas qu'Eliza était ce genre de fille, intervient un autre garçon. Elle a l'air tellement coincée…

Jared se marre.

– Tu sais ce qu'on dit…

Même s'ils ne peuvent pas me voir, je brandis un majeur en silence.

– Peu m'importe ce qu'elle fait avec lui, lance une seconde fille. C'est sa vie. Par contre, je n'accepte pas qu'elle nous mêle à ses histoires. Moi, je voulais avoir une vraie conversation sur le sexisme au lycée.

J'entends d'autres pas descendre la rampe, puis la fille ajoute :

– Et toi, qu'est-ce que tu en penses, Winona ?

Je manque en lâcher mon sandwich.

– Ce que je pense d'Eliza ?

Winona a répondu prudemment, faisant traîner ses mots comme quand elle cherche la réplique la plus mordante à faire.

– Serena et toi, vous l'avez aidée à organiser ce truc, non ? Vous avez dû être furieuses qu'elle vous fasse ce coup avec Len.

Une autre pause.

– Ouais, je pensais qu'elle valait mieux que ça, avoue enfin Winona avec une résignation qui me vrille le cœur.

La culpabilité et la honte m'assaillent telle une nuée de shrapnels. J'ai entendu dire beaucoup de choses sur moi depuis la soirée chez Nate, mais celle-ci est la plus douloureuse de toutes.

– Eliza était censée se dresser contre le sexisme et, de toute évidence, elle a échoué, poursuit Winona.

Je baisse la tête. Est-ce qu'un jour j'arrêterai de me sentir aussi mal pour ce que j'ai fait ?

Puis Winona ajoute :

– Parce que, visiblement, aucun d'entre vous n'a remarqué que les réactions à cette situation sont cent pour cent sexistes.

Ses bottes couinent le long de la rampe tandis qu'elle s'éloigne, nous abandonnant tous à nos pensées.

L'après-midi, après avoir bien réfléchi, je décide de faire une dernière tentative pour m'excuser auprès de Winona, même si je suis presque sûre qu'elle ne voudra toujours pas me parler. Mais je dois essayer, me dis-je en traînant les pieds sur le trottoir de Palermo Avenue. C'est le moins que je puisse faire.

– Tu as dit que ce serait la dernière fois !

Devant moi, Doug se tient au milieu de la rue, les bras croisés sur la poitrine.

– J'ai dit que ce serait la dernière fois si la prise était bonne ! crie Winona. Jamais je n'ai vu quelqu'un jouer aussi mal de toute ma vie. Tu essayais de faire passer quoi comme émotion ?

Sai, qui est à moitié affalé dans l'herbe, m'aperçoit le premier.

– Hé, regardez, c'est Eliza.

Les autres tournent la tête vers moi, et Doug me fait signe d'un air réjoui.

– Eliza ! Ramène-toi et dis à ma sœur qu'elle est folle.

Winona lui prend le bras d'une main et, sa caméra dans l'autre, l'entraîne dans la direction opposée.

– Bonne chance pour obtenir qu'Eliza me dise quoi que ce soit. Elle est beaucoup trop occupée à d'autres choses plus intéressantes.

– Winona, attends.

Je m'élance à petites foulées, mais elle continue à s'éloigner avec son frère qui se débat pour lui échapper. Je ramasse le micro-perche dans l'herbe et me mets à les suivre avec Sai.

– Winona, je suis désolée.

Elle ne se retourne pas.

– Si tu ne travailles pas sur ce plateau, merci de dégager.

J'accélère pour lui barrer la route.

– Justement, je travaille sur ce plateau. Je suis la productrice, dis-je en marchant à reculons et en réfléchissant très vite.

Winona me jette un regard noir.

– Plus maintenant. Tu as été virée.

– Techniquement, c'est moi qui embauche et qui vire les gens. C'est aussi mon boulot de m'assurer que la production tient ses délais, et je crois me souvenir que la date limite d'envoi des candidatures pour le Festival national des jeunes réalisateurs, c'est ce soir. Non ?

Nous sommes arrivés devant chez les Wilson. L'air maussade, Winona relâche son frère.

Même si c'est risqué, je poursuis :

– Alors, je me demande si c'est vraiment la peine de refaire cette scène ?

– Pour la huitième fois, marmonne Doug en massant son bras endolori.

Winona fixe l'herbe, et je retiens mon souffle en attendant sa réponse. Je ne suis pas sûre d'être prête à l'entendre.

Enfin, elle monte les marches de pierre qui mènent à sa porte d'entrée.

– Tu n'as qu'à voir par toi-même.

Dans sa chambre, je m'installe devant son ordinateur pour visionner le montage provisoire. La séquence d'ouverture montre Winona, la sœur aînée du personnage de Doug, passer devant les deux garçons qui jouent aux mains chaudes. Puis on voit juste Doug et Sai courir sur un des trottoirs de Palermo en riant. Ils font irruption dans le 7-Eleven et mettent le bazar au rayon des bonbons jusqu'à ce que ma voix les interrompe, accusant Doug de vol à l'étalage.

Leurs visages emplissent l'écran. Winona a si bien capturé l'impression de malaise et de claustrophobie…

– C'est excellent, dis-je en me tournant vers elle.

Mais elle se contente de froncer les sourcils et de noter quelque chose dans son carnet.

À présent, Doug et Sai marchent sur Palermo Avenue en bavardant. Doug est choqué qu'on l'ait accusé de vol, mais Sai ne comprend pas. Le gouffre entre eux grandit, et ils se disputent. Doug donne une bourrade à Sai, qui le pousse en retour, et il tombe dans l'herbe.

Quand il se relève et part en courant, Sai s'élance à sa suite, ses pieds martelant le bitume jusqu'à ce qu'il trébuche et s'étale de tout son long. Doug tourne la tête au moment de sa chute. Il ralentit. Un moment, il hésite.

Puis une voiture approche – on entend le rugissement de son moteur avant de voir ses chromes rutilants. C'est Winona au volant du cabriolet vintage de son père. Elle descend sa vitre et baisse les lunettes de soleil sur son nez. Sans un mot, elle semble ordonner à Doug de monter en voiture, et il obéit. Puis elle s'approche de Sai et propose de l'emmener aussi. Il s'installe à l'arrière, et Winona s'éloigne dans le soleil couchant.

Je souris d'une oreille à l'autre. J'ai vu beaucoup de films de Winona Wilson, et c'est le meilleur à ce jour.

– Un vrai chef-d'œuvre, je la félicite en pivotant vers elle. C'est vraiment…

Puis je remarque qu'elle ne m'écoute pas.

– Qu'est-ce que tu fais ?

Elle continue à griffonner, si frénétiquement que je ne parviens pas à déchiffrer son écriture.

– Je crois qu'il faudrait ajouter quelque chose à la scène de l'avenue, marmonne-t-elle sans lever les yeux. Ou peut-être retirer…

Je lui arrache son carnet pour l'obliger à s'interrompre.

– Hé, qu'est-ce qui te prend ?

– Rien, affirme-t-elle en plongeant sur moi. Il faut juste que ce soit parfait. Encore quelques petits détails à régler et…

– Mais tu pourrais continuer à changer des trucs jusqu'à la fin des temps, je la coupe. À cette allure, tu n'auras jamais terminé. Comment tu vas faire pour l'envoyer au jury ?

– Je ne l'enverrai peut-être pas.

Sa voix s'étrangle. Je me rassois et la laisse reprendre son carnet, qu'elle serre contre sa poitrine.

– Tu ne peux pas faire ça, je proteste. Si tu ne l'envoies pas, tu n'auras pas même une chance de gagner.

– Oui, mais je ne pourrai pas être rejetée non plus, réplique-t-elle à voix si basse que j'ai du mal à l'entendre.

Alors, les pièces du puzzle s'assemblent enfin dans ma tête. Voilà pourquoi elle n'arrêtait pas de réécrire son scénario. Voilà pourquoi elle insistait pour re-tourner autant de scènes. Parce qu'une œuvre inachevée ne peut pas être jugée. La personne qui l'a créée ne sera jamais obligée d'admettre qu'elle a échoué.

Et je suis bien placée pour savoir ce que ça fait de se décevoir soi-même.

– Ce festival, c'est du sérieux, Eliza, reprend Winona. Et maintenant que je me suis littéralement mise dans mon film, je n'ai pas envie d'entendre qu'il n'est pas à la hauteur. Que *je* ne suis pas à la hauteur.

Smokey, qui a dû sentir une opportunité de cette manière si particulière aux chiens, entre en trottinant et pose sa tête sur mes genoux. Ses sourcils duveteux frémissent tandis qu'elle nous regarde tour à tour, Winona et moi.

– Peut-être que tu ne vois pas les choses sous le bon angle, je suggère en lui caressant la tête. L'important, ce n'est peut-être pas l'avis final d'un jury, mais le processus de réalisation.

Winona tend la main et gratte le dos de Smokey, qui remue la queue avec enthousiasme.

– Peut-être.

– Et puis, je lui rappelle, tu as dit toi-même que les jurés du festival n'étaient pas objectifs. S'ils ne sont pas capables de comprendre ton film, c'est leur faute et pas la tienne.

– Ouais, grogne Winona sur un ton lugubre, mais au final, c'est eux qui décident.

Son carnet glisse de ses genoux et tombe par terre. Elle ne le ramasse pas.

– Entre recevoir un Oscar et être diffusé directement en vidéo, il y a quand même une marge. J'ai envie que mon travail soit reconnu. Et s'il n'est pas absolument parfait à la base, quelle chance ça me laisse ?

– Winona… C'est exactement le genre de truc que dirait ton père. Tu n'as pas besoin d'être parfaite !

– Je sais, soupire-t-elle. Je sais.

– Et oui, tu seras peut-être rejetée, parfois de manière injuste, mais le mieux que tu puisses faire pour le moment, c'est tenter ta chance. Alors tente-la, parce que ton film est vraiment bon. Bien assez bon pour le soumettre à un jury.

Winona fait un geste désinvolte comme si ça n'avait pas d'importance, mais j'insiste :

– Je suis sérieuse. Désolée de ne pas t'avoir aidée autant que j'aurais dû, mais si quelque chose avait besoin d'être changé, je te jure que je te le dirais. Tu sais que je le ferais.

Elle s'étire par terre.

– C'est vrai, dit-elle lentement. Mais regardons la vérité en face, ton jugement n'est pas très fiable ces derniers temps.

Bien qu'elle n'ait pas tort, mon ventre se noue.

– Je suis désolée pour toute cette histoire avec Len, je soupire avec une mine contrite. Sincèrement.

Winona a cessé de caresser Smokey, et à présent, tous

deux me regardent avec la même expression, l'air de dire : « Mais qu'est-ce qui t'a pris ? »

– Tu pensais qu'il se passerait quoi quand ça se saurait ?

– Pour être honnête, je ne pensais pas beaucoup.

Winona laisse échapper un ricanement. Alors, je lui raconte toute l'histoire. Le premier baiser. La séance de pelotage chez Len. La façon dont Serena a tout découvert. La révélation au sujet de mon article. J'achève :

– Tu connais déjà la fin.

– Quel merdier, commente Winona.

– Je sais. J'aurais dû tout te dire dès le début.

Son front se plisse, mais elle semble plus blessée que fâchée quand elle demande :

– Pourquoi tu ne l'as pas fait ?

La réponse jaillit toute seule de ma bouche. Je voudrais l'ignorer, mais je ne peux pas.

– J'avais peur.

Les mots paraissent bien minuscules et insuffisants, mais c'est la vérité. Je me suis toujours vantée de n'avoir peur de rien, et finalement, je me trompais.

– Peur de te décevoir, toi plus que n'importe qui d'autre. Peur que tu penses que j'avais perdu de vue le plus important. Et peur que tu aies raison.

Winona caresse le museau de Smokey.

– J'aurais sûrement été dure avec toi, admet-elle. Comme j'ai été dure avec Serena. Comme je suis dure avec moi-même, achève-t-elle en fixant le tapis.

– Mais contrairement à toi et à Serena, j'ai gâché tous nos efforts féministes.

Winona s'appuie sur ses coudes et me dévisage.

– Pas gâché, non. Mais c'est difficile de te défendre sur ce coup-là.

L'épuisement me submerge. Entre le contrecoup des

derniers jours, le poids de mes mauvaises décisions et tout ce qui s'est passé avant, je ne vais pas tarder à m'effondrer.

– Ouais, je réponds d'un ton las. Parfois, je me dis que je n'aurais jamais dû m'en mêler.

Le regard de Winona se fait sévère.

– Tu n'y crois pas vraiment, et moi non plus.

Je ferme les yeux pour encaisser la suite.

– Mais la prochaine fois que tu décides de rouler des pelles au patriarcat, j'apprécierais d'en être informée avant Serena Hwangbo. Je ne crois pas que ce soit trop exiger de ma meilleure amie.

Je ris de soulagement.

– C'est noté.

– Surtout si le patriarcat doit encore passer chez moi pour me demander où tu es.

Mes joues s'enflamment.

– Quoi ?

– Ne t'en fais pas, il a été très mal accueilli.

– Mais qu'est-ce qu'il voulait ?

Smokey pose la tête entre ses pattes d'un air découragé, et Winona lève les sourcils.

– À ton avis ?

Plus tard dans la soirée, alors que je suis allongée sur mon lit et que j'essaie de mémoriser du vocabulaire d'espagnol, Winona m'envoie un texto. Elle vient officiellement de soumettre *Driveways* au jury du Festival national des jeunes réalisateurs. Je réponds immédiatement par un triple point d'exclamation, et pendant quelques minutes, on n'échange rien d'autre qu'une série d'émojis triomphants.

Puis une autre notification fait vibrer mon téléphone. Apparemment, quelqu'un vient d'ajouter un commentaire sur le post Instagram originel de Natalie, ce qui arrive encore parfois. Je fais défiler les captures d'écran comme si j'étais maso. Un mélange de colère et d'humiliation toute neuve m'assaille tandis que je relis mes propres mots.

Puis j'arrive à la dernière partie, les deux paragraphes que je n'ai pas écrits.

Je pensais que mes estimés collègues du *Clairon* valaient mieux que ça. Je me trompais. Et ça n'a jamais été le cas. Depuis trente ans que ce journal existe, il n'a eu que sept rédactrices en chef, soit dix-neuf pour cent de son effectif total. C'est encore moins que le pourcentage actuel de femmes qui siègent au Congrès. Au Congrès, les gens !

Aujourd'hui, *Le Clairon* aurait pu, à son échelle, contribuer à infléchir l'arc de la moralité. Au lieu de ça, il a encore élu un homme à un poste qui, selon tous les critères en vigueur, aurait dû revenir à une femme beaucoup plus compétente. Je suis déçue, indignée et blessée. Mais pas forcément surprise.

C'est alors que tout s'éclaire. Si c'est Len qui a publié mon article, c'est aussi lui qui a dû écrire ça.

Qu'est-ce que ça peut bien signifier ? Est-ce qu'il cherchait juste à imiter la manière dont j'aurais pu conclure ? Ou est-ce qu'il le pensait vraiment ?

Je l'imagine debout dans la salle de rédaction, comptant les portraits des rédactrices en chef, ou assis dans son stupide fauteuil de Princeton et cherchant en ligne le nombre de femmes élues au Congrès.

Passant la tête par-dessus le bord du lit, je regarde si *La Vie mode d'emploi* est toujours là où je l'ai jeté. Bien entendu. Il a atterri ouvert, et les cinquante dernières pages sont légèrement pliées. Je m'en saisis par réflexe, pour les lisser avant de me souvenir au milieu de mon geste que je me fiche d'avoir abîmé le bouquin de Len.

Je vais regarder la fin. Le dernier chapitre porte le numéro 99. Si Perec avait correctement suivi sa propre règle – visiter les appartements de l'immeuble selon l'algorithme du cavalier –, il devrait y en avoir cent, un pour chaque pièce. Mais il a fait exprès d'en omettre un pour briser son propre système. Cela, je l'ai découvert en me renseignant sur lui. Perec pensait que les contraintes structurelles pouvaient servir de raison d'être à une œuvre, mais que la véritable créativité se nichait dans le *clinamen*, une déviation intentionnelle de ces contraintes.

Len avait donc, raison : Perec était très à cheval sur les règles. Et même si j'ai refusé de l'écouter, il a aussi évoqué le fait que l'auteur finissait par les briser. Les gens pensent que ça rend son travail plus humaniste, ou du moins, plus philosophique. Je suppose que dans la vie, rien n'est aussi tranché et bien ordonné qu'on pourrait le croire.

Je prends mon téléphone pour relire les derniers messages de Len.

J'ai merdé, Eliza.

Je suis désolé.

On peut parler, STP ?

J'envisage de répondre. Au lieu de ça, j'appuie sur le bouton de verrouillage et éteins la lumière. Dans le noir, je me roule en boule sur le côté et serre le bord de ma couette contre ma poitrine.

Maudit Len. Chaque fois, je crois l'avoir compris. Et chaque fois, je me trompe.

39

Le lendemain, avant le début du cours de chimie, j'essaie d'avancer sur ma lecture pour le cours d'histoire américaine quand les annonces matinales démarrent sur un air d'Otis Redding.

Je lève les yeux. C'est la vidéo du bal de promo sur le thème *Pretty in pink* réalisée par Winona. Elle a demandé à Jade Williams, une fille de terminale qui est aussi la capitaine de l'équipe de danse de Willoughby, de se déguiser en Duckie et de faire du playback sur *Try a Little Tenderness*, comme dans le film. Vêtue d'un blazer marron clair, Jade danse énergiquement dans la cour. Elle a l'air de beaucoup s'amuser. À la fin, les mots «*Pretty in pink*» apparaissent en rose vif, au-dessus des mentions «Bal de promo du lycée Willoughby et tickets en vente dans la cour». Tout le monde applaudit, moi y compris.

Je suis sur le point de replonger dans le chapitre consacré à la détente qui a suivi la guerre froide quand une voix inattendue sort de la télé.

– Bonjour, Sentinelles. Ici Len DiMartile.

– Et Serena Hwangbo.

– Merci de vous lever pour le serment d'allégeance.

Je reste vissée à mon siège cinq bonnes secondes après que tous les autres ont obtempéré. Je finis par repousser ma chaise sans quitter Len des yeux. Aujourd'hui, il porte une chemise en flanelle jaune et rose pastel. Il se tient à côté de Serena, qui doit faire trente bons centimètres de moins que lui, et chacun d'eux a posé la main sur son cœur.

Mais de l'autre côté de la poitrine, tous deux arborent un badge JE SUIS FÉMINISTE. À ceci près que sur le sien, Len a recouvert le mot FÉMINISTE d'un bout de Scotch sur lequel il a écrit UNE PUTE au marqueur.

Je jette un coup d'œil à James, qui ne manifeste aucune surprise.

– *Psst,* je souffle. Qu'est-ce qui se passe ?

– Attends et tu verras, me répond-il d'un air mystérieux.

Alors, pour la troisième fois tout au plus depuis le début de l'année, j'écoute réellement les annonces matinales. Bien entendu, je ne retiens rien des événements présentés, je suis trop occupée à me demander ce que mijote Len. J'en ai des fourmis dans les jambes.

– Alors, Len, finit par lancer Serena, il paraît que tu as une annonce spéciale à faire ?

– Oui, acquiesce-t-il.

Il n'est pas aussi mignon à la télé que dans la vraie vie, mais mon cœur accélère quand même.

– Comme tout le monde doit le savoir à ce stade, la rédaction du *Clairon* m'a élu rédacteur en chef pour l'an prochain.

Mes camarades me jettent des coups d'œil plus ou moins discrets. Je fais mine de ne pas m'en apercevoir.

– Et cela a suscité beaucoup d'opposition, en grande partie légitime.

Len se racle la gorge. Il semble inhabituellement nerveux. Il passe les doigts dans ses cheveux. Ma curiosité est à son comble.

– Je suis d'accord sur le fait qu'il n'y a pas assez de filles aux postes-clés de ce lycée, particulièrement à la présidence du bureau des élèves et à la rédaction en chef du *Clairon*. Les chiffres sont ridicules, et je regrette de n'avoir rien fait pour les améliorer. Parce que, contrairement à une croyance largement répandue, le féminisme ne consiste pas à détester les hommes, il consiste à œuvrer ensemble pour plus d'égalité entre les sexes.

Len braque un regard décidé sur la caméra et, sans ciller, il annonce :

– Mais ce n'est pas la seule raison pour laquelle j'ai décidé de démissionner.

Un murmure parcourt la classe. Même M. Pham cesse de noter nos devoirs pour écouter.

– J'ai décidé de démissionner parce que c'est moi qui ai publié l'article d'Eliza Quan à la une du *Clairon*. C'était une conduite indigne d'un rédacteur en chef. Une violation de l'intégrité journalistique. Et une connerie pure et simple.

Il fourre les mains dans ses poches.

– Je suis donc désolé pour tout, et je ne peux donc pas accepter ce poste parce que ce ne serait pas bien.

Il plonge de nouveau son regard dans la caméra, et j'ai l'impression que c'est moi qu'il regarde.

– Merci, Len, dit Serena sur un ton guilleret. Il faut du courage pour admettre qu'on s'est trompé. Je trouve que tu t'en es très bien tiré.

Elle adresse à la caméra un coup d'œil entendu qui me semble destiné, lui aussi.

– Mais j'aimerais te demander une dernière chose.

Je retiens mon souffle. Le reste de la classe aussi.

– Parle-nous de ce badge que tu portes, demande-t-elle.

– Ah, ça. Comme vous devez tous le savoir, des tas de rumeurs assez nauséabondes courent au sujet d'Eliza et moi.

Alors, je tenais à dire ceci : si vous insultez Eliza, vous devez m'insulter moi aussi. Ce n'est pas juste qu'elle soit la seule à subir ça.

– C'est très noble de ta part, Len, approuve Serena. Mais je vais pousser ta logique encore plus loin.

Elle tend la main et arrache le bout de Scotch marqué UNE PUTE. Puis elle croise les bras et s'adresse à la caméra.

– Je crois qu'on devrait tous arrêter de se juger et de s'insulter. Moi aussi, ça m'est arrivé de le faire. Je suis aussi coupable que n'importe lequel d'entre vous. Mais je pense qu'il vaudrait mieux nous soutenir mutuellement. En fait, cette idée m'est si chère que j'ai décidé d'en faire le thème de ma campagne.

Une bannière se déroule derrière l'estrade. Elle montre Serena déguisée en Rosie la riveteuse, fléchissant son biceps au-dessus des mots « Hwangbo présidente ! » à la place du traditionnel « On peut le faire ! ».

– Vous l'avez deviné : j'annonce ma candidature à la présidence du bureau des élèves !

Il faut bien admettre que cette fille sait saisir une occasion.

Dans le fond, on entend des vivats et des applaudissements. Puis quelqu'un jette une pluie de confettis rouges, blancs et bleus dans le champ de la caméra.

– C'est tout pour aujourd'hui, conclut Serena. Bonne journée et bonne chance !

Juste avant qu'ils rendent l'antenne, Len apparaît à l'écran, deux doigts levés dessinant le *V* de victoire.

– Votez pour Serena, dit-il.

Puis ça coupe.

Pendant que M. Pham éteint la télé, James me regarde en haussant les sourcils.

– Ça fait quoi d'être la nouvelle rédactrice en chef du *Clairon* ?

Je suis toujours bouche bée. Les seuls mots qui me viennent à l'esprit sont ceux que je me décide finalement à envoyer à Len par texto :

D'accord, on peut parler.

40

Après la fin des cours, j'attends Len derrière le studio d'arts plastiques, adossée au mur du préfabriqué. La rue qui borde le campus de ce côté est plutôt tranquille, et bien qu'on entende les équipes sportives s'entraîner au loin, le seul vrai bruit à cet endroit, c'est celui du vent qui fait bruisser l'herbe jaunie.

Je me laisse glisser à terre et me mets à cueillir les petits trèfles blancs dont Kim faisait des colliers quand on était à l'école primaire. Elle avait un truc : elle perçait une tige avec l'ongle pour glisser la suivante dans la fente; en la bloquant, la fleur faisait tout tenir en place. Les rares fois où je daignais m'adonner à une activité aussi futile, je ne parvenais qu'à nouer maladroitement les tiges entre elles. C'était le prix à payer pour la force brute et l'impatience.

Là, j'essaie la méthode de Kim. Ma chaîne de trèfles fait soixante bons centimètres de long quand je réalise que Len n'est toujours pas là.

Je consulte mon téléphone. Pas de message après celui où il acceptait de me retrouver ici. Je lui envoie un nouveau texto, mais seul un silence douloureux me répond.

Où peut-il bien être? Une partie de moi se demande s'il

ne m'a pas posé un lapin. Se serait-il donné tant de mal avec les annonces matinales juste pour me faire poireauter en vain ? Mon cœur se serre comme pour protester que ça ne lui ressemble pas.

Le rouge me monte aux joues et je commence à défaire ma chaîne de trèfles. Au fond, je ne connais pas vraiment Len. Je n'arrive pas à croire qu'après tout ça, je suis encore prête à lui accorder le bénéfice du doute – moi, l'inflexible Eliza Quan.

Mais je m'interromps au milieu de mon saccage floral. Je peux rester là, à démantibuler une tige après l'autre tandis que ma dureté reprend le dessus – si familière et réconfortante, mais profondément insatisfaisante. Ou bien, je peux admettre que je ne veux plus me conduire ainsi.

Je noue le reste de la chaîne en un bracelet et me relève d'un bond. Je ne suis pas forcée d'accorder le bénéfice du doute à Len. En revanche, je peux lui donner une seconde chance.

Quand je regagne la cour, la foule d'après les cours s'est dispersée. Je prends conscience que je n'ai aucune idée de l'endroit où chercher Len. Je ressors mon téléphone. Qui je pourrais interroger par texto ? Serena, peut-être ?

Puis, à deux mètres de moi, j'entends un tintement léger à la fenêtre d'une salle de classe. Et un autre quelques secondes plus tard. Je me rapproche pour voir de quoi il s'agit. *Len.* Penché par-dessus un bureau, il catapulte un trombone vers la vitre. Lorsque nos regards se croisent, il mime l'écriture d'un texto avant d'agiter sa main vide et d'articuler : « Pas de téléphone. »

Voici donc ce qui s'est passé : Len a été collé, et il est tombé sur un prof qui observe le règlement à la lettre en confisquant les appareils mobiles des élèves. Je mentirais en niant que ça me procure une certaine satisfaction. Enfin, il doit répondre de quelque chose ! Mais mon besoin de lui parler se fait plus pressant à chaque minute, et si j'attends qu'il sorte de retenue, je n'aurai pas beaucoup de temps avant que maman vienne me chercher.

Ma totale absence de plan ne m'empêche pas de foncer et de faire effrontément irruption dans la salle avant de réaliser que la personne qui surveille les colles, aujourd'hui, c'est le...

– Proviseur Guinn !

Il lève les yeux du numéro de *The Atlantic* qu'il est en train de lire et me regarde par-dessus le bord de ses lunettes.

– Bonjour, Eliza. Tu nous rends une petite visite ?

– En fait...

Ne sachant pas comment finir ma phrase, je m'interromps. Et bizarrement – ou pas... –, je me surprends à me demander ce que Len ferait à ma place. Une idée me traverse l'esprit.

– J'ai une question à vous poser.

M. Guinn referme son magazine et le pose sur le bureau. Surpris et excités par cette interruption, les autres élèves attendent sa réaction, qui survient après une longue pause.

– Puis-je présumer qu'elle concerne notre jeune ami assis dans la rangée du fond ?

Tous les regards se tournent vers Len qui est affalé sur sa chaise, les deux jambes étendues dans l'allée.

– Justement, je réplique, ce n'est pas tout à fait mon ami.

Du coin de l'œil, je vois Len tressaillir légèrement.

– Donc, dit M. Guinn en se massant le front, j'imagine que les conséquences de ses actes satisfont ton sens de la justice ?

Je décide de ne pas répondre. Au lieu de ça, je pose une autre question par-dessus la sienne, qui demeure suspendue dans les airs.

– Monsieur Guinn, ce n'est pas vous qui m'avez parlé de l'importance d'établir une connexion ?

La surprise lui fait lever ses sourcils si clairsemés qu'ils sont à peine visibles. Il ne s'attendait pas à ça – et j'y comptais bien.

– Vous m'avez dit qu'on devait tenter de comprendre les points de vue différents du nôtre. Et les gens qui nous ont causé du tort.

– Je crois me souvenir de cette discussion, oui.

– Mais pour combler ce genre de fossé, il faut que les deux parties tendent la main au-dessus du vide au lieu de camper sur leurs positions.

Je désigne le badge JE SUIS FÉMINISTE toujours épinglé sur la poitrine de Len.

– Parfois, le geste est maladroit. Et parfois, il ne suffit pas tout à fait.

Len s'affaisse davantage sur sa chaise.

– Mais je crois que l'effort mérite quand même d'être salué.

M. Guinn a les bras croisés comme d'habitude, et la bouche pincée en un pli pensif qui pourrait être aussi bien une grimace qu'un sourire contenu.

– Où veux-tu en venir, Eliza ?

C'est parti.

– Aujourd'hui, je crois que Len a essayé. Ça me fait mal de l'admettre, mais je l'admets quand même parce que moi aussi, j'essaie.

Je m'avance d'un pas, et bien que Len ne bouge pas et ne dise rien, une lueur s'allume dans ses yeux.

– Je ne crois pas qu'il devrait être puni pour avoir fait ce qu'il fallait. Exceptionnellement.

Le proviseur incline sa chaise en arrière.

– Tu veux que j'annule sa retenue, devine-t-il.

J'acquiesce en jetant un coup d'œil à la pendule au-dessus de son crâne luisant.

– Il reste moins de trois quarts d'heure, de toute façon. Et je crois qu'il a bien mérité une réduction de peine.

Silence. M. Guinn consulte sa montre et, s'apercevant sans doute qu'elle s'est arrêtée, se met à tourner la molette métallique jusqu'à ce qu'elle se bloque. De nouveau, toute la salle attend en retenant son souffle.

– Très bien, finit-il par lâcher. Réduction accordée.

Tout le monde pousse des cris de joie, ce qui est assez bizarre quand on y réfléchit, étant donné que je n'ai libéré que Len. Mais parce que c'est lui, dès qu'il se lève, les autres lui tapent dans la main en criant : « Bien joué, DiMartile ! » et « Trop fort, mec ! » Et tandis qu'on le félicite de n'avoir absolument rien fait, je conclus que certaines choses ne changeront jamais.

Ou peut-être que si. Car Len secoue légèrement la tête et tend la main vers moi, tel un acteur qui désigne l'orchestre pendant le salut final. Une fille crie :

– Ouais, remerciez plutôt la personne qui a tout fait !

Alors que nous nous dirigeons vers la sortie, M. Guinn lance :

– Eliza, nous ne serons peut-être jamais d'accord, mais ta ténacité reste et restera toujours une force.

Je me demande si c'est un compliment. Puis il rend son téléphone à Len et ajoute :

– Quant à toi, jeune homme, on se revoit demain.

– Demain ? je demande à Len une fois dehors.

Il m'adresse ce grand sourire chaleureux et familier.

– Si ça ne te fait rien, j'aurai besoin que tu viennes me délivrer encore quatre fois.

– Je ne suis pas sûre que tu en vailles la peine.

Mais je ris quand même, et ça me fait du bien.

La joie de Len est plus contenue, même s'il semble subitement déborder d'une énergie fébrile. Il passe la main dans ses cheveux et baisse la visière de sa casquette de base-ball sur ses yeux. Je ne l'ai jamais vu dans cet état, et en même temps, je sais exactement ce qu'il ressent.

– Je peux t'offrir à boire ? me demande-t-il, sa voix se brisant sur la fin de sa phrase.

Au comptoir de Boba Bros, il commande le bubble tea de la semaine, et avant que je puisse dire quoi que ce soit, il ajoute :

– Et un thé à la lavande, s'il vous plaît. Avec de la gelée d'amande, du lait de soja et juste une demi-dose de sucre.

Puis il recule et tourne la tête vers moi.

– C'est bien ça ?

C'est exactement ce que je prends d'habitude, et quand mon visage s'éclaire malgré moi, je sens sa tension se dissoudre. Son soulagement a quelque chose de presque arrogant. Alors, quand il apporte les gobelets à l'endroit où je l'attends sur la pelouse, je désigne le sien.

– Si ça ne t'ennuie pas, je préférerais celui-là.

Comme je m'y attendais, il est désarçonné, mais il me le tend sans protester.

– C'est du *hojicha*, explique-t-il en s'asseyant dans l'herbe près de moi. Un thé vert japonais.

Je sirote une gorgée et suis surprise par la différence de goût. On dirait de la cannelle ou du sucre brûlé, mais sans l'arrière-goût persistant. Ce n'est pas mauvais, en fait. Nouveau, mais réconfortant quand même.

Dans le silence qui s'installe entre nous, Len mâchouille sa paille plus qu'il ne boit. Nous passons quelques minutes à regarder les voitures défiler sur l'avenue. Puis je lance :

– C'était culotté, ce que tu as fait ce matin.

Au même moment, il dit :

– Écoute, je suis vraiment désolé, Eliza.

On s'interrompt tous les deux, puis Len reprend maladroitement :

– Je suis désolé d'avoir publié ton article et de ne pas t'en avoir parlé. C'était complètement idiot. Mais ta description de moi était si vache que… pour être honnête, j'ai eu envie de te provoquer. J'ai pensé que ce serait marrant.

Deux taches roses se forment sur ses joues.

J'enfonce ma paille dans mon gobelet.

– Ouais. J'ai remarqué que quand tu veux faire semblant que les choses ne t'atteignent pas, tu te conduis toujours comme un connard.

Il grimace de remords.

– Je te jure que c'est surtout de moi que je voulais me moquer. Je pensais que personne d'autre que toi ne le verrait avant qu'on le retire du site. J'ai demandé à James et à Powell de l'enlever, tu te souviens ? Et puis ça a fait boule de neige. Et je n'ai plus su comment arrêter ce que j'avais moi-même déclenché.

Il pose sa main sur mon poignet et touche mon bracelet de trèfles du bout des doigts avant de laisser retomber son bras.

– J'aurais dû réfléchir avant de faire ça. Et après, j'avais juste peur de te dire la vérité.

Il boit de grosses gorgées de son thé, vidant son gobelet beaucoup trop vite.

– Je suis désolé d'avoir été lâche, je suis désolé d'avoir trahi ta confiance, et je suis désolé pour tout ce qui est arrivé par ma faute. Et pour tous les trucs nuls que j'ai dits.

– C'est vrai que tu as été très nul d'un bout à l'autre.

Il tente de dissimuler sa réaction dans son gobelet où il ne reste plus que des cubes de gelée et des glaçons.

– Ouais, admet-il d'un ton lugubre.

– Mais tu n'avais pas toujours tort.

C'est mon tour de soupirer dans mon thé.

– Moi aussi, j'ai dit des trucs nuls, et je m'en excuse.

Je tends mes jambes devant moi, et Len m'imite. Nos jeans se touchent sur le côté.

– Moi aussi, j'avais peur. Et moi aussi, j'ai eu tort sur beaucoup de points. Je pensais tout savoir sur tout le monde, alors qu'en fait, je ne me connaissais pas réellement moi-même.

Saisie par une brusque urgence de lui faire comprendre, je me tourne vers lui et prends sa main.

– Je ne pense pas que tu sois lâche.

– Pas, ou plus ? lance-t-il.

Mais il referme ses doigts sur les miens.

Je pose mon front sur son épaule.

– On pourrait dire qu'on est tous lâches. Ou qu'aucun de nous ne l'est.

Il cale son menton sur ma tête. Tout cela est si naturel…

– De sages paroles de la part de la nouvelle rédactrice en chef du *Clairon*, me taquine-t-il.

Soudain, je me redresse.

– Attends un peu. Maintenant que tu as démissionné, est-ce que tu es obligé de quitter le journal ?

– Non, je peux rester en tant que simple journaliste. Sauf évidemment si tu me vires.

Un sourire assez large pour rivaliser avec le sien fleurit lentement sur mon visage.

– D'un point de vue éthique, tu n'es pas au top.

– Mais j'ai pris de bonnes résolutions, dit-il en ajustant l'angle de sa visière. Pour commencer, je ne couvrirai plus les matchs de base-ball. Conflit d'intérêts, tout ça.

Je me jette sur lui pour le serrer dans mes bras.

– Tu vas recommencer à jouer ? je m'écrie avec un enthousiasme qui nous surprend tous les deux.

Len rit.

– C'est le but.

– Ouah, c'est génial ! Qui sait ? Peut-être même que je viendrai te voir un de ces quatre.

– Si ça se trouve, tu deviendras la plus grande fan de l'équipe de Willoughby.

Je lui pique sa casquette et l'enfonce sur ma tête.

– On ne sait jamais. Tout peut arriver, dis-je avec un sourire narquois.

Et je m'allonge dans l'herbe, les mains croisées derrière la tête.

Len en fait autant. Près de lui, sous le ciel printanier, il me semble que cet après-midi est infini, comme si l'univers entier se condensait dans sa chaleur dorée, à portée de ma main. Et même s'il reste beaucoup de choses que j'ignore, beaucoup de choses que je ne pourrai jamais savoir, je ne me suis jamais sentie plus sûre de moi.

ÉPILOGUE

– Un peu plus haut. Encore un… Non, attends. Là, c'est trop.

Len me jette un coup d'œil par-dessus son épaule, son bras tendu tenant un portrait encadré contre le mur.

– Tu sais que tu pourrais très bien le faire toi-même, hein ? Tu n'as pas réellement besoin de « quelqu'un de très grand ».

J'esquisse un sourire diabolique.

– Tu m'as percée à jour. La vérité, c'est que j'avais juste besoin de *toi*.

Après tout, le symbolisme du geste – mon portrait accroché à sa place légitime par le garçon qui a failli me voler cet honneur – était beaucoup trop tentant.

Même si le garçon en question est très mignon, surtout quand il rouspète parce que je lui donne des ordres.

Je m'approche et me dresse sur la pointe des pieds pour l'embrasser sur la joue. Puis je me fige et plisse les yeux en regardant le cadre.

– Peut-être un peu plus sur la gauche ?

C'est la pause déjeuner. L'année scolaire s'achèvera dans quelques jours, et mon portrait de rédactrice en chef vient juste d'arriver au courrier, expédié par l'illustre Eton Kuo (promo 1988) en personne. James, qui m'a remis le paquet ce matin, a presque versé une larme en me regardant l'ouvrir.

– Il me semble que c'est hier seulement que j'ai reçu le mien.

Quand j'ai sorti le dessin, il a décrété que c'était un chef-d'œuvre, et d'une voix tremblante, il a ajouté :

– Je suis fier de toi, Quan. Sincèrement.

Je dois avouer que c'est un portrait très ressemblant. D'accord, mon front est un peu large, et je ne suis pas sûre de froncer autant les sourcils (« Si », affirme James), mais il paraît que la perfection n'existe pas en ce monde.

– Ce sera très bien comme ça, Eliza, insiste Len en faisant une marque au crayon à papier sur le mur avant de saisir le marteau sur le comptoir.

Je suis sur le point de protester quand Natalie, rouge et essoufflée, passe la tête par l'entrebâillement de la porte.

– Hé, on vient juste de finir de compter les votes pour l'élection du bureau des élèves. Serena a gagné ! C'est la nouvelle présidente.

– Génial !

Je bats des mains et sautille sur place. Entre ça et la nouvelle que Winona fait partie des finalistes du Festival national des jeunes réalisateurs, cette semaine est vraiment fabuleuse !

– Je file dans la cour, ajoute Natalie en prenant un appareil photo dans le placard. Serena vient d'annoncer qu'elle fera un live surprise dans cinq minutes. On se voit là-bas ?

Je n'ai pas le temps de répondre par l'affirmative qu'elle repart déjà en courant. Puis je me souviens que Len et moi étions en train d'accrocher mon portrait.

– Ça te dérange si on finit plus…

Mais il fait tourner le marteau dans sa main avant de le

reposer sur le comptoir, et je réalise qu'il a fini pendant que j'avais le dos tourné.

Et vous savez quoi ? Il avait raison. L'alignement est impeccable.

– C'est parfait, dis-je, rayonnante.

Puis je saisis mon nouveau blouson, celui que je porte beaucoup depuis que j'ai décidé qu'il n'était pas déraisonnable – voire qu'il pouvait être amusant – de varier un peu mes tenues.

– Joli, commente Len tandis que j'enfile les manches en cuir.

Je ris comme il m'attire vers lui et fait semblant de déchiffrer le nom brodé sur ma poitrine.

– C'est qui, ce DiMartile ? murmure-t-il dans mes cheveux. Tu as des vues sur lui, ou quoi ?

Il se penche pour m'embrasser, et au dernier moment, je me dérobe avec un sourire taquin.

– Ce qui est sûr, c'est qu'il a des vues sur moi.

Le sourire de Len prend son temps pour gagner tout son visage.

– Je croyais que tu t'en fichais de plaire aux gens.

Je me dresse sur la pointe des pieds et passe les bras autour de son cou.

– Rien ne m'oblige à m'en ficher. Je fais exactement ce que je veux.

Je l'attire à moi pour un baiser à couper le souffle – long, profond et plein de potentiel. Puis je l'entraîne dans la cour pour découvrir à quoi ressemble le futur quand les filles prennent les choses en main.

REMERCIEMENTS

Ce livre n'existerait pas sans les nombreuses personnes à qui Eliza a suffisamment plu pour qu'elles lui donnent une chance – et à moi aussi, du même coup.

Tout d'abord, un grand merci à mon agente, Jenny Bent, qui a presque toujours les mêmes réactions que les miennes, mais en plus sage et plus hilarant, et dont la foi inébranlable en cette histoire a fait que mes rêves sont devenus réalité. Merci aussi à Gemma Cooper, dont le goût très sûr et la clairvoyance ont grandement contribué à ce qu'Eliza puisse traverser l'océan. Et au reste de l'équipe de l'agence Bent, particulièrement Claire Draper, Amelia Hodgson et Victoria Cappello.

Un autre immense merci à mes éditrices : la féroce et maligne Mabel Hsu, ainsi que l'éloquente et toujours gracieuse Stephanie King. J'ai une dette envers elles pour leurs conseils avisés et leur soutien indéfectible. Et aussi parce qu'elles rient de mes blagues dans les commentaires.

Toute ma gratitude à l'équipe de Harper : Karen Sherman, Lindsay M. Wagner et Gweneth Morton pour leur infaillible attention aux détails; Molly Fehr, Amy Ryan et Fevik pour leur superbe couverture; Allison C. Brown,

Aubrey Churchward, Jacquelynn Burke, Tanu Srivastava et Katherine Tegen pour leur enthousiasme et leur soutien. Idem pour Rebecca Hill, Sarah Cronin, Katharine Millichope, Kevin Wada, Stevie Hopwood et Katarina Jovanovic de l'équipe Usborne : merci d'avoir créé une si belle édition anglaise et de m'avoir accueillie dans la famille malgré les fuseaux horaires qui nous séparent.

Mille mercis à tous les amis qui ont toujours fait comme si écrire un livre était une utilisation parfaitement rationnelle de mon temps, et en particulier à celles qui m'ont aidée à finir celui-ci : Trish Smyth, qui m'a donné envie de recommencer à écrire ; Lei'La' Bryant et Lucy Claire Curran, qui sont mes plus grandes fans depuis longtemps ; Ayushee Aithal, qui m'écoute toujours déblatérer et qui m'oblige à écouter ce que disent mes tripes ; et Alice Lee, dont le regard critique m'est indispensable depuis nos douze ans.

Merci également à toutes les personnes qui ont pris le temps de lire tout ou partie des versions successives de ce livre – entre autres, Avi Francisco, Christina Liu, Krystal Gregory et Ruya Kuo.

Tout mon amour et ma gratitude à mes parents, qui soutiennent mon activité d'écrivaine depuis le début, et à C. qui m'a inspiré un personnage important.

Enfin, à J. Je n'aurais rien pu faire sans toi.

L'AUTRICE

Diplômée de Harvard où elle a étudié l'histoire et la littérature, MICHELLE QUACH est aujourd'hui graphiste et autrice. Tout comme son héroïne Eliza, elle est américaine d'origine sino-vietnamienne. Elle aime les comédies romantiques, les personnages qui prennent de mauvaises décisions et tous les chiens qui ressemblent plus ou moins au sien.

Michelle Quach vit à Los Angeles. *Eliza est féministe* est son premier roman.

LAISSEZ-VOUS SURPRENDRE PAR D'AUTRES COMÉDIES ROMANTIQUES

De l'importance de savoir rebondir

Laura Zimmermann

« Copernic était un crétin. Il croyait que l'univers tournait autour du Soleil. Alors que, de toute évidence, le monde tourne autour de mes seins. »

Une copine révoltée contre le monde entier, un nom imprononçable, une récente passion pour le volley et un crush pour le petit nouveau du lycée… La vie serait somme toute plutôt supportable pour Greer si elle n'était pas obligée de la partager avec deux colocataires un poil envahissants : ses seins.

L'amour, c'est pour les loosers

Wibke Brueggemann

Avoir seize ans et être amoureux rend bête. Phoebe en est persuadée. Pourquoi sa meilleure amie la lâcherait pour un looser qui ne sait même pas où se trouve le clitoris, sinon ? Comme elle ne peut pas passer de quinze à dix-sept ans en claquant des doigts, Phoebe décide simplement de ne jamais tomber amoureuse. Un plan infaillible qui pourrait se compliquer avec l'arrivée d'une certaine Emma dans sa vie…

ON LIT
PLUS
FORT.
COM

L'ACTUALITÉ DES ROMANS
GALLIMARD JEUNESSE

Le papier de cet ouvrage est composé de fibres naturelles, renouvelables, recyclables et fabriquées à partir de bois provenant de forêts gérées durablement.

Mise en pages : Maryline Gatepaille

Loi n° 49-956 du 16 juillet 1949
sur les publications destinées à la jeunesse
ISBN : 978-2-07-515790-2
Numéro d'édition : 379456
Dépôt légal : juin 2022

Imprimé en Italie par Grafica Veneta S.P.A.